GAME ADDICT PLAYS "ENCOURAGEMENT FOR JOB HUNTING IN DUNGEONS" FROM A "NEW GAME"

ゲーム世界転生〈ダン活〉

〜[X]を
はじめからプレイする〜

REINCARNATION IN THE GAME WORLD
DANKATSU

Lv.
08

はじめから
▶ つづきから
オプション

ニシキギ・カエデ
イラスト：朱里

TOブックス

REINCARNATION IN THE GAME WORLD

DANKATSU

GAME ADDICT PLAYS "ENCOURAGEMENT FOR JOB HUNTING IN DUNGEONS" FROM A "NEW GAME"

PRESENTED BY KAEDE NISHIKIGI
ILLUSTRATED BY SHURI
PUBLISHED BY TO BOOKS

Lv. 08

イラスト：朱里　デザイン：沼 利光（D式Graphics）

ギルド GUILD
エデン

名前 NAME
シエラ

人種 CAT.
伯爵/姫　女

職業 JOB
盾姫

迷宮学園一年生

代々優秀な盾職を輩出してきた伯爵家の令嬢。類まれな盾の才能を持ったクールビューティ。色々抜けているゼフィルスやギルド〈エデン〉を影からサポートすることが多い。

名前 NAME
ハンナ

人種 CAT.
村人　女

職業 JOB
錬金術師

迷宮学園一年生

ゼフィルスの幼馴染で錬金術店の娘。命を助けられたことでゼフィルスを意識している。生産職でありながら、戦闘で役立ちたいと奮闘中。趣味は『錬金』と〈スラリポマラソン〉。

名前 NAME
ゼフィルス

人種 CAT.
主人公　男

職業 JOB
勇者

迷宮学園一年生

ゲーム〈ダン活〉の世界に転生。リアル〈ダン活〉に馴染んできて、もう完全にゲームをプレイしている気分で楽しんでいる。ギルド〈エデン〉のメンバーと共に、Sランクギルド――学園の頂点を目指す。

名前 NAME
カルア

人種 CAT.
猫人/獣人　女

職業 JOB
スターキャット

迷宮学園一年生

傭兵団出身で猫の獣人。童顔で小柄で華奢。ぼーっとしていて、大事な話でも余裕で忘れ去る。優しくて面倒も見てくれるゼフィルスが好き。好きな食べ物はカレー。

名前 NAME
エステル

人種 CAT.
騎士爵/姫　女

職業 JOB
姫騎士

迷宮学園一年生

幼い頃からラナを護衛してきた騎士であり従者。一時期塞ぎ込んでいたラナを笑顔にしてくれたとゼフィルスへの忠誠をグッと深め、鋭意努力を重ねている。

名前 NAME
ラナ

人種 CAT.
王族/姫　女

職業 JOB
聖女

迷宮学園一年生

我儘だが意外と素直で聞き分けが良い王女様。ゼフィルスの影響で、恋愛物語が大好きな夢見る少女から、今はすっかりダンジョン大好きなダンジョンガールに。

名前 NAME
ルル

人種 CAT.
子爵/姫 女

職業 JOB
ロリータヒーロー
迷宮学園一年生

子爵家の令嬢。幼女のような外見をしているがゼフィルス達と同じ迷宮学園一年生。可愛い物が大好き。自称ぬいぐるみ愛好家。

名前 NAME
ケイシェリア

人種 CAT.
エルフ 女

職業 JOB
精霊術師
迷宮学園一年生

最強になることを目標に掲げるエルフ。知識欲が強い。エルフをスカウトするのに必要なプレゼントアイテムを自ら持参した猛者。

名前 NAME
リカ

人種 CAT.
侯爵/姫 女

職業 JOB
姫侍
迷宮学園一年生

侯爵家令嬢。モデル体型の高身長でキリっとして凛々しい。ゼフィルスの事は頼りになる仲間だと思っている。可愛い物が大好きで、ぬいぐるみを愛でるのが趣味。

名前 NAME
パメラ

人種 CAT.
分家 女

職業 JOB
女忍者
迷宮学園一年生

元々ラナの隠れた陰の護衛だったが、無事【女忍者】に就いたためラナが〈エデン〉に誘った。

名前 NAME
シズ

人種 CAT.
分家 女

職業 JOB
戦場メイド
迷宮学園一年生

元々ラナ付きのメイドだったが【戦場メイド】に就いたためラナが〈エデン〉に誘った。ラナ大好きであるが、エステルとは違いちゃんと自重している。

名前 NAME
セレスタン

人種 CAT.
分家 男

職業 JOB
バトラー
迷宮学園一年生

国王の命令で勇者の付き人となった執事。ゼフィルスの身の回りの世話以外にもギルド〈エデン〉の書類仕事や資金運用、他のギルドとの折衝等々、仕事もテキパキとこなす。

名前 NAME
ミサト

人種 CAT.
獣人/兎人 女

職業 JOB
セージ
迷宮学園一年生

〈戦闘課〉に所属する兎人のヒーラー少女。非常にレアな職業に就いているため、勧誘避けとして〈天下一大星〉に在籍していたが、脱退して〈エデン〉に加入した。

名前 NAME
メルト

人種 CAT.
伯爵 男

職業 JOB
賢者
迷宮学園一年生

伯爵家子息。在籍していたBランクギルド〈金色ビースト〉がやらかしたため脱退を決意。ミサトの紹介で〈エデン〉へ加入することにした。【賢者】は伊達ではなく頭が良い。

名前 NAME
ヘカテリーナ

人種 CAT.
公爵/姫 女

職業 JOB
姫軍師
迷宮学園一年生

公爵家令嬢。〈エデン〉からスカウトを受け、【姫軍師】に転職。交渉ごとなどが得意で、ゼフィルスが右腕にしようと画策している。

名前 NAME
ミストン所長

人種 CAT.
街人 | 男

職業 JOB
???
研究所所長

長年、職業《ジョブ》の発現条件について研究している。学園長とは割と仲が良い。

名前 NAME
フィリス先生

人種 CAT.
侯爵 | 女

職業 JOB
上侍
ダンジョン攻略専攻・戦闘課教員

迷宮学園卒業生の美人新任教師。ゼフィルスのクラス教員。学園長である祖父に無理を言ってでも職に就いたため、やる気は十分。

名前 NAME
マリー先輩

人種 CAT.
街人 | 女

職業 JOB
魔装束職人
迷宮学園二年生

Cランクギルド〈ワッペンシールステッカー〉のメンバー。先輩なのに学生と思えないほどの幼児体型。独特ななまり口調があり商売上手。あとノリが良い。

名前 NAME
キリちゃん先輩

人種 CAT.
侯爵 | 女

職業 JOB
紅の竜峰将 | 迷宮学園三年生

Aランクギルド〈千剣フラカル〉のサブマスター。身長は高く、スラリとした美少女。実力は高く、ゼフィルスの知識チートを朧気ながら見抜いた眼力を持つ。

名前 NAME
〈幸猫様〉

神棚の主こと正式名称〈幸運を招く猫〉の設置型アイテム。ギルド内に飾るとギルドメンバーに『幸運』が付与される。そのあまりの効果に、〈ダン活〉プレイヤーからは、崇め奉られ神棚に置かれてお供えをされている。

名前 NAME
ガント先輩

人種 CAT.
街人 | 男

職業 JOB
クラフトマン | 迷宮学園三年生

職人気質で不愛想。彫金屋で店番をしていた。

名前 NAME
ヴァンダムド学園長

人種 CAT.
公爵 | 男

職業 JOB
??? | 学園長

学園を統括する大貴族。サンタと見間違えるほど白い髭をたっぷり伸ばし、がっちりとした体型のご老公。

第1話　装備が貧弱。まずは装備を調《ととの》えよう。

「ねぇゼフィルス。ちょっとカルアの装備が心配なのよ。見繕うのを手伝ってくれないかしら？」

日曜日の朝はそんなラナの言葉から始まった。

〈天下一大星〉とのギルドバトル〈決闘戦〉が終わった翌朝、いつも通りウキウキ気分でギルド部屋を訪れると困った顔のラナとリカ、そしていつも通りボーっとした感じのカルアがいた。

珍しい組み合わせだな。いつも護衛に付いているエステルかシズはどこに行ったんだ？

「とりあえずおはよう。それで、どうしたって？」

「おはようゼフィルス」

「おは」

「おはよう。もー、もう一度言うからちゃんと聞いてよ？　カルアの装備が貧弱って話なのよ！」

いきなりすぎたので内容が入ってこなかったが、一度挨拶を挟んだことでようやく意味が頭に入ってきた。

カルアの装備？

俺はカルアの装備を上から下まで見る。

靴は優秀な〈爆速スターブーツ〉だ。しかしそれ以外の装備が軒並み初級中位以下の性能ばっかりだった。

優秀である〈爆速スターブーツ〉も防御面はあまり性能が良くない。その真価はスピードにあるからだ。

つまり、カルアは紙装甲だったのだ。

よく今までこんな装備でやってこれたものである。

まあカルアの【スターキャット】は回避にとても重点を置いた職業《ジョブ》なので、当たらなければどうということは無いのだが……。さすがに中級中位《チュウチュウ》以降にその装備は辛いだろう。一発でも当たればシャレにならないダメージを負うはずだ。

「ん。当たらないよ？」

「中級中位《チュウチュウ》からは全体攻撃をする敵が増えるからなぁ」

カルアは全ての攻撃を避ける気満々といった様子だが、何事にも限度というものはある。

特に中級中位《チュウチュウ》のボスは大範囲攻撃、全体攻撃を普通に使ってくるのでアタッカーも被弾が増えるのだ。

ある程度防御力を上げていないとここで脱落する。

この〈ダン活〉で極振りができない理由だな。

また、多くの上級生が中級中位《チュウチュウ》で手こずっている理由でもある。

タンク無視の攻撃は辛いのだ。

〈エデン〉も中級下位《チュウカ》の攻略者が増えてきて、もう少しで本格的に中級中位《チュウチュウ》へコマを進めようというところ。

カルアだけではなく、そろそろギルド全体の装備の更新をしておく必要があるな。

「よし。採用しよう。カルアの装備を調えるか。カルア、予算はあるか？」

「ん。必要ないのに……。今あるのはこれくらい」

「……ちょっとどころじゃなく足りないな。あれ？　〈ビリビリクマリス〉狩りなんかで得た報酬はどこ行ったんだ？」

「ぬいぐるみの作製費とか、カレーとか、いろいろ使った」

「マジかよ……」

カルアが見せてくれた〈学生手帳〉に記載された残高を見て、俺は天を仰いだ。

食べ物でなんでこんなに使うんだ……ってそうか、カルアはカレーは飲み物だって勘違いしている娘だった。後でちゃんとカレーは食べ物なんだって教えておかないと。

とそこでこちらの話に加わってきた者がいた。〈エデン〉の頼れるサブマスター、シエラだ。

「おはようゼフィルス。聞かせてもらったのだけど、ゼフィルスが以前作っていた〈雷光の衣鎧《ころもよろい》シリーズ〉を貸与してあげるのはどうかしら？」

「おはようシエラ。あれなぁ。〈雷光の衣鎧《ころもよろい》シリーズ〉は確かにカルアにぴったりだが、あれはあんまり使いたくない」

シエラの言う〈雷光の衣鎧《ころもよろい》シリーズ〉とは以前狩りまくったレアボス〈ビリビリクマリス〉の素材で作られた頭から足まで揃った5点セットのシリーズ装備のことだ。

一応、ギルドの者なら誰でも使っても良い貸与品として〈エデン〉の共通財産となっている。

雷属性系のダンジョンに行くための対策装備という位置づけのものだ。

故にカルアが独占する形になるのは避けたいところ。

対策装備が必要な場面になった時、カルアが使っているので貸せません、となったらなんのために作ったのか分からないからな。

あれを作ったがために俺はシエラから長時間のお説教をもらったのだ。

タダでは貸せない!!（貸与のハードルが無駄に上昇中）

しかし、カルアの初級装備で中級中位ダンジョンに挑むのも危険だ。

ということでまずは本人を説得してみるか。

「カルア。今後中級中位《チュウチュウ》に進みたければ装備を更新することが条件だ。俺たちが納得する装備を揃えられるまで中級中位《チュウチュウ》に挑むのは禁止とする」

「そんにゃぁ……」

俺の宣言にカルアががくりと肩を落とす。ダンジョンは危険を伴うのだ。ここは厳しくしなければならない場面。

そこへラナが近寄ってカルアを励まし始めた。

「大丈夫よカルア。要は装備を調えれば良いだけじゃない！　きっとゼフィルスがなんとかしてくれるわ」

「ん。そうだった。ゼフィルスお願い」

「って俺にぶん投げかよ。まあいいけど」

カルアがキラキラした視線で俺を頼っています。助けてあげますか？

イエス。

まあ、最初からそのつもりだったけど。

「どうするの？」

シエラが状況を確認した上で俺に尋ねてくる。

どうするもこうするもなぁ。

俺は考える。現在6月9日（日）。

来週からはまたダンジョン週間が始まる。

前回から2週間しか経っていないが、先月が1週間ずれ込んでいたのと、今月の第四週が16日からスタートということで、今回は期間が短いのだ。

また、このペースで行けば〈エデン〉はダンジョン期間中に中級中位ダンジョンへ進むことは間違いないだろう。

つまり期限はあと1週間。

それまでに装備を調えるだけのミールを稼ぐ。

ちょっと厳しいか？

まあできなくはないが、素材を売って、査定が出て、装備の作製を依頼して、装備が完成する。そこまでの工程を考えると、それなりの無理を推し進める必要があるな。

他のメンバーのこともある。パメラ、シズ、セレスタン、ミサトも装備を更新したいところだ。効率よくステップアップするには次のダンジョン週間を装備の充実に当てるが吉のはずである。

しかし、ここはリアルだ、ゲームには無かった要素のあるリアルだ。

ゲームなら装備を作るため、大量の素材をゲットするところから始めなければならないが、リアルの〈エデン〉にはゲームではあり得なかった資産がある。それも膨大な。

その資産の名は〈クエストポイント〉通称：ＱＰ。

ちらりと現在の〈エデン〉のＱＰを確認すると、１２９万ＱＰが残っていた。

ミールに換算すれば、約13億。

やばい。

というわけで、今回はこれを使って装備を調えようと思う。

「今日は日曜日だしＱＰも潤沢にある。〈シングルオークション〉に参加するのはどうだろう？」

俺はそう提案した。

第２話　オークションに参加して中級装備をゲットしよう！

「こちらがシングルオークションの会場でございます」

「ご苦労様、セレスタン」

セレスタンの案内に礼を言って、とある会場に俺たちは足を踏み入れていた。

「なんだか劇場みたいな作りね。この札は何かしら？」

「ラナ殿下、これで買値を告げるのよ。正式名称は私も知らないのだけど」

ラナが会場に入った瞬間から目新しさにいたるところに興味を示し、シエラが知る限りの情報を伝えている。

「ん、ここ。なんか暗い」

「暗いというか、空気が張り詰めているという感じか？　これがオークションの雰囲気なのか」

直感持ちのカルアが会場の雰囲気に猫耳がペタンとし、リカもこの空気になれない様子だ。

確かに、こういう会場ってリアルでは初めて来たが、独特な緊張感があるな。

今回のオークションは、シングルオークション形式だ。

以前訪れたオークションは、所謂《いわゆる》ネトオクに近いものだったが、こちらはリアルタイムで行なう競売だな。

静かな熱気ともつかない、独特の雰囲気があった。

今日一緒に来ているのは俺を含めて6名。

俺、セレスタン、ラナ、シエラ、カルア、リカだ。

目的は中級ダンジョン以降で活躍する装備品。主に防具の購入だ。

本来ならギルドメンバー個別で装備は調える手筈なのだが、相手におまかせだと進行しないことがあるというのが今回発覚した。

ゲームでは全ての装備はプレイヤーの一存で揃えていた。

しかし、リアルだと防具類は相手におまかせだ。カルアみたいに防具は必要ないと言い張るメンバーが出た場合など、ダンジョン攻略に支障をきたす場合がある。

ということで、今回は俺たちが介入した形だ。

今後はギルドの方針なんかで防具や武器の更新についても記載しとかなきゃいかんな。

あとでセレスタンたちと相談しておこう。防具は個人で買うには、かなりお高いからな。

以前ハンナが装備を調えていた時も、なんか支払いの時すごく切なそうにしていたし。本来なら16歳の少女にあの額の買い物を任せるというのは酷なのかもしれない。

また、今回はカルアの防具探しが主だが、他にもこれから中級ダンジョンを攻略していくのに心許《こころもと》ない装備のメンバーが何人かいる。

ギルドからの貸与品として、その辺をサポートしていこうと案を出したところ、シエラとセレスタン、リーナから賛成の支持がもらえた形だ。

そして今に至る。

ちなみにリーナは「用事があるので一緒に行けませんの……」と、とても名残惜しそうに言って去っていった。何か書類の束を持って。

確かあれは〈天下一大星〉と取り決めを行なったときの書類だったと思う。サターンたちはこれからあれに同意の印を押さなくてはいけないのか。強く生きてほしいな。

「ゼフィルス様、本日出品予定の一覧です。こちらをどうぞ。また、席はこちらになります」

「ありがとうセレスタン」

少し遠い目をしていたところ、セレスタンの一言で現実に引き戻される。

6人で横一列の席に座り、一覧表を拝見した。

すると、横に座っていたラナが首を捻って話しかけてくる。

「ねぇゼフィルス。何がどういう物か分からないんだけど？」

「一覧表だからなぁ。まあ順番に司会者が説明してくれるだろ」

一覧表には名称と簡単な説明しか書いていなかった。

むしろ名称が書いていない物まである。第一品目からして「名称秘匿」となっていた。こういうのはサプライズ的な良い物であることが多いので楽しみなのだ。

まあ、それを除いても予備知識が無ければ、何がどんな物か分からんだろうな。

「あなたは当たり前のように分かるのね」

「勇者だからな」

「はぁ……」

シエラを横目にそう答える。いつもの返しにシエラがため息を吐いた。

「それで、何かめぼしい物はあったのかしら？」

「シリーズ装備の単品が何点かあるが、これは揃ってこそ真価を発揮する装備だからなぁ。シリーズ効果が付けば強いんだが、単品じゃいらない。というかドロップ品は微妙なものばかりだな」

詳しく読んでみるとドロップ品は碌《ろく》な物がなかった。

シリーズ装備の単品か、〈銀箱〉産の装備ばかり。まあ〈金箱〉産は本来数が少ないし、ドロップしたら自分たちで使いたいよな。でも〈金箱〉産の装備を期待していた側からすればちょっとどころじゃなく期待はずれだった。

「めぼしい物は生産ギルドの出品物だな。こっちは全種類揃っているし性能も高い。その分いいお値段がするが、狙い目はこの辺だな」

生産ギルドの出品物はセットになっていることが多い。というかセットしか売らない。

さらに生産職が手を入れた装備というのはドロップ品より能力が高い傾向にある。

狙うとしたらどこかの生産ギルドが出品したセット装備だろうな。

いくつかの候補の横にペンで小さな丸を書いて印を付けておく。

お！　この装備セットの作製ギルド〈ワッペンシールステッカー〉じゃないか！　さすがマリー先

輩たちのギルド。良い物を出品している。これも丸だ。

そうだ。あとでマリー先輩のところにも訪ねてみよう。まだ何か良い装備の在庫があるかもしれない。

俺は狙い目の装備セットの価格を書き、またオークションでどのくらいまでその装備にＱＰを出せるのかを記入してシエラに渡す。

「とりあえずこんな感じだな」

「……ほんと、あなたはなんでもできるわね」

「シエラ、私にも見せて」

シエラに渡した一覧表をラナも一緒になって読むが、ラナは首を捻るだけだった。うん、知ってた。

「ゼフィルス様、そろそろお時間です」

「あ、ゼフィルス。札は私が挙げたいわ！　どれを挙げればいいか指示を頂戴！」

「あいよ～」

ラナめ。オークションを楽しみまくる気だな？

俺にもやらせてね？

ドキドキと緊張とワクワクが心を占める中、ついにブザーが鳴り、ステージの上で司会者が前に出た。

シングルオークション、開始だな。

「レディィィィス、アァアンド、ジェントルメェエン！　お待たせいたしました！　ただいまからシングルオークションの開催を宣言します！」

司会者が大きな声で開催の宣言をする。仮面を被っているので誰かは分からないがおそらく男子学生だろう。

最初の言葉、なかなか様になっていたな。本当にあんな言い方するんだ。

やっぱ、なんか異世界っぽくてテンション上がる！

ちなみにゲーム〈ダン活〉だと声無しだった。むしろスキップしてたシーンだった。

「なかなか迫力があるわね」

「なんだかワクワクしてきたわ！」

シエラとラナもオークション開始宣言に高揚を隠せない様子だ。

俺もワクワクだ！

「ではまず、初めての参加の方も居るでしょう。ルールを説明させていただければと思います！」

司会者がテンション上げ上げでオークションのルールを説明しだす。

詳しくは省略するが、要はトラブルを起こさないこととか、落札品を巡っての〈決闘戦〉は禁止だとか、そんな感じの説明がなされた。自分の資産以上の金額を落札してはいけないなどの基本ルールも念入りに説明していた。

それ破産しちゃうやつ⁉　恐ろしい。気をつけねば。

さらに札の挙げ方、その本数によって金額を上乗せする。

たとえば開始の最低落札価格が１０００万ミールなら、札１本挙げれば10分の１に相当する１００万ミールが上乗せされる。この札が各席に５本配られている。５００万ミールを上乗せしたいときはこれを５本挙げればいいわけだ。

また、ＱＰで購入する場合のレートは１ＱＰ＝１０００ミールだ。

今回〈エデン〉は全てQPで支払う予定である。

「以上でルールの説明を終了とさせていただきます！　ご納得いかない方は今すぐご退場を！　居ませんか？　居ませんね？　ではこのまま出品に移らせていただきます！　まずは第一品目！」

テンポ良く司会者が進行し、早速一品目の商品が運ばれてきた。

「最初っから飛ばしていきましょう！　サプライズ品の登場だぁぁ!!　なんと王宮でもほとんど手に入らないと言われる希少中の希少アイテム！　中級上位ダンジョン〈芳醇の林檎ダンジョン〉のレアモンスター〈ゴールデンアップルプル〉のレアドロップ！　その名も〈芳醇な100%リンゴジュース〉だぁぁ!!」

「何ですって!?　ゼフィルスこれは買いよ！　絶対に譲ってはいけないわ！　手に入れるわよ！」

一品目からラナの大好物品の登場だった。速攻でラナが目の色を変える。

一瞬で全ての札を掴もうとしたラナから、俺は溢れ出るSTRに身を任せてその札をひったくった。

させないよ？

「ああ!?　ちょ、ゼフィルス何するのよ!?」

まったくラナのアップルジュース好きにも困ったものである。

「〈芳醇な100%リンゴジュース〉、最低落札価格は100万ミールからスタートです！　どうぞ！」

ジュース1本100万ミール。さすがゲームの世界だ。

信じられるか？　これジュース1本の値段なんだぜ？

「35番さん350万ミール！　21番さん370万ミール！　おおっと98番さん420万ミールだぁぁあ!!」

「何やってるのよゼフィルス！　早く札を挙げて！　このままじゃ取られちゃうわ⁉」

やばい。ジュースの値段がどんどん上がっていってヤバイ。そしてラナがガクガク肩を揺さぶってくるのも地味にキツイ。

いやいや。今日の目的は防具であってジュースではない。ジュースを買うお金なんてないぞ！

「ゼフィルス様、別途こちらで予算がございます。購入していただいて構いませんよ」

「さすがセレスタンだわ！　さあゼフィルス、早く札を挙げるのよ！　絶対勝ち取りなさい！」

まさかのセレスタンから許可が出た⁉　いったいどこから出た予算だろう？

仕方ない。だけどラナにはやらせない！　俺が札を挙げる。

「2番さん510万ミール‼　とうとう500万の壁を突破してきました！　さあ他には居ませんか⁉」

2番さん。どうやら俺は2番さんらしい。席的には中央ら辺にいるのだが、この番号はどうやって決められているのだろうか？

「98番さん530万ミール！　2番さん550万ミール！　98番さん560万ミール！　おお、2番さん580万ミールだぁ！」

どうやら競っているのは98番さんだけらしい。しかし、その勢いも少しずつ衰えてきて。

「2番さん610万ミール！　他に居ませんか？　居ませんね？　はい、これにて落札とします！

第一品目、〈芳醇な100%リンゴジュース〉は2番さんが610万ミールで落札です！」

ジュース1本610万ミール……。すげぇ世界だぜ。

「でかしたわゼフィルス！　今日は打ち上げよ！」

しかし、ラナが喜んでいるのだから良しとしよう。俺の金じゃないけど。

だが、打ち上げをするかはエステルとシズと相談してからだ。

そう告げると、ラナが笑顔で固まった。

エステルはともかくシズは結構その辺に厳しいからな。

こういうお高いジュースはしっかりとした記念日なんかまで取っておくだろう。

しかしラナは諦めない。一つ瞼を閉じると、なんと流し目を送ってきた。

「ゼフィルス。いいじゃない。一口だけ。ね？」

「うっ、いや、そうだな。一口くらいなら……」

なんだかラナから魅力な波動が。

思わず頷いてしまったぞ。なんだ今のは⁉

「ふふふ」

言質を取ったラナがとても上機嫌だった。

……まあいいか。ラナが上機嫌ならなんでもいい気がする。

ちなみにだが、これの予算はセレスタンがギルドのものとは別で出していた。

そのお金が誰のもので、どこから出したのか俺は知らない。誰だろうなぁ（棒）。

ラナとそんなやり取りをしている間にもオークションは進行し、ようやく俺たちが狙っていた商品が出てきた。

作製ギルドは〈ワッペンシールステッカー〉。

中級上位ダンジョンでも十分通用する防具。頭から足、アクセまでを含めた6点セット。

名称〈傭兵妖精防具セット（女性用）〉だ。能力値的に見てもカルアにぴったりな装備品である。是非欲しいところだ。

〈傭兵妖精防具セット〉は中級上位《チュウジョウ》の一角〈四季の妖精ダンジョン〉に登場する妖精型モンスターの素材から作られた防具だ。

ボスモンスターの素材があまり使われていないため作るのはさほど難しくはないが、上級ダンジョンに行くには厳しい性能しかもっていない。中級上位までしか使えない装備だな。

しかし、俺たちが求めていたのはまさにこんな装備なのだ。

豪華すぎず、いい性能すぎず、貸与品としてふさわしい程度の防具。

さすが〈ワッペンシールステッカー〉ギルド。痒いところに手が届く！

この装備はまさに下位ギルド向けに作られた装備品なのだろう。顧客のことを考えた装備セットだな。お値段も通常のモンスター素材で作った装備なので高過ぎないというのも魅力的なポイントだ。

そして運ばれてくる商品。

妖精装備なので、なんというか布面積が少ない。

しかし傭兵と名前が付いているとおり、動きやすさを重視した少しワイルド風な装備一式だな。

品は、丈の短いファンタジー服装備にホットパンツに近いショートパンツ、レザージャケットのような上着、ブーツ、ゴーグル、スリーブ、マフラーのアクセサリー装備、の6点。

中々カッコイイ装備だ。見た目的にもカルアにぴったりな気がする。

軽装。あれを着るとおそらくへそが出る上に太ももなんかも無防備に映るかもしれないが、そこは〈ダン活〉、HPがあるので安全面は保障されている。どれだけ肌が見えていても問題はない。不思議だなぁ。

「あら、あれはカルアに似合いそうね」

「うむ。それに動きやすそうだな。カルアはどうだ？」

「ん。いいと思う」

ラナ、リカの評価も上々。本人のカルアも乗り気なようだ。

司会者が性能を語っているが、さすが〈ワッペンシールステッカー〉、性能面でもいい感じに優秀だ。上級ダンジョンでは心もとないが、中級ダンジョンなら問題なく使えるだろう。

「じゃあ、落札するぞ。いいか？」

「ん。ゼフィルス。お願い」

「おう。任された。予算は３０００万くらいを予定しているが、セレスタン、どうだ？」

「かまいませんが、おそらくもう少し安く済むでしょう。私見ですが、おそらく２０００万ミールを少し超える程度かと思われます」

「そこまでわかるのか。いや、安く済むのならそれにこしたことはないけどな」

セレスタンからも許可が下りたので予定通り落札することを決める。

それにしてもセレスタンは目利きもできるのか。確かにゲームだとこの装備はセットで２０００万前後だった。

しかし、ここリアルではもう少し価格が上がっている可能性があったからこその予算だったのだが、防具はゲームの時と値段が変わっていないのか？

それとも〈傭兵妖精防具セット〉だけの話なのか。

「では〈傭兵妖精防具セット〉は2番さんが2100万ミールで落札です！」

「うーん、微妙な値段だ」

無事落札できた。

リアルの値段の方が上がっているとも言えるし、誤差の範囲とも言える。

しかし高くなっていることは高くなっているので、やはり今後も予算を多めに取っておくことにしよう。

「思ったより安く買えましたね。理由として、Dランク以下に向けた商品でありましたが、そもそもシングルオークションに参加できるギルドとなると高ランクのギルドばかりですから。競争率が低かったのでしょう」

なるほど。セレスタンの言うことに納得する。

やはり値段は若干リアルの方が高いらしい。今回は安く済んでこの値段だったのだ。

そして、確かにセレスタンの言うとおりEランクギルドでシングルオークションに参加しているギルドなんて〈エデン〉くらいのものだ。普通は参加したら破産しちゃう！　かもしれないからな。

そう考えると〈ワッペンシールステッカー〉は利益度外視で防具をオークションに掛けてくれたのだろうか。だとすればありがたいなぁ。

その後もオークションは進み、俺たちも追加で2点の防具セットを落札した。

これはまた別の生産ギルドが作ったものだが、〈ワッペンシールステッカー〉に劣らない素晴らしい出来の装備だった。

これで、防具の方も揃ってきただろう。

足りないものは〈ワッペンシールステッカー〉ギルドに依頼をかけるかな。

また、学園側が様々なレアな装備、アイテム、素材などとＱＰを交換してくれる〈交換所〉という施設があるが、後日ここにも行こうと思っている。

「とりあえずはこんなところか」

「そうね。じゃあもう退出する？」

「そうだなぁ」

目的のものは手に入ったのだしこれ以上オークションには用はない。

ラナの言うとおりそろそろ退出を。いや、次はサプライズ品だったな。

それを見てからでも出るのは遅くはないだろう。

「次の品で最後にしておくか」

「分かったわ！　次はサプライズ品ね！　楽しみだわ！」

ラナは先ほど〈芳醇な１００％リンゴジュース〉を手に入れたのでサプライズ品に好感触だ。

セレスタンとシエラも仕方ないと肩を竦めていた。すまんねぇ。

視線を前に向けると司会者が再び宣言をするところだった。

「お待たせいたしました！　再びサプライズ品の登場だぁぁぁ!!　なんと〈金箱〉産の武器であります！　その攻撃力は上級ダンジョンでも通用しそうなほど強力！　その名も〈怒りの竹割戦斧〉だぁぁぁぁ!!」

「あ。あれは〈エデン〉からの出品物ですね」

セレスタンの発言にずっこけそうになった。

初級上位ダンジョン、〈付喪の竹林ダンジョン〉の通常ボス、〈竹割太郎〉の〈金箱〉産武器だ。

一応、初級ダンジョンからドロップする武器の中ではトップの攻撃力を誇るが、さすがに上級ダンジョンで使いたければ強化玉が必要な品でしかない。いや、それでも俺は使わないかな。

ってそうじゃない、サプライズ品って〈エデン〉からの出品物かよ！

そういえばセレスタンには、毎週オークションにいらない〈金箱〉産装備や〈銀箱〉産のあれやこれやを出品させていたな。

今回は〈怒りの竹割戦斧〉だったようだ。

そういえばあれってシエラたちもクエストの最中にツモってダブったとか言ってたっけ。

片方をオークションに掛けようとお願いしてたんだった。

このタイミングかよ。すっごい肩透かしだ。

見ろ、ラナも……あれなんかわくわくしてますね？

「ねえゼフィルス！　あれはいくらになるのかしら!?　なんだかとても気になるのよ！」

確かにオークションに出品したものに値がついていくのはワクワクするかもしれない。

純粋にオークションを楽しんでるラナが眩しすぎる。

「確かに気になるわね。私たちが手に入れたものでもあるもの」

シエラも興味津々の様子だ。

そういえば出品したのはシエラたちがツモった方だったか。

俺も前を見る。

「ではまずは100万ミールから行きましょう！　おおっと早速15番さん150万ミール！　87番さ

ん200万ミール、22番さん250万ミールだぁぁ!!」

おおお、やばい。ゲームだと味気なかった競《せり》が、なんかリアルだとすごくドキドキするぞ!? これが出品者の気持ちか！

「55番さん1600万ミール！　15番さん1650万ミール！　ここまでまったく衰えません！　おっと87番さんまたも1700万ミールだぁぁぁ！」

ゲーム時代の〈怒りの竹割戦斧〉の相場は1000万ミール前後。

もう軽く超えているにも拘らず、50万ミールの上乗せが止まらない。すげぇな!?

武器はリアルだとかなり価値が上がるようだ。そしていよいよ決着の時が来る。

「55番さん2110万ミール！　さすがに衰えてきたか！　15番さん2130万ミール！　87番さん2180万ミール！　素晴らしい！　ああっと55番さんここでリタイアか!?　15番さんは？　ああっとこちらも打ち止めのようです！　ではサプライズ品、〈怒りの竹割戦斧〉は2180万ミールで87番さんが落札でぇぇす!!」

ゲーム相場の約倍になった。テンション上がるぅぅ！

「すごいわね！　武器一品で2180万ミールの儲けよ！　すっごいわ！」

「おおお！　もう1本もオークション掛けるかセレスタン!?」

「ゼフィルス様お待ちを。シングルオークションに掛けられるのは月に1品でございます」

そういえばそうだった。

俺たちはEランクギルド。シングルの方には月に1品しか出すことはできない。

ちなみにネトオクの方は週に2品まで出せる。

くっ、早くギルドランクを上げたい！

とりあえず、オークション会場を出ることにした。

俺たちは商品の受け取りに向かったのだった。

第3話　カルアの装備を調えよう。マリー先輩の職業判明！

「ん、どう？」

「うん！　やっぱりカルアに似合うわね！　いい感じよ！」

「そうだな。それに性能面でもかなり強力だ。ゼフィルスが太鼓判を押すほどだからな。ただ、少しサイズが大きいか？」

「そうね。マリー先輩に言ってその辺直してもらいましょう」

扉の向こうからキャッキャと女子たちの楽しそうな声が聞こえる。

察するにカルアが例の〈傭兵妖精防具セット〉を試着してお披露目したのだろう。

ラナが褒め、リカが少しサイズを気にして、シエラが提案しているな。

カルアは背が小さいからな。ハンナほどではないが、ラナに抱きかかえられると足が浮くくらいには小柄だ。

装備のサイズは平均的な女子のものだったのかもしれない。

ちなみに現在オークション会場のとある一室で品を確認中だ。

その過程でカルアに試着させてみようという話になり、俺が追い出されて今に至る。

「ゼフィルス～、入ってきていいわよ～」

おっとラナからお呼びが掛かった。

ガチャリと扉を開けて入室する。

すると、一番にカルアが目に入った。

「ん。どう？」

「お～。凄くかっこいいなカルア！」

「んふ。よかった」

俺の答えにカルアは大満足したようだ。その場でクルリと一回転している。

カルアの姿は〈傭兵妖精防具セット〉を装備したちょっとワイルド風な見た目だ。

しかし、女性装備らしい可愛らしさも兼ね備えられている。レザージャケットは長めだが、他の服は全体的に短めでヘソ出し腿《もも》出しで肌色が少し多めなのだが、小柄なカルアにはそれが普通に似合っていた。

「ゼフィルス。これ使っていいの？」

「レンタル料は貰うけどな。使っていいぞ」

装備はお高い。さすがにギルドからのサポートの一環としてもタダとはいかない。

装備は貸与する代わりにメンバーに支払う給与からその分を引く形にしよう、とセレスタンやシエラとも話し合っていた。

気に入ったらギルドから購入するのももちろん有りだ。その場合、今まで貸与品の貸し出しで回収

した金額を差し引いた金額で購入できる形にする。

まあ、その時にはステップアップして次のステージへ進んでいるということもあるので、購入するか、レンタル料を払うかはメンバー次第だ。

「ん。ありがとう。ありがたく使わせてもらう」

カルアは本当に装備を気に入ったんだな。後でセレスタンに貸与の手続きをしてもらうとしよう。

「そういえばシエラ、今回のオークションでどれくらい使ったんだ？」

「あなたね……。いいわ、〈傭兵妖精防具セット〉2100万ミール、〈海原の耀貝《かがやくかい》防具セット〉が2830万ミール、〈高桜魔樹《こうおうまじゅ》防具セット〉が2300万ミールで、合計7230万ミールね」

ふむふむ、なるほど。

ちなみに〈芳醇な100％リンゴジュース〉がカウントされてないのは、まああれだ。経費で落ちなかったからだ。当たり前だ。

しかしセレスタンがどこからともなく〈芳醇な100％リンゴジュース〉の購入費を取り出していたが、あれは本当にどこから持ってきたのだろうか？

何か触れてはいけない気がするのでそっとしておく。

さて、他の2点の装備セットについてだ。

1つ目、〈海原の耀貝防具セット〉はタンク向けの鎧系装備だな。

防御力が高いため金額も一番高かった。タンクの装備は本当にお金が掛かる。タンクは防具に手が抜けないから仕方ないのだがな。

ただメンバーの中で受けタンクは、今のところシエラとリカ、あとルルと俺がサブタンクに該当するが……誰が使うかは決めていない。

というか全員が姫職装備か天空シリーズを装備しているので装備変更する必要が無かったりする。じゃあ買うなよとも思うが、これが中々にいい装備なのだ。これはこの先、受けタンクが仲間に加わったとき用に取っておくつもりだ。

もう1つの〈高桜魔樹防具セット〉は魔法アタッカーなどの後衛向き。ラナ、シェリア、メルト、ミサト、ついでにリーナなんかが該当する。第一候補はミサトだな、一番装備が弱いから。次点でメルトか。

後で話を持ちかけてみよう。

「これに先ほどの出品物〈怒りの竹割戦斧〉の売り上げが2180万ミール。1割出品手数料が引かれるけど、これを収入と加算すれば。出費は5268万ミールね」

シエラが〈学生手帳〉の電卓機能みたいなものを使いタタタっと計算する。

約5000万ミール。QPにすると5万QPか。

高いと見るべきか、安いと見るべきか。金銭感覚がボロくなっていく～。

しかし、まだDランクにも上がっていないのだ。ここで散財するわけにはいかない。

これくらいで収めておくべきだろう。

「なるほど。わかった。ありがとうシエラ」

「別に。これくらいいつでも聞いていいわよ」

思ったよりQPを使わなかったことに胸をなで下ろし、そのまま俺たちはマリー先輩のいるギルド、〈ワッペンシールステッカー〉ギルドを訪ねることにした……のだが。

途中なぜかシズとパメラとエステルが現れて、ラナとセレスタンが連れて行かれてしまうトラブルが起きた。

「ちょ、シズ⁉　ダメよ、私はこれからカルアの装備の調整に立ち会うのよ⁉」

「ダメです。セレスタンも来なさい？　少々お話があります」

「……かしこまりました。ゼフィルス様、少々席を外させていただきます」

「あー、ああ。気をつけてな？」

「え⁉　ちょ、ゼフィルスーー⁉」

ラナとセレスタンは連れて行かれてしまった。

何が起こるのか俺は知らない。


俺たちは4人になってしまった。

しかし、予定通り〈ワッペンシールステッカー〉に到着すると、店番に居たのはいつもお世話になっている、マリー先輩だった。早速お願いしてみる。

「ということで、〈傭兵妖精防具セット〉をカルアに合わせて調整してくれ」

「ほいほーい。いやぁ、うちの自慢の一品を買《こ》うてくれて嬉しいわぁ。兄さんもわかってんなぁ」

「お、これってマリー先輩が作ったのか？」

「そだよ。うちの職業《ジョブ》は【魔装束職人《ましょうぞくしょくにん》】やからな。軽装系の防具が専門なんや。言ってなかったっけ？」

「いいや初耳だ」

「私も初めて聞いたわね」

俺だけではなくシエラたちも初耳らしい。

マリー先輩の職業《ジョブ》判明！　なんと珍しい高位職の生産職、【魔装束職人】だった！　やっべ、超エリートだったよ⁉

【魔装束職人】は【服飾師】系の高位職で主に軽装系に特化した生産職だ。いくつかの生産職系のスキルが使え、完成品がコスプレチックになる傾向があって人気な職業《ジョブ》だった。

そういえばマリー先輩、レザー系の素材とかやけに欲しがってたっけ？　よし、今度いつものお礼に大量に持ち込もうと決める。

「んん？　なんや寒気が……気のせいやろうか？　んん、ああ、そんでな、あるギルドが大量にクエストを発注した関係でこっちにも大量に素材が流れてきてな。もうインスピレーションが爆発してもうたんや」

なんと驚き。〈傭兵妖精防具セット〉の作製者はマリー先輩だった。

性能も悪くないのに金額もさほど高くなく、良い買い物をさせてもらった。感謝感謝だ。

頭を撫でておこう。

「ゼフィルス、何をしているのかしら？」

「は、つい！」

「ついじゃないわ」

しまった。いつもの調子でマリー先輩に接していたが、今日はシエラたちと来ているんだった。振り向くとシエラの目がジト目、ではなくキリキリ釣りあがってる！

お、俺は何もやましいことはしてないぞ！　だから通報はしないでください！

しかし、マリー先輩は気にした様子もなく、にしし、みたいな笑い方をして〈傭兵妖精防具セット〉を持ってその場で調整し始めた。

なぜチラチラとこちらを窺うのか。さては面白がっているな？

「まさかゼフィルス。毎回マリー先輩に失礼をしているのではないでしょうね？」

シエラの目がジト目じゃない！　そんな!?

「い、いや、そんなことはない。今回のはあれだ。感謝が溢れた結果というか」

「感謝が溢れたら、撫でるのかしら？」

シエラからの追及が止まない！

「い、いや、それはマリー先輩だからであってだな」

「それはつまり、マリー先輩は特別ということなの？」

うおぉぉぉ！　俺はいったいどうしたら良いんだ!?　どう答えても問いただされる未来しか見えない!?

カルアはマリー先輩の手元を凝視して動かないし、リカは苦笑しかしていなかった。

助けてマリー先輩！

しかし、マリー先輩はケラケラ笑いながら楽しそうに見つめていただけだった。

閑話　とある青年と秘密の部屋。

とある秘密の部屋で、とある青年が秘密の報告を受けていた。

「失礼します。今日の報告をお持ちいたしました」

「ご苦労様、セレスタン。聞かせてもらうよ」

「はい。今日の〈エデン〉の活動は防具の調達に決まり、急遽シングルオークションへの参加をしてまいりました」

「シングルオークション？　ああ、あのＱＰを使ったんだね？」

「はい。生産ギルドの防具セットを３つ調達いたしました。ただ……」

「ん？　何か言いにくいことでもあったのかい？」

「はい。実はサプライズ品で〈芳醇な１００％リンゴジュース〉が出品されました」

「なんだって!!　なんてことだ、出品が確定した時点で僕に話が通るようにしておいたはずなのに……。誰が購入したか調べはついているかい？　すぐに交渉を持ちかけないと」

「それが、ご購入されたのは〈エデン〉なのです」

「……ん？」

「もっと言えばラナ殿下の指示で購入いたしました」

「な！　なんだって！　それは本当かい!?」

「はい。〈エデン〉のオークションの参加に本日はラナ殿下もご出席されまして」

「はぁ。そうか。ラナは昔っからなぜかアレに好かれていたからね、手に入りにくいはずなのに、なぜかラナの手元によく集まるんだよ。サプライズ品かぁ。普通の商品なら僕に知らせが来るから買って送ってあげたのに」

「ご機嫌取りも大変ですね」

「はっは。セレスタンも言うようになったね。でも、あのジュースを飲むラナが大好きなんだ。本当はもっとたくさん送ってあげたいくらいさ。それより、以前ラナにプレゼントしたジュースはもう飲んでしまったのかい？」

「はい。祝勝会を何度か開きまして」

「そうか。ラナは喜んでくれたかい？」

「それはもう。とても感謝しておりました」

「そうか。そうかぁ……。こほん。それで報告は以上かい？」

「いえ、オークションでラナ殿下がジュースを購入された予算ですが」

「ああ、僕が個人的に渡した分から引いていいよ。本当なら僕が買った後ラナにプレゼントしたほうが好感度が上がったんだが、残念だ。せめてお金は誰が出したのか、その辺頼むよセレスタン？」

「はい。お任せください」

「ラナもこれで、そろそろ許してくれるといいんだけどね」

第4話　カルアの新装備の試運転でレアモンスター現る。

「はぁあ！　『切り払い』！　『ツバメ返し』！」

「フジュア⁉」

「ん、これで終わり。『二刀山猫斬り』！」

「フ⁉　フジュウゥゥ………」

リカの防御スキルからの反撃でノックバックして固まったところをカルアが２本の短剣で上部から斬りつけ、モンスターがエフェクトを撒き散らして沈んで消える。

「お疲れ様。カルア、調子はどうだ？」

「ん。これすごくいい。絶好調」

「それは良かった」

カルアに装備の調子を聞くと、珍しく頬を高揚させて興奮気味にカルアが答える。

現在、中級下位《チユカ》の１つ、〈倒木の大林ダンジョン〉で新しくアップデートしたカルアの装備の調子を確かめているところだ。

装備の調子を見るのはダンジョンが一番、ということでマリー先輩のお店からそのままダンジョンに直行した形だ。

途中、少し青ざめたラナを連れた従者一行とばったり出会い、シズから一言。

「少しお灸を据えすぎました。ダンジョンに行くのでしたらラナ様も連れて行っていただけませんか？」

とのお言葉とラナを預かってそのまま5人でダンジョンに向かうことになった。

何があったのかは……知らない方がいいのだろうか。

あとセレスタンはどこ行った？

ちなみに〈ワッペンシールステッカー〉でシエラのギルティは何とか回避できた。

シエラには、なんとか言葉を尽くしてジト目に戻っていただけた。ふう。危なかった。

「『ソニャー』！　ん、次の獲物、こっち」

「あ、カルア待ってよ。一緒に行きましょ」

カルアが索敵系スキル『ソニャー』を使いモンスターを探り、また発見した模様だ。

新しい装備に浮かれているのだろう、その足取りは軽い。

先ほどまで青い顔をしていたラナも、ダンジョンに入った今ではすっかり顔色が戻っていた。

そのままぐんぐん先に行ってしまうことを危惧したのだろう、ラナが待ったを掛けて一緒についていくことにしたようだ。

ラナは意外と面倒見がいい。カルアのことはラナに任せておけば大丈夫だろう。

「次は私がタンクを受け持つわ。リカはアタッカーに加わってもらえるかしら」

「承知した。ここのモンスターは思ったより攻撃のタイミングが遅い。特にムチ系攻撃はやりにくいから気をつけてくれ」

「分かったわ」

後ろではシエラがリカにタンクを代わるよう話している。

優秀なタンクが2人いるのでどちらがタンクをしても良いのだが、シエラがガチタンク特化なのに対し、リカはアタッカー&タンクなのでアタッカーもこなせる。そのため今回のようにリカがタンクをするとシエラが手持ち無沙汰になってしまうのだ。

効率的に見るとシエラがタンク、リカがアタッカーｏｒサブタンクに回ったほうが効率的だろう。

しかし、どうやら次のモンスターでもシエラの出番は無いらしかった。

「ん。ゼフィルス。金色がいた」

「なんだと⁉」

先に進んでいたカルアが突然Uターンして戻ってきたかと思えばそう言ったからだ。

金色、それはレアを意味する素晴らしい色。

俺は金色が大好きです！

「みんな静かに。んでカルア、どこに居たって？」

「ん、こっち」

素早くみんなに音を立てさせないよう指示を出して、カルアに小声で話しかける。

この、フィールドのど真ん中で金色って言ったらもうレアモンスターしかいない。

素晴らしい。

しかし、レアモンスターは逃げるのだ。

音を立てて万が一発見され逃げられたら目も当てられない、なるべく隠密で行動だ。

〈エデン〉のメンバーもしっかりその辺を分かっている。

へへへ、逃がさないぜ。

「ラナ、まだ居る？」

「カルア、ゼフィルス、あそこよ」

草の陰に隠れるようにしてしゃがみこんでいたラナに近づく。

どうやらラナとカルアは同時にレアモンスターを見つけ、俺たちへの報告にカルアを寄越したらしい。

ラナは見張りだったようだ。

ラナが指差す方を見ると、いるいる、金色に輝く体を持ったモンスター。

球根のようなボディに2つの足。そして頭頂部に生える双葉の芽がフリフリ揺れている。

大きさは俺のひざくらい。かなり小さな植物型モンスターだ。

なんと言うか、本能的に倒しちゃダメ系なマスコット的可愛さがある。

〈倒木の大林ダンジョン〉は植物モンスターが跋扈《ばっこ》するダンジョンだ。

そのレアモンスターの名は〈ゴピップス〉。

名前、もうちょっと可愛くならなかったのかよ、と開発陣に散々問い合わせが相次いだと言われる〈ダン活〉のマスコットキャラクターの一角だ。（嘘です。公式マスコットキャラクターは別にいます）

ちなみに、とある〈幸猫様〉と〈ゴピップス〉が並んだ絵は、〈ダン活〉プレイヤーたちから〈非公式尊い絵ランキング〉で密かに5位の栄冠を手にしている。

そんなレアモンスターを今から狩る！

「ねえ。あれ可愛いわ」

しかし、ラナが俺に向ける目。

可愛いから……可愛いからなんだというのだ？　そう言えたらと思う。

「か、かわいいから……な、なんだ？」

震える声でそう聞いた俺は偉いと思うんだ。

「持って帰れないかしら」

「…………」

お持ち帰り案が出た。少しだけ考える。

ダメだ。【テイマー】系は〈エデン〉にはいないんだ。お持ち帰りはできない。

「諦めろ」

「ゼフィルス？」

「いや諦めろよ」

どうしよう。ラナの目が本気だ。

どうにか冷静に説得しなければ。

とそこへ頼りになる援軍が現れた。

我ら〈エデン〉の頼れるサブマスター、シエラだ！

「ラナ殿下。実は耳寄りな報告があるわ。ちょっとこれを見てくれるかしら」

「なに？」

シエラが〈学生手帳〉でなにやら掲示板のクエスト欄を開いたようだ。

その1つを開くと表示されたクエストをラナに見せた。

「ここ最近、大型クエストで目の前のレアモンスターのドロップが発注されているのよ。クエスト報酬は2万QP。追加報酬で狩ったレアモンスターのぬいぐるみも付いてくるそうよ」

「狩りましょう！」

ラナがクルッと手のひらを返した。見事な手のひら返しだった。

というかこのクエスト、以前フィリス先生が教室で呼びかけていた大型クエストじゃんか！　まだクエスト続いてたのかよ。

しかも追加報酬に無駄に可愛い〈ゴピップス〉ぬいぐるみが載ってやがる。ヤバイ、限定品とか書いてあるぞ。

ふと見ると、ラナの目がキラキラしていてマジ狩《カル》ると書いてあった。今すぐ魔法をぶっ放しそうな雰囲気だ。

ちょっと待ってほしい。

「ラナ待つんだ。狩るのはいい、狩るのはいいんだ。だがレアモンスターに魔法は効かないんだ」

前にも説明したがもう一度。

レアモンスターはＨＰが低い代わりにデフォルトで『魔法完全耐性』を持つ。

ラナがいくらマジカルしようがレアモンスターを倒すことは出来ない。

そこで前のことを思い出したのだろう。ラナがしまったという顔をした。

「大変よゼフィルス、ハンナがいないわ！」

ラナが声を抑えながら叫ぶという器用なことをする。

そう、今回ハンナは同行していない。俺も攻撃アイテムの狙撃はあまり自信がない。

前回レアモンスター〈ゴールデントプル〉を見事一撃で遠距離から仕留めたのはハンナだった。

今回は攻撃アイテムで倒すことは出来ない。〈ゴピップス〉はあの見た目でカルアより足が速い。

一度ミスをすれば逃げられて、二度と会うことはできないだろう。

しかし問題ない。

今回は頼もしいメンバーがいるのだ。

「安心してほしい。カルア、頼めるか？」

「余裕。任せてほしい」

カルアより速い〈ゴピップス〉相手に余裕とは？

しかし、これには理由がある。

カルアの職業《ジョブ》はスピード系に超特化した【スターキャット】だ。

何もＡＧＩの高さだけが【スターキャット】の強みというわけではない。

そのスキルだって、高位職の名に恥じない強さを持っている。

「じゃ、行ってくる。ユニークスキル発動、『ナンバーワン・ソニックスター』！」

瞬間、カルアの輪郭がぶれたかと思うと一瞬でその場からいなくなり、そして、

「キュン⁉」

レアモンスターの断末魔の叫びが聞こえてきたのだった。

カルアのユニークスキルを超えるスピードは、無い。

「では報酬としてこちら、〈金色ピップスちゃんぬいぐるみ〉を贈呈します」

「ありがとうございますフィリス先生！」

フィリス先生から渡されたレアモンスター〈ゴピップス〉にそっくりなぬいぐるみを恭《うやうや》しく受け取るラナ。その表情は満面の笑みだった。

いや、ラナだけじゃなく他の女性陣も少なからず〈ゴピップス〉ぬいぐるみに嬉しそうな顔をしている。ぬいぐるみ好きのリカなんて、姉の前だからと態度は隠そうとしているがキラキラした目をまったく隠せてはいない。

俺たちはレアモンスター〈ゴピップス〉を倒した後、10層にいたＦ《フィールド》ボスを倒して転移陣で帰還し、クエストを受注。そのまま〈中下《ちゅうか》ダン〉の案内役であるゼゼールソンに〈ゴピップス〉のドロップを納品したところ、フィリス先生が例のぬいぐるみを持ってやって来て今に至る。

途中よく分からなかったかもしれないが今に至るのだ。フィリス先生がなぜ？

ちなみにだが〈ゴピップス〉からのレアドロップは〈精霊樹の苗木〉というギルド設置型アイテムだ。〈ダン活〉では珍しく、定期的に〈精霊樹の幼い実〉という素材を生み出してくれる資源生産アイテムである。〈精霊樹の幼い実〉は戦闘不能から復帰するアイテムを作る材料になるため非常に有用だった、報酬が２万ＱＰ（２０００万ミール）というのも頷けるな。

え、じゃあこれ〈エデン〉では使わないのかというと、正直今はあまり必要ないかなと思うからだ。上級ダンジョンでは〈苗木〉系の完全上位互換〈成樹〉系アイテムもドロップするので、使うとしたらそっちだな。ギルド設置型アイテムには、設置数に上限があるのだ。

ということで躊躇せず納品すると、例の限定生産品ぬいぐるみを持ってフィリス先生が現れたというわけだ。やっぱりよく分からない。

しかもラナたちが全然不思議がっていないのもよく分からない。

「こ、これは可愛いわ！」

ぬいぐるみを受け取ったラナはご満悦だった。すぐにカルアが側に寄る。

「ん、リカもおいで」

「う、うむ。ラナ殿下、私にも触らせていただけないだろうか？」

「もちろんいいわよ！　みんなで撫でましょう！」

えっと、なんて言ったか。〈金色ピップスちゃんぬいぐるみ〉だったか？

大人気だな。

まあ、細かいことはいいか？

「シエラは参加しないのか？」

「ええ。後で触らせてもらうわ」

あ、やっぱりシエラも触るのか。〈エデン〉はぬいぐるみ好きが多い。

俺も後で触らせてもらおう。

とそこでフィリス先生が憂うように、しかしホッとしたように言う。

「それにしても助かったわ。〈精霊樹の苗木〉は本当に人気で、このＱＰでも納品に来てくれる学生はほとんどいないのよ」

「はは、お役に立てたら嬉しいですね」

まあ、分からんでもない。ゲームで復帰系アイテムってすごく重要だから、好き好んで復帰系アイテムを売ろうとする人は少数派だ。某ゲームに登場する世界樹の葉ってなんであんなに溜め込むんだろうな。

こほんこほん。話がそれた。

とはいえ、リアル金の成る木である〈精霊樹の苗木〉本体を売る、あるいは納品する人はほぼいないだろう。

〈エデン〉は特別だ。だって今の所誰も戦闘不能になったことすらないから。

「本当に、ぬいぐるみを追加報酬にしてよかったわ」

「…………」

否定したいけど否定しきれない俺がいる。

〈エデン〉はぬいぐるみが報酬だから有用な〈精霊樹の苗木〉を納品したと思われてるぞ。いいのだろうか……。

まあ、あのラナたちのはしゃぎっぷりを見るに、良かったのだろう。

レアモンスターの〈ゴピップス〉よりあのぬいぐるみの方が可愛いしな。

ぬいぐるみはデフォルメされていて結構可愛く仕上がっている、匠の腕を感じるね。

ちなみに後で知ったことだが、〈エデン〉にある〈モチちゃん〉と作り手は同じ人だったらしい。

なるほど……。確かに匠の技を感じる。ぬいぐるみに。ふむ……。

とりあえずホクホク顔で〈エデン〉のギルド部屋に帰還した。

外を見るとそろそろ夕方だ。解散するにはいい時間だな。

と、思っていたのだが、

「名前は何がいいかしら？」

シエラの一言により事態は思わぬ方向へ進むことになった。

「名前か、非常に重要な問題だな」

「ん。超重要」

リカとカルアも唸る。

特にリカの瞳がマジだ。怖い。

俺はそっと〈モチちゃん〉を掴むとリカに押し付けた。

「ほぉわ！　な、何をするんだゼフィルス！」

「とりあえず落ち着け。目がマジだったぞ」

「当たり前だ。重要なことだぞ。しかしそれとは別にしてありがとう」

「もっちもっち」

押し付けた〈モチちゃん〉は無事リカの懐に納まった。いや大きさ的に収まりきっていないが、まあこれでいいだろう。

カルアも近づいてモチモチしだす。なんか思っていたのと違う。

「シエラは何かいい案はあるかしら？」

「ってラナ！　いつの間に〈幸猫様〉を攫った!?」

「何よ、いいじゃない！　〈幸猫様〉だってここに居たがっている筈よ！」

リカとカルアに集中していたらいつの間にかラナの膝の上に〈幸猫様〉が座っていた。

マジでいつの間に攫ったんだ!?

最近ラナの〈幸猫様〉奪取術の錬度が上がっている気がする……。気のせいであってほしい。

「時間もあまり無いのだし、早く決めてしまいましょう。〈ゴピップス〉ちゃんはダメよね？」

話が前に進まないことに業を煮やしたのか、シエラが進行役を買って出る。

「それは可愛くないわ」

「まあ、そうだろうな」

〈ゴールデンなピップス〉で〈ゴピップス〉。なんでそこだけ縮めちゃったんだ開発陣？

ちなみにピップスとは、このモンスターの種族の名称だ。由来は分からない。

「双葉がぴょこぴょこして可愛いのよ」

「じゃあ〈双葉ちゃん〉にするか？」

ラナが双葉の部分をツンツンして愉悦に浸っている。

左手で〈幸猫様〉を撫で、右手で〈金色ピップス〉をつつく。なんて贅沢な。

しかし、美少女とセットだと途端に尊い絵になるから不思議。

「双葉ちゃんはなんかダメな気がするな。間を取ってくっつけて、〈フタピちゃん〉というのはどうだろう？」

「良いわね！　なんとなく、この可愛い見た目に似合う気がするわ！」

「ん、いいかも」

リカが直感で双葉ちゃんを却下して、別の案を提案した。英断かもしれない。

俺とシエラはなんでも良かったので、無事ラナとカルアの心を掴んだ〈フタピちゃん〉に決まった。

また〈エデン〉にぬいぐるみが増えたぁ。

第5話　ミサトと面接の相談。希望者がすごいらしい。

翌日月曜日。

毎週月曜日は、なぜか例の４人が絡んでくる日だ。

なぜ月曜日なのだろうか。土日で回復してしまうからか？　もっとスパルタしたほうがいいのだろうか？

しかし、さすがに土曜日に大敗北を食らった〈天下一大星〉は、今日は朝から非常におとなしかった。

少し、灰色がかって見えるのは気のせいだろうか？　煤《すす》けているようにも見える。

「サターンは生きているのか、あれは？」

「放っておいていいと思うよ。時間が経てばそのうち復活するよ」

俺の呟きに答えたのは、ひょこひょこと白と橙色の兎耳を揺らしたミサトだった。

思わず視線が耳に向く。

ちょっとモフッてみたい。触ってはダメだろうか？　ダメだろうな。シエラから今度こそお説教をもらうだろう。ミサトの耳を触っていいのはメルトだけなのだ。

いや、あれは触っているというより掴んでいるの方が正しいのか？　やっぱりダメっぽい。

くっ、ここはリアルになった〈ダン活〉の世界なのに届かないものがあるのか！

無念だ。

しかし、ミサトのサターンたちの評価がちょっとドライだ。元〈天下一大星〉のメンバーだったし、彼らの特性をよく知っているのだろう。

「？　それよりね、来週のことだよ。Dランクになった後の話」

「ああ、そうだったな。スカウトの話か」

朝礼の前の優雅な時間。

なぜミサトが俺の席に来て話しているのかというと、理由は週末から始まる〈ダンジョン週間〉、ひいてはDランクギルドになった後の勧誘についての相談事だった。

〈エデン〉のメンバーはだいぶ育ってきており、来週には多くのメンバーが中級中位ダンジョンに進出できるだろう。

そうなれば、ギルドランクがDランクに上がるのも時間の問題だ。

早ければダンジョン週間中に達成できるまである、かもしれない。

いや、さすがにそれは無理か。

――Dランク。

それは一種の大きな峠。

ここまで来れるギルドは、実を言うとあまり多くない。

Dランク昇格の条件の1つ、中級中位ダンジョン3つ攻略、この壁がとても大きいのだ。

何しろ中級中位ダンジョンの入場条件はLv50、そしてLv上限は75まで上げることができる。

Lv75とは下級職のカンストの数値だ。

Lv50からは次のレベルアップまでの経験値が非常に多くなり、中々レベルは上がらなくなる。

中級中位ダンジョンの階層数は40階層。

最下層まで降りるのもかなり時間が取られるうえ、道中のモンスターもＬｖ60台が出現するようになり、道を進むことすら難易度が高い。

そうしてＤランクになったとしても峠を越えられるかはまた別の問題だった。

多くのギルドは、なんとかしてこの壁を乗り越える。

しかし、Ｄランクから上がとんでもなく険しい道となるのだ。

次の中級上位ダンジョンは入場制限がＬｖ60なのに対し、最高がＬｖ75、つまりカンストまでしか上がらない。

Ｌｖがカンストしてしまったメンバーは、もうＬｖを上げることはできないのだ。

それは強くなることができないのと同義。

今までのように、Ｌｖを上げて、強くなってからダンジョンアタックというごり押し戦法が使えないのだ。こう言えばとんでもなく大きな峠であるとわかるだろうか。

そしてＤランクから上、Ｃランクギルドとは、そんな中級上位ダンジョンを攻略した猛者ばかりが所属するギルドだ。故にエリートと言われている。

ＤランクからＣランクに上がるためのやり方はただ1つ、〈ランク戦〉のみである。

Ｃランクギルドに勝負を挑み、そして勝たなければランクを上げることは敵わない。

故に、Ｄランクとは多くのギルドを篩《ふる》いに掛ける大きな峠と言われている。

そんなＤランクへ順調にコマを進める〈エデン〉は、この大きな峠を攻略するための戦略が求められていた。

端的に言えば、ギルドメンバーの募集である。

Dランクの上限人数は20人。〈エデン〉は現在15人なので5人加入させることが可能になる。

重要な5人だ。

〈エデン〉がこの先、Dランクから Cランクに進み、そしてその先に進むためにも非常に重要な枠がこの5人だ。

何しろCランクに上がっても上限人数は変わらず20人だから。

これはDランクとCランクのランク入れ替わりが激しいため脱退者を出さないための処置として同数とされているのだが。

これによりランクを上げても新しく加入者が加わることはできない。つまり先へ進みたければこの20人がメインメンバーとなる。

今の〈エデン〉に足りない者を加入させるか、それとも飛びぬけている部分をより伸ばすのか。

ギルドの戦略が求められる。

長くなったが、つまり人材集めが求められるわけで、素晴らしい人材は常に争奪戦だ。

今から準備しておかなければ、Dランクになったときに困ることになる。

そう、ミサトは相談してきているのだ。

「それでね、〈エデン〉に加入したいって希望をしている子が結《けっ》構《こう》居てね、面接をしてもらえないかなって相談」

「すごい溜めだな。そんなにいるの？」

さすが、顔の広いミサトだ。

確か〈天下一大星〉のポリスなどのメンバーもミサトが集めてきたはずなので、その手腕は本物だろう。

メンバー集めに天性の才能を持っているのかもしれない。

しかし、〈エデン〉に加入するのであれば生半可な実力者ではいけない。

「〈エデン〉はいずれSランクになるギルドだ。やる気があって実力もある。そんな人しか受け入れられないぞ？」

具体的には〈戦闘職〉の類いは高位職以上が理想だ。

できれば何かしらの「人種」カテゴリー持ちであると嬉しいが。

まあ、ノーカテゴリーの汎用職業《はんようジョブ》でも強いのはたくさんあるのでそっちでも構わない。

また、〈戦闘職〉以外は別に中位職でもいい。むしろ〈生産職〉や〈採集職〉、〈支援職〉なんかは高位職の存在しない職業《ジョブ》系統がそれなりの数あるので高位職に限定すると集まりにくいだろう。

あとは学年。

今まで1年生で揃えてきたが、学園が〈転職者〉に課す新しい制度次第では〈転職〉した上級生をメンバーに加えるでもいい。

問題は制度が決定しサポート体制が整うのがいつになるか分からない点だな。早く導入してほしいぜ。

「うん。そこは任せて。ちゃんと選抜するから安心していいよ。〈転職〉を希望するなら中位職の子でも構わないんだよね？」

「あとできれば人柄も重要だな。〈エデン〉は……色々とあるからな」

〈エデン〉には秘密が多い。それをちゃんと秘匿できる、が最低条件である。

一応ここは教室なので少し言葉を濁して伝えると、ミサトもたはは～と笑いつつ頷いてくれた。

「とりあえず面接の件は了解した。選抜が終わったらまた連絡してくれ。日程を調整するから。あ、それとできれば欲しい人材《職業持ち》が居るんだが、その職業《ジョブ》持ちのスカウトも頼めるか？」

「了解～。職業《ジョブ》の方は――、あ、先生来たね、じゃあまた後で教えて～」

話の途中でチャイムが鳴り、フィリス先生とラダベナ先生が入室したため一旦話は打ち切りだ。ミサトは席に戻っていった。また後で詳しく相談したい。

さて、今日も授業が始まるな。

第６話
学園・情報発信端末・誰でもチャット掲示板21

【〈エデン〉に】大面接の希望者はココ　PART１【加入したいか！】

１：名無しの賢兎1年生

ここはEランク1年生ギルド〈エデン〉の新規加入募集スレ。
『第一回、〈エデン〉大面接』！

〈エデン〉がDランクに上がる時の新しいメンバーを募集します。
Dランク昇格時期：早ければ6月中。遅くても9月まで。
また、下部組織《ギルド》を創立した場合、下部組織《ギルド》の加入募集に切り替わる可能性があります。ご留意ください。

条件：〈戦闘職〉は高位職。それ以外は中位職以上。
また中位職以下でも〈転職〉を希望する者。

採用枠：最低5枠。（下部組織《ギルド》募集に切り替わった場合10枠）

募集期間：6月10日（月）15時まで
面接日　：6月10日（月）～6月13日（木）
面接官　：ギルドマスター・ゼフィルス

希望者は条件を加味したうえで応募してください。
『大面接応募』とご記入のうえ、
職業《ジョブ》、Lv、加入目的、最高到達階層、クラス、をご記入ください。

例
『大面接応募』

・職業《ジョブ》：
・Lv：
・加入目的：
・最高到達階層：
・クラス：

また、このスレは『○：名無しの○○年生』項目以外、非公開となります。賢兎が記入したものとご自身が記入したもの以外は非公開となり他人が読むことは出来なくなります。ご注意ください。

また、記入項目以外の、雑談等ご記入はおやめください。

質問は別スレ、『○○××』でお答えします。


その後、こちらで選抜を行ないます。

選抜を通った方はグループチャットにご招待します。

その後、スケジュールをお聞きし、面接日を調整いたします。

詳しくはグループチャットで。


以上。

募集を開始します。

2：名無しの盾士1年生

『大面接応募』！
・職業《ジョブ》：【堅固盾士】（高の下）
・Lv：16
・加入目的：勇者ファンです！　それ以上の言葉はいらない。
・最高到達階層：初級下位ダンジョン攻略者の証3つ所持。
・クラス：〈戦闘課1年12組〉

3：名無しの商人1年生

『大面接応募』！
・職業《ジョブ》：【マーチャント】（中の上）
・Lv：12

・加入目的：勇者ファンです！　それ以上の言葉はいらない。
・最高到達階層：初心者ダンジョン済み。
・クラス：〈商業課1年1組〉

---

4 ：名無しの歌姫1年生
『大面接応募』！
・職業《ジョブ》：【歌姫】（高の上）
・Lv：22
・加入目的：勇者ファンです！　それ以上の言葉はいらない。
・最高到達階層：初級中位ダンジョン攻略者の証2つ所持。
・クラス：〈戦闘課1年8組〉

---

5 ：名無しの錬金2年生
『大面接応募』！
・職業《ジョブ》：【錬金術師】（中の中）
・Lv：50
・加入目的：勇者大大大大大ファンです！
私以上のファンはいません！〈転職〉希望。
・最高到達階層：初心者ダンジョン済み。
・クラス：〈錬金術課2年1組〉

---

298 ：名無しの猫男1年生
『大面接応募』
・職業《ジョブ》：【ハイライダー】（中の上）
・Lv：11
・加入目的：カルアちゃんを追っかけて参加！〈転職〉希望。
・最高到達階層：初級下位ダンジョン最下層。
・クラス：〈戦闘課1年58組〉

---

299 ：名無しのヒーロー少年1年生
『大面接応募』

・職業《ジョブ》：【ちびっ子ヒーロー】（中の中）
・Lv：10
・加入目的：ルルさんを愛でるシェリアさんに惹かれて参加！
　僕も愛でられたい。〈転職〉希望。
・最高到達階層：初級下位ダンジョン最下層。
・クラス：〈戦闘課1年62組〉

---

300 ：名無しの犬2年生
『大面接応募』
・職業《ジョブ》：【野獣】（中の中）
・Lv：42
・加入目的：俺の中の獣がここに加入せよと囁《ささや》いている。
　〈転職〉希望。
・最高到達階層：初級上位ダンジョン攻略者の証1つ所持。
・クラス：〈戦闘課2年88組〉

---

301 ：名無しの暴走2年生
『大面接応募』
・職業《ジョブ》：【暴走魔法使い】（中の下）
・Lv：51
・加入目的：〈天下一大星〉を抜けてハンナ様のところに行きたい。
　〈転職〉希望。
・最高到達階層：中級下位ダンジョン攻略者の証1つ所持。
・クラス：〈戦闘課2年66組〉

---

302 ：名無しの賢兎1年生
はーい終了！　終了でーす！
定刻になりましたのでこれにて募集を打ち切ります！
この後に応募しても面接対象外となります！
あしからず！
またご参加ありがとうございました！
上から順番に審査中です！

よろしくお願いいたします！

303 ：名無しの冒険者2年生

『大面接応募』！

・職業《ジョブ》：【冒険者】（中の中）

・Lv：35

・加入目的：絶対〈エデン〉のお役に立ちます！
よろしくお願いします！〈転職〉希望。

・最高到達階層：初級上位ダンジョン攻略者の証1つ所持。

・クラス：〈支援課2年7組〉

125 ：名無しの賢兎1年生

こんにちは！

えっと、こちら賢兎です。

お約束通り、大面接を勇者君に提案したところ許可が下りましたので、早速募集を開始いたしました。

募集スレはこちら『○○××』。

126 ：名無しの錬金2年生

ガタッ!!

ついにこの時が来たのね！

よくやったわ賢兎さん、ちょっと席を外すわね。

また後で話しましょうね。

127 ：名無しの支援3年生

ついにこの時が来たか。

ふむ、募集期間がずいぶん短いな。しかも面接日が今日からか。

128 ：名無しの賢兎1年生

はい。

正直、考える時間を与えると希望者が殺到しすぎてとんでもない事になりそうなので。前々から〈エデン〉に入りたいと言ってきていた人たち向けの募集ですね。

それに、まだ面接は第一回目ですから。これから何回か行なうでしょうし。

まずは様子見をかねてですね。

129 ：名無しの神官2年生
なるほどな。

確かに、恐ろしい勢いでスレが伸び始めている。

あ、錬金のやつ後輩に先を越されてるぞ。

ウケる。

130 ：名無しの錬金2年生
なんか言ったかしら？

131 ：名無しの神官2年生
あ、ごめんなさい。

132 ：名無しの盾士1年生
ふ、トップの座は貰ったわ！

アーッハッハッハッハ！

133 ：名無しの錬金2年生
くっ、でもまだよ。

応募がトップでも、それで採用される訳じゃ無いんだから！

134 ：名無しの盾士1年生
でも一番に目に付くのは私よ！

これは大きなアドバンテージだわ！

135 ：名無しの賢兎1年生
あ、スレの選抜には勇者君は参加しませんよ？

スレのトップに書いてあるとおり面接にのみ参加します。

136 ：名無しの盾士1年生
かっはっ!?

137 ：名無しの錬金2年生
賢兎さん、よくやったわ。

さて、落ち着いたところで建設的な話をしましょうか？

138 ：名無しの神官2年生
錬金のやつが調子を取り戻したぞ。

何について話す気だ？

139 ：名無しの錬金2年生
少し質問なのだけど、採用枠は5人となっているわよね？

下部組織《ギルド》は作らないの？

140 ：名無しの賢兎1年生
実はまだ勇者君にそこまでご提案はしていないんですよ。

理由は、その、勇者君のことなので言えませんが、実際面接者の多さを見せてから改めてご提案するつもりです。

141 ：名無しの支援3年生
なるほど。

勇者氏はまだ下部組織《ギルド》を作らなくても問題無いと思っているのか。

確かに1年生ギルドが今の時期に下部組織《ギルド》を作るのは、維持費の問題で厳しい。

もうすぐ夏期の大型休暇がやってくるからな。

帰省ラッシュでギルドの人員が居なくなれば稼ぎも少なくなる。

維持費だけ持っていかれるため1年生ギルドは早くても夏休みが明けた9月から下部組織《ギルド》を作るのが慣例だ。

142 ：名無しの神官2年生

そうだな。下部組織《ギルド》の維持費は高いからな。
普通のギルドなら贅沢だ。
本来なら高位のギルドが持つものなんだ、下部組織《ギルド》というのは。
まあ、〈エデン〉がDランクで落ち着くギルドとは思えないから、
そのうち下部組織《ギルド》は作るだろうと思ってたが、まだ早いのか？

143 ：名無しの賢兎1年生

いえ。維持費は関係無いのです。

もう少し時期を見定めれば下部組織《ギルド》提案に勇者君も乗ってくると思います。

そうしたら枠も増えますよ。

144 ：名無しの神官2年生

なるほど。

下部組織《ギルド》さえ創立出来るのならば、最初の採用枠は10人に増えるな。

〈エデン〉がDランクになればさらに5人増え、下部組織《ギルド》もEランクの昇格試験を受けられるようになるのでさらに5人増える。

最大20人規模の大面接だな。

145 ：名無しの賢兎1年生

ですが現在の〈エデン〉のメンバーが15人ですから、さすがに一度に20人の採用は出来ませんね。

146 ：名無しの支援3年生

現メンバーの数を超えるからな。
過去にも、ギルド在籍しているメンバー以上の人数を採用して、
逆に乗っ取られたり、ギルドが真っ二つになったり、燻っていた者が下克上したりと多くのトラブルが起こったと耳にした事がある。
加入したメンバーが即戦力だとギルドの空気に慣れないうちに自分でギルドの空気を作ってしまうからな。これが大勢だと元のメンバーが管理しきれなくなり、ギルドはもはや別物と化してしまう。

147 ：名無しの神官2年生

ああ、だからさっき第一回目と言ったのか。

つまり何回かに分けてメンバーを募集するつもりなんだな？

148 ：名無しの賢兎1年生

そうですね。

今の〈エデン〉はノリに乗っていますしギルドの雰囲気もとても良いです。

この調子を崩したくありませんから募集は少しずつ、雰囲気を崩さないように行なっていく予定ですよ。

149 ：名無しの錬金2年生

なるほどね。

了解したわ。ありがとうね賢兎さん。

150 ：名無しの賢兎1年生

いえいえ～。

では、まだ質問のある方はどんどん聞いてくださいね。

放課後は面接がありますのでそれまでの質問なら出来る限り答えさせていただきますよ。

151 ：名無しの錬金2年生

ふふふ、盾士後輩。

恨みっこ無しよ？

151 ：名無しの盾士1年生

です！

第7話　第1回大面接開始！　女子の豊作具合がヤバい！

俺はちょっと舐めていたのかもしれない。

ゲーム時代、新規キャラクターをスカウトする際、2通りの方法があった。

キャラクターをメイキングする方法と、すでに職業《ジョブ》についているキャラクターをスカウトする方法だ。

後者は掲示板の募集などで集めることができる仕様だった。

主に指定した職業《ジョブ》のキャラクター一覧表が現れ、そこから選択する。

Lvが0のキャラか、Lvは20だがステ振りがされてしまっているキャラか。

いずれにしても、スカウトとは自分からしに行くものだった。

しかし今、それとは逆なことが起こっている。

「今日面接なのはこの14人ね。明日は16人入ってるよ」

「ちょっと待ってくれ」

ミサトの言葉に俺は非常に頭を悩ませる。

思い出すのはカルアが加入した時のことだ。

〈ダン活〉ではスカウトしに行くのが当たり前の仕様だったのに、カルアは売込みを掛けてきた。そのもの珍しさに、カルアのことにかなり興味が湧いたのを今でもはっきり覚えている。

今、まさにそんな状況。

つまり、〈エデン〉に売込みを掛ける、いや応募する子がとんでもなく多いのだ。

ミサトから受け取った面接の一覧表にはずらっと60人以上の名前が書いてある。

これでも応募した人を5分の1くらいにまで減らしたというのだから驚きだ。

つまり元は300人近くの応募があったということ。ミサトがどうやって周知し、募集を募ったのかは知らないが、少なくとも〈エデン〉に加入したいという人は多いらしい。

しかもだ、これまた優秀な子が多いのだ。ちゃんと選抜を勝ち抜いてきた子たちなのである。

おかげでこれから木曜日まで毎日面接のスケジュールが入ってしまった。

そのうち5名が採用枠。ミサトは俺に選べと言う。どうしろと?

現在、月曜日放課後、今日からしばらく放課後は面接だ。

まさかだよ。

ミサトから面接の提案を受けたのが今朝。そして放課後には選抜が終了し、すでに面接が始まっているというのだからどんだけスピード応募だったのかという話だよ。それで応募が300?

ミサトが〈エデン〉に正式加入してまだ2日のはずなのに、どこからこれだけの〈エデン〉加入希望者を集めてきたのか不思議でたまらない。

とりあえず集まった子たちを見る。

今日の面接に来たのは男子4人、女子10人。全員が1年生だ。

全員どこかしらのギルドに所属しているが、〈エデン〉に合格した暁には脱退してくるらしい。そして、全員が高位職だった。さすが1年生だ。

場所はラウンジではなく、〈戦闘3号館〉の〈練習場〉に足を運んでいた。

ここで能力を見せてもらい評価しようという考えだ。

頭は痛いが切り替えよう。俺は一息吐いて、前に並ぶ学生たちに意識を集中する。

「ふぅ。ではこれより面接を始める。用意した的をモンスターと仮定して相手をしてくれ。手段は問わない」

「し、質問、いいですか！」

俺の指示に真っ先に手を上げたのは「狸人」の女子だった。

頭に可愛い狸耳がひょこっと乗っている。

顔も見覚えがある、確か俺がしている授業で初期から参加している子だ。

そして以前初級中位《ショッチュー》の１つを攻略中に少し話す機会があったのを覚えている。

たしか名前は、ラクリッテちゃんだ。どうもちゃん付けしたくなる、ちょっと保護欲を誘われる子だ。

俺は１つ頷いてから先を促した。

「もちろんだ。どうぞ」

「あの、うち、ポジションはタンクで、あまり攻撃力に自信ないのですが」

「私も、ちょっと自信ないかも」

的を相手にすると言ったからだろう。「狸人」の子が火力の無さに不安を伝えてくると、隣にいた女の子も手を上げてそれに便乗する。

確かこの子も初期から俺の授業に参加していた子だ。「男爵」の女性シンボル、〈マイクの意匠が入ったチョーカー〉を身につけているので気になっていた子だ。

この子はラクリッテとパーティを組んでいた、名前はノエル。

俺の〈ダン活〉脳によると2人とも〈戦闘課1年8組〉に所属していたはずだ。エリートクラスに在籍していたため、この2人はよく覚えている。

そういえば、ここに参加している女子はみんな俺の授業を受けている子たちじゃないか？

今更気付いたが、並ぶ女子たちは確かに見たことのある顔ぶれだった。マジかよ。

おっと、驚いている場合ではない。質問に答えなくては。

「心配には及ばない、破壊する必要はないからな。攻撃でもサポートでもタンクでも好きな風に相手してみてくれ。的は敵だと思って、その敵を相手にするときの対応を見たいんだ」

「な、なるほどです。分かりました！」

「そういうことなら、了解だよ」

「他に質問がなければ、俺から見て右の人からやってみてほしい。まずは男子からだ」

今の他にも少々の質問に答えつつ、面接は開始された。

まずは男子の1人からだ。「人種」カテゴリー「狼人」で大剣を装備している。

剣士系だ。名簿の一覧表には【ワンキラー】と職業《ジョブ》の名が書かれている。

一撃の威力を重点に置いた「狼人」の高位職だ。高の中だな。〈戦闘課1年21組〉に在籍しているらしい。なぜかミサトのほうをさっきからチラチラ見ている。

彼が的に向け大剣を構えると一気に駆けてそれを振り下ろした。

「『バスターワンソード』!!」

気合十分に放たれたそれは、的を完全に破壊……できなかった。

「な、何!?」

「その的は破壊不可オブジェクトだからな、存分に攻撃してみてくれ」

的が破壊できなかったことに驚く【ワンキラー】1年生に破壊できないことを教えてあげる。

おいおい、そこでビックリして動きを止めちゃダメだよ。

その的はダンジョン製。産ではなく製というのがポイント。柔らかくすることも硬くすることも自在なアーティファクトである。言ってて思うが、どんな的だろうか？

まあ、ゲームでは的の難易度を上げるとダメージが通らなくなったり、破壊できない的になったりするのは、割と普通の現象だ。

また、破壊できる仕様の時でも数秒後には元通りになったりな。本当に不思議な的である。

ちなみにこの的は破壊できないオブジェクト状態になっているのでいくら攻撃しても壊れない。好きにしてみてほしい。

【ワンキラー】1年生は破壊できない的に多少動揺したものの、すぐに気合いを入れ直し、再び的を攻撃し始めた。

しかし、なんかな。無駄に格好付けている気がする。良いところを見せてアピールしたいという思いが溢れているな。あと、ミサトの方を見過ぎだ。

ミサトにアピールしているのか？　面接官は俺なんだが……。

「よし、そこまで。次の人と交代してくれ」

「狼人」の男子がまた数回スキルを打ち込んだところで交代だ。

彼はもうちょっと誰にアピールするべきか、学ぶ必要があるな。

この調子で次の男子も見るが、なぜか俺がさっき言ったことをまったく意に介さず的を破壊しようと奮闘し始めたのですぐにチェンジした。

なぜ破壊しようとする。

その後も数少ない男子たちの面接は進んだが、なぜか不甲斐ない結果に終わった。

みんな女子たちの方を気にしすぎてガチガチに緊張しまくっていたのだ。そんなことでは美少女ばかりのギルド〈エデン〉ではやっていけないぞ！

男子の番が終わり、女子のターンが来た。

「う、うちの番です！　ラクリッテ、行きます！」

トップバッターは「狸人」のカテゴリーを持つラクリッテだ。

期待大！

そうして女子の番が始まると、女子の方は豊作だった。


ラクリッテが左手を構えて展開すると、手甲のように装着されていた装備が巨大な盾へと展開した。

「おお、あの演出かっこいいな～」

思わず唸る。

それを両手で装備すると的へ向かって前へ出る。

構えるのはでっかいタワーシールドのような盾。さっきタンクを自称していたからな。両手盾である。

ちなみに両手盾は両手で装備する大盾のことで武器は装備していない状態だ。

ラクリッテの職業《ジョブ》は【ラクシル】。

〈ダン活〉オリジナル職業《ジョブ》の高位職で、高の上。ポジションタンクに特化した盾職系の職業《ジョブ》である。

また、面白いのが【ラクシル】は幻術系の〈魔法〉を多く覚える点だな。

物理盾の職業《ジョブ》は物理攻撃、つまりSTRとVITを育てるのが一般的だ

しかし【ラクシル】は物理攻撃の性能が低く、〈魔法〉の方が得意である。

育てるならVITとINTを育てていくことになる珍しい職業《ジョブ》だ。

「人種」カテゴリー「狸人」自体がINTに特化しており、他には【化け狸】や【癒し狸】、【狸幻想師】といった魔法系を得意とする職業《ジョブ》を持っている。

【ラクシル】は盾が得意な「狸人」の職業《ジョブ》、というポジションだな。

「『カチカチ』！『壁盾』！『イリュージョン』！」

おお！　俺はラクリッテが使い始めたスキルに驚いた。

『カチカチ』は挑発スキルだ。さっき俺が言った「的を敵に見立てる」という言葉に忠実に従っていた。前の男子たちとはえらい違いだ。

『壁盾』は防御スキル。彼女の中では挑発して敵のタゲを奪い、防御するところまでイメージが出来ているのだろう。なかなか慣れている動きだ。

さらに幻惑系魔法の『イリュージョン』、相手に〈混乱〉や〈盲目〉などを含む状態異常をランダムで与える魔法である。ランダムなので狙った状態異常を付けることはできないが、その分成功率が高い魔法だ。

それからもラクリッテがかなり慣れた動きでヘイトを稼ぎ、防御スキルを発動し、時々魔法でデバフを掛ける動きを見せて面接は終了した。

他の男子が的を攻撃しかしていなかったのに対し、ラクリッテは本当に動かない的を敵と想定して動いたのだ。

的は攻撃するものという固定概念を取り払った素晴らしい動きだった。

高評価である。


「次は私の番ね。【歌姫】ノエルが行くよ～」

次は「男爵」「姫」のカテゴリーを持つ女子、名前はノエル。職業《ジョブ》はなんと驚きの【歌姫】だ。名前から察せられるとおり、〈姫職〉の一角である。

高位職、高の上に位置し、メインは歌によるバッファーであるが、スキルはわりとオールマイティに何でもできる優良職である。さすが〈姫職〉。

主に〈スキル〉系の歌を使うが、ステータス依存はRESとDEXという、これまた珍しい組み合わせだ。

しかし、自分の努力のみで〈姫職〉になっている子を初めて見た。

〈姫職〉というのは普通、発現条件がちょっとやそっとじゃ分からないようなものばかりに設定されている。

ゲーム〈ダン活〉ではクエストなどで発現条件の一部を手に入れて、後は〈ダン活〉プレイヤーの汗と涙と努力とパワーで発見していたが、彼女はそれを自分で紐解いたのだろうか？

あるいは家に代々【歌姫】の発現方法が伝えられてきたのか。

いずれにしても〈姫職〉の子である。大注目だ。

〈育成〉はどうなっているのか気になるところである。

【歌姫】はオールマイティ。なんでもできるためにスキルの方向性が散りやすく、浅く広くになりやすい。

それでも悪くなり難いのが〈姫職〉であるが。

彼女がどのようにスキルを伸ばしているのか、刮目しよう。

ノエルが的の前に出る。装備しているのはマイクだな。

〈ダン活〉には楽器装備系という系統の特殊な装備がある。

性能をそのままに、様々な楽器装備へ改造して使用ができる装備群のことだ。

〈ダン活〉には様々な職業《ジョブ》があったが、楽器系を装備する職業《ジョブ》は少なく、そのために多くの種類の楽器装備を製作するのをさすがの開発陣も断念したのだと思われる。

〈ダン活〉ではギターやハーモニカ、笛など様々な楽器があったが、『楽器コンバート』というスキルによって、性能そのままにギターをハーモニカに変えたり、ハーモニカをマイクに変えたり改造することができたのだ。

たとえば宝箱から〈ハーモニカ〉がドロップしたとして、本来なら【歌姫】は装備出来ないところ『楽器コンバート』で〈マイク〉に改造すれば装備可能になる。といった感じだな。

ノエルが息を吸い込んだ。行くか。最初はなんのスキルだ？

「『ハートエール』！『アピールソング』！私の歌を聴きなさい、『ライブオンインパクトソング』！」

「ってそっちか⁉」

「おお？　どうしたのゼフィルス君？」

ノエルのスキルに俺が思わず驚きの声を上げるとビックリした様子のミサトが聞いていた。

「いや、悪い。まさか、そう来るとは思わなかったから驚いたんだ」

ミサトをビックリさせてしまったことを詫び、またノエルに注視する。

いや、マジで驚いた。

まさか、タンク仕様のスキル構成とは。

【歌姫】や【アイドル】などは基本的にバッファーだ。歌による仲間の応援などがメインスキルとなる。

しかし、歌にはアピール属性が宿っている。つまり挑発スキルも覚えるのだ。挑発スキルを覚えるということは防御スキルなども覚えるということで、ビックリすることに【アイドル】たちはサブタンクとしての活躍も可能だったりする。

ノエルがまず使った『ハートエール』は防御力の強化バフだった。

エールを送って全体の強化をするスキル群だな。

次の『アピールソング』が挑発スキルだ。

そして『ライブオンインパクトソング』がノックバック付きの強力な防御スキルである。

『ライブオンインパクトソング』が発動中はキャラが歌い、定期的に衝撃波を放つようになる。その衝撃波を食らうとモンスターは小ノックバックをしてしまい近づくことができないのだ。

「～～～～！　～～～～！　～～～～～♪」

ズドン、ズドン、ズドン、とノエルが歌う度に的が衝撃波にさらされている音が聞こえた。

ダメージは無いのだ。ただ小ノックバックするだけのスキルだな。いい音しているが。

【歌姫】はここから『耀くソング』コンボと言われる防御スキルの連打で敵を一切近づかせずに完封勝利を狙える戦術があるのだが、それは三段階目ツリーが解放されてからなのでノエルにはまだできない。それに難易度も高い。

まあ【歌姫】をメインタンクに構成する人はよほどの変態だ。普通はしない。

そしてノエルも防御スキルを使ったのはただこういうこともできます、という俺へのアピールだろう。

証拠に、次のスキルはタンク系のスキルでは無かった。

「『ヒールメロディ』！　回復だよー『ラブヒール・ボイス』！」

今度は回復スキルだな。全体継続小回復の『ヒールメロディ』に全体小回復の『ラブヒール・ボイス』だ。なんとクルリと躍るパフォーマンス付きだ。なんだか心まで回復《癒され》しそう。

パーティ回復系のみだが【歌姫】は軽くヒーラーもできる。

全体攻撃が増えてくるこの先、活躍の機会が多いだろう。

「攻撃行くよ！　負けてください『テラーカーニバル』！『マイクオンインパクト』！」

続いては攻撃スキルだな。何やら不穏な音波でダメージが入る『テラーカーニバル』。不可視の衝撃波にさらされる『マイクオンインパクト』だ。

的がビリビリ揺れている。そこそこのダメージが入っているみたいだ。

もう少し見ていたかったがとりあえずここまでだな。

素晴らしいオールマイティだった。チョイスしたスキルも申し分ない。タンク系は予想外だったが、足止め系スキルは結構有用な場合も多いので持っていて損はないだろう。

俺の〈最強育成論〉にもタンク系が組み込まれているルートはあるしな。

さすが俺の授業を受けてきただけはある。よく考えられているスキルたちだった。

これは、早くも決まったかもしれないな。

「いやぁ～。思った以上に豊作すぎてヤバい」

「でしょでしょ～。あの子たち〈エデン〉に入るんだって気合い入れてたから」

面接開始から早いものですでに最終日。木曜日だ。今日も訓練場で面接し、やっと終わったところである。

明日は俺の臨時講師が入っているので面接は無しにしてもらった。

おかげでこの4日、合計62人を面接しなければならなかった。

〈エデン〉に応募してきてくれ、そしてミサトの選抜を勝ち抜いてきたのは62名、そのうち男子18人、女子44人だった。

女子率がすんごい。

〈ダン活〉は女子しか就くことができない高位職が多いので仕方ない。が、しかし、それにしても男子が不甲斐ない。

全て同じような面接で能力を見させてもらったのだが、その中でも俺の授業を受講していた女子がすんごかった。

よく、考えている。

〈スキル〉〈魔法〉を含むステータスの振りも文句が無いほどだ。何度も質問されては答えたからな。

俺の授業がちゃんと彼女たちの身になっていて、なんだかよく分からないが感動にも似たジーンと来る感情が押し寄せてきた。

なんだか、教師やって良かったーって感情、というのだろうか。

なんだろうなこれ。すっごく良いんだけど。〈ダン活〉やっていて得られる楽しいから来る感動とはまた違った感動だった。

でも嫌いじゃない。むしろ良い！　よっし、明日も頑張るぞー！

「それで、採用する子は決まったの？」

「………なあミサト、なんでDランクは20人なんだろうな」

俺はふと空を見上げてミサトに言った。

人数制限とは残酷だ。あのすんごい女子全員をなんとか採用できないものだろうか？

マジでこの女子たち、すんごいのだ。（すんごいがゲシュタルト中）

正直、他のギルドに渡したくないレベルですんごい。もう渡ってるけど。

他の高位職の人たちも面接に来ていたが、その違いは明らかだった。技量も考え方も全然違う。

一応今日は上級生も面接には来ていた。数少ない高位職の上級生2人と、〈転職〉希望の中位職の上級生が15人。

〈転職〉を希望し、〈ダン活〉プレイヤーの英知に掛かれば高位職、高の上まで取れるカテゴリー持ちの人も居た。

熱意が引くレベルで、脱退や情報漏洩なんかを絶対しなさそうな人も居た。

だが、俺の授業を受けた女子たちの方が職業《ジョブ》に対する知識と意識が深かった。熱意も大きかった。

うーむ。上級生はまだ俺の授業を受けた学生は少ないし、日も浅い。

授業をして1週間しか経っていないのでまだ身についていないのだろう。

上級生を採用するのはまだ時期尚早《じきしょうそう》か？　早く〈転職〉制度が確立してほしい。

「いや、それは知らないけど。でも早く決めた方が良いよ？　あの子たちだって今居るギルドを脱退して来てくれるんだから」

「そうなんだよなぁ」

俺は改めて手元の資料を見る。

そこには22人に採用候補と書かれていた。ここからどう絞ればいいのだろうか。

ちなみにだが、詳細は女子21人、男子が1人だ。男女の差がとても酷い。

いや、この男子が頑張ったと見るべきだろう。今回の面接で分かったけど、男子って欲しい人材が少ない。だって女子の方が強いし、優秀だし。

しかし、男子にも採用したいくらい強く優秀な人はいるのだ。この男子なんかがまさにそれに当てはまる。

男子のプロフィールを見る。

これは、例のごとくセレスタンがいつの間にか持ってきたプロフィールだ。

そしてメルトの時と同じく、書類の上に『合格』と書いてある。性格なんかも問題ない。

唯一の採用候補、男子学生は「人種」カテゴリー「男爵」である。

「男爵」には他の「貴人」には無い特別な職業《ジョブ》系統が存在する。

男しか就けない高位職、高の上グループが存在するのだ。そのポテンシャルは、なんと〈姫職〉と同格。

そして、この男子もその「男爵」最高峰の職業《ジョブ》に就いていた。

さらに言えば、この1年生男子は初回から俺の授業を受けていた数少ない男子の1人で、ステータスはもちろん考え方もこちら側だ。是非欲しい人材であった。

「とりあえず、この22人までは絞った」

「オーケー。じゃあ私の方で不採用が決まった人たちには知らせておくね」

「頼む。さて、マジでここからどう絞ろうか……」

「うーん、じゃあさ、下部組織《ギルド》を作っちゃえば？」

「下部組織《ギルド》か～」

なるほど。それは〈エデン〉の側からすれば有りだろう。

下部組織《ギルド》とはこの世界では所謂補欠メンバーに該当する。

〈ランク戦〉で負けたりして上限人数が減ってしまった時や、補充する人材をキープしたい時に使われるのがこの下部組織《ギルド》だ。

ゲーム〈ダン活〉では、この下部組織《ギルド》を作る際、親ギルドからの援助が必要だった。つまりQPだ。この援助を含む維持費が中々高額だった。

それに下部組織《ギルド》は親ギルドよりランクが低くないといけない決まりだ。さらにDランクまでしかギルドランクを上げることができず、最大20人までしか在籍できない。

またゲーム〈ダン活〉の下部組織《ギルド》は勝手にダンジョンへ行ったり生産なども行なったりするが、親ギルドへ還元してくれる素材やアイテムは非常に少なかった。微々たるものだ。

メリットらしいメリットが人材のキープくらいしかなかったのだ。

そのため、俺はゲーム〈ダン活〉時代、あまり下部組織《ギルド》は使わなかった。〈ランク戦〉でもほとんど負け無しだったからな。ＱＰの無駄使いと割り切っていたんだ。

しかし、なんで下部組織《ギルド》から還元《献上》される素材やアイテムが少なかったのか、リアルになった今ならよく分かる。

さすがに補欠から物品を奪うのはダメだろう。下部組織《ギルド》所属の人たちにも生活があるのだ。当たり前だが。

ちなみに親ギルドがＱＰを払うのは引き抜き阻止の処置だそうだ。

そりゃ補欠なのだから、別のギルドから「メインメンバーに加えるよ」と言われればそっちに傾くこともあるだろう。それではせっかくの人材キープが台無しだ。

それを防ぐためＱＰを払い、このギルドは親ギルド〈◯◯〉の下部組織《ギルド》ですよと学園側に認めてもらい、引き抜きには必ず親ギルドに話を持って行くのがルール、としている。こうすることで引き抜きに揉めに揉めた場合は学園が間に入ってくれるのだ。

また、下部組織《ギルド》のメンバーが自ら脱退したい場合は、親ギルドに脱退料を支払わなければならない。

こちらは学園がその額を決めているらしい。

なるほど、よく出来たシステムだ。

ゲーム〈ダン活〉時代はそこら辺のシステム自体が無かったからな。ＱＰはただ自分がギルドを複数持つために支払っているものと思っていた。

さて、話が長くなったが下部組織《ギルド》を作るか否かの話である。

ＱＰは潤沢だ。そっちは問題無い。問題なのは、

「今在籍しているギルドを脱退してまで〈エデン〉の下部組織《ギルド》に参加してくれるか、なんだよなぁ」

下部組織《ギルド》はこの世界では補欠だ。

レギュラーになれるかも分からない。言い方は悪いが人材をキープしておく場所だ。

さらにギルドを作るには最低5人が必要。

〈エデン〉の現在のギルドランクは下から2番目のEランクだ。その下部組織《ギルド》に入ってほしいって？

とても集まるとは思えない。

「う〜ん。参加してくれると思うけどなぁ」

ミサトが首とウサ耳を傾げて言う。

「その心は？」

そう聞くと、なぜか呆れた目で見られた。

なぜだろうか？

「騙されたと思ってやってみん？　ミサトちゃんからのアドバイスだよ」

「ミサトちゃん……分かった」

勧誘のプロフェッショナルミサトちゃんのアドバイスだ。

ミサトちゃんからのアドバイスと言われれば断ることは考えられない（？）。

こうして俺は、下部組織《ギルド》を作ってみることに決めたのだった。

まずは候補に残った22人に下部組織《ギルド》でもいいか話さないとな。でもこれ、全員が「それならやっぱやめます」って言うんじゃないかな？

そう思っていたのだが、俺の予想は見事に外れた。

明けて最後の面接の翌日。

『採用候補の22名に聞いてみたら全員が下部組織《ギルド》でもいいって言ってくれたよ』

「マジで？」

金曜日の朝、ミサトからのチャットに書いてあったのは信じられないような文だった。

下部組織《ギルド》は補欠。

3年間ずっと補欠のままなんてのも普通にありえるのだ。

今所属しているギルドがどれほどの実力かは分からないが、とんでもなく優秀な人材である彼女たち（1人は男子）ならレギュラーはまず狙えるだろう。

それを脱退してまで〈エデン〉というまだEランクのギルドの下部組織《ギルド》に来たがるなんて、どう考えても「無いよなぁ」と思っていた。

しかし、実際には全員が同意し〈エデン〉の下部組織《ギルド》でもいいから所属したいと言っているらしい。

今の自分のギルドを脱退してまで。

とりあえずミサトに確認してみる。〈学生手帳〉を持ちチャットを返す。

『え、冗談？』

『冗談じゃないよ～。ゼフィルス君はもっとみんなからどんな目で見られているのか知った方がいいかもね』

「なんてことだ」

さすが有名人の勇者。

人気か？　人気があるのか勇者は？

確かに勇者ファンなるものがあるとは以前小耳に挟んだが……。

いや、さすがに個人を追っかけて人生にとって重要である所属ギルドは決めないだろう。決めないよな？　いや、これがオンラインゲームとかなら普通にありえるが、ここはリアル。

人生を左右するような重要な場である。そんな人生を一時の感情で決めるなんて……、どうなんだろうか？　よく分からない。

それとも〈エデン〉の未来を見越して、ということだろうか？

そっちの方がありそうだな。うん。そう考えれば納得できる。

〈エデン〉は将来的にSランクになり、最上級ダンジョンを攻略するつもりだ。

下部組織《ギルド》とはいえ〈エデン〉の関係者ともなれば箔が付く、のか？

さすがにゲーム時代にそんな設定はなかった。

困惑しているとさらにミサトからチャットが来る。

『とりあえず、下部組織《ギルド》の創立の手続き進めちゃってもいい？　セレスタンさんやメルト様、シエラさんにも相談するけど、まずゼフィルス君の許可がいるからさ』

……動き出してんなぁ。

ちなみに今名前が出た3人と俺とミサトが今回の大面接運営メンバーだ。

さて、覚悟を決めるか。下部組織《ギルド》を作ろうと決めたのは俺なので今更やめるなんて言わないさ。

『了解。許可するよ。そうなると採用人数も変更しなくちゃいけないな。セレスタン、メルト、シエラにも声を掛けてくれると助かる。後で相談したい』

下部組織《ギルド》を作ることで採用人数が増加しそうだが、採用候補は22人だ。まだ絞る必要がある。

セレスタンは個人のプロフィールとかを調べて合否を決めていたし、人柄、性格なんかも詳しいはずだからそっちの面でも相談したい。

ミサトから『オーケー』のチャットを受け取ると、気持ちを切り替えてそのまま貴族舎を出た。

今日は4回目の臨時講師の日だ。

セレスタンと合流し、前回と同じ講堂へ向かう。

その途中、先ほどミサトと交わした内容を話した。

「ということなんだ」

「はい。ミサトさんからすでにチャットはいただいております。こちらでもその22名は調べさせていただきますね」

まあ、王族とか貴族とか色々いるからな〈エデン〉は。

セレスタンは加入させる人物にはくれぐれも気をつけるよう言われているらしい。

また、今回は自分の所属ギルドを脱退してまでEランクの下部組織《ギルド》に来るという特殊なケースだ。

普通はありえないので、現在所属しているギルドでトラブルが発生していないかなどもよく調べておく必要がある。その辺もセレスタンがよきに計らってくれるだろう。

と、話しているうちに講堂に着いた。チャイムぴったりである。

セレスタンがドアを開けてくれるので入室する。

ざわざわ。ざわざわ。

講堂の中には教員が15名入っており、３００人ほどが学生でほぼ満席状態だった。

その中でも特に目立つ集団がいる。教壇の目の前、一番前の列に座る女子たちだ。

「ああ。ゼフィルス君がこっち見てるわ」

「うん。今日もかっこいいわね」

「朝早起きして席を確保しておいて良かったね！」

「特等席、この席だけは譲れない」

「目の保養と耳の保養を常に得ながら最高の授業が受けられる。私、ファンになってよかった……」

「私もよ」

俺の授業を第一回目から受講してくれているメンバーたちだ。

とても熱と気合が入っている。

他の受講者も頑張って勉学してくれているのは分かるのだが、彼女たちは、そう、なんか気合と迫力と熱意が違うのだ。

今日も最前列で俺の授業を聞いてくれるらしい。

この講堂に席順なんて無いので完全に先着だ。

彼女たちがいったい何時からこの席を取っているのか、俺には想像もつかない。

それだけの気合なのだ。

ありがとう。ならば俺もそれに応えよう！

最高の授業を送りたい。精一杯〈ダン活式育成論〉を語ろうではないか！

ちなみに第一回目の授業からいた男子５人は……どこいったんだろう？

少なくとも最前列には見当たらない。３００人の受講者の中で探すのは骨なのでそのままだ。

とりあえず45人の彼女たちには精一杯のありがとうを送る。口には出せないので笑顔で。通じるかな？

「今私に微笑んだわ！」

「何言ってんのよ、みんなに微笑んだのよ」

「はあ。今のはポイント高いわ。お昼ご飯が美味しく食べられそうだわ」

「くぅ、捗《はかど》る！　捗る！　やっぱりこの席おいしすぎるよ！」

「絶対この席は渡さないわ」

最前列の女子たちの気合が上がったように感じる。多分、思いが通じたに違いない。

よし、俺も授業を始めよう。

まずは挨拶からだ。

「みんなおはよう。今日は第四回目の授業だ。今日から入ってきた新参者はいないが、いつも通りまずは前回の復習から入ろうか」

面接に来てくれた第一回目から参加してくれている彼女たちは、俺の授業により素晴らしい職業《ジョブ》の育成をしていた。つまり結果を出していた。

それは俺がしている授業は意味があるのだと言っているようなもの。

俺も気合が入るというものだ。

素晴らしい人材を育て、そして〈エデン〉に引き抜くぞ！

授業も後半に突入。

第四回〈ダン活式育成論〉からは、どんな職業《ジョブ》がどんな場面なら活躍出来るのかをメインに進めていく。

今までは〈育成論〉の考え方を教えてきたが、今度からはその育成した後の活かし方を教えていくのだ。

〈ダン活〉にはこんな格言がある。

「職業《ジョブ》とは就いただけで終わらず。就いてからが本番である」

しかし、実はこの言葉には続きがあるのだ。

「職業《ジョブ》は最高に育成するべし。使い処を間違えるべからず」

この格言を言った人たちが別人なので言葉遣いが違うのは気にしないでほしい。

だが、なぜかこの文章は〈ダン活〉プレイヤーに大いに受け入れられ、いつの間にか合体してしまった。今では〈ダン活〉プレイヤーなら誰もがこの言葉を知っている。だって攻略サイトのトップにデカデカと書いてあるから。

あの攻略サイト、この格言を載せたことでトップページがマジで格好よくなったからな、格好いいって大事。

後半の文章は、つまり育成したら使いなさい。でも使い処を誤るなということ。

当り前の話だが、せっかく長い時間掛けて育成したキャラだ。そりゃ完成したら使いたくなるのがゲーマーというもの。

たとえそのキャラが、対○○を想定して作り上げた尖りまくった特化型だとしてもだ。とりあえず試運転がてらどこでもいいから使ってみたいと考えちゃうのがゲーマーなのである。

そしてウキウキ気分で「無双してやんよ～」と使ってみたら普通にボスに惨敗。プレイヤーが「ほへぇ？」ってなる事態がわりと多かったのだ。

だってそのキャラ、そのボスを想定して無いんだもん。

「使い処を間違えるべからず」とはそういうことだ。

対〇〇を想定して作り上げたキャラなら〇〇に使えよ！　ということである。

苦労して作り上げたキャラが記念すべき初戦で惨敗するのだ。

プレイヤーからはエクトプラズムが出てしばらく機能停止する事態が多発した。

たとえるなら、苦労して作ったプラモ飛行機を初飛行させようとして、飛ばす方向を間違えて木に激突させ大破させてしまった、とかそんな心境である。

正しく使えば間違いなく強かったはずなのに、なぜそっちにやっちゃったのか。

まあプラモ飛行機とは違い回復すればまた使えるようにはなるが、惨敗したショックは消えないのだ。

プレイヤーはせっかく苦労して育てたキャラが惨敗したというショックを背負いながら、〈ダン活〉の3年間を過ごしていくことになる。辛い。

〈育成論〉の考え方が出回り始めた初期、そんなことが一時期横行してしまいプレイヤーたちはキャラの使い処に非常に敏感になった。

俺の最強育成論もそのおかげで尖った性能の到達点はあまり作っていない。特化型は活躍できる場面が少ないからだ。基本的に複数の状況下でも力が発揮できるポテンシャルを目指している。

極振りは敵だ。あかん、やられちゃう！

閑話休題。

そんなこんなで授業ではどんな状況にどんな職業《ジョブ》なら適しているのかを教え、さらに失敗談もたくさん教えておく。

〈ダン活〉には失敗談なんか山のようにあったのだ。

「君たちがこんな失敗をしないことを切に願っているぞ」

俺は心で悔し泣きしながら皆に語っていった。

頼むから皆は俺たちのような失敗はするんじゃないぞ。（しくしく）

授業と質問タイムが終わった途端、とある女子の集団が一カ所に集まった。

「はぁ。今日のゼフィルス君はとてもキュンときちゃったわ」

「分かる。なんかちょい影のある感じだったよね！」

「普段との明るさと影のギャップがすっごいクル」

「それね！」

「失敗談を語る度に憂いを帯びるゼフィルスくんがとてもやばかった。ノートにはなぜか授業内容と一緒に妄想まで書いてあった。いつ書いたのかはわからない」

「授業中に書いたんでしょ！　何よこんなもの、私のノートの方が凄いんだから」

「いや、なんの張り合いよ。私も参加するわ」

「失敗する私と助けてくれる勇者君で捗りすぎた……」

「え？　逆でしょ？　失敗する勇者君を慰める私、そこから発展する淡い恋物語――」

「どっちもいいわね。よし、薄い本を作りましょ！」

「あんたたちは淑女の慎《つつし》みを持ちなさい。ここは講堂なのよ」

「それにしても真に迫った失敗談だったよね。あれって実話なのかな？」

「そんなわけない、と申したいけど勇者君ですから」

「んっと？　つまりどういうこと？」

「でも世の中には高位職に就いても育成に大失敗して埋もれていく人は多い。勇者さんはよく分かっている」

「どうして失敗したのか、詳しく解析してくれるから凄く助かるわ」

「『リセットはあっても戻るは無い』。勇者君の名言」

「勇者君の期待に応えるためにも失敗はできないよね」

「うん。また皆で勉強会しようか。45人も居ればエラーは限りなく排除できるはずよ」

「賛成する。それに、別に聞きたいこともある。〈エデン〉面談の結果とか」

「ふふふ。血を見るわね」

「HPに守られてるから出ないけどな」

「比喩よ比喩。でも勇者君のギルドに参加するなんて、なんて羨ましいの」

「でも入れても下部組織《ギルド》って話だよ？　さすがにラナ殿下たちと肩を並べるには実力が足りないよ」

「それに下部組織《ギルド》からレギュラーになれる保証もない。今の地位を捨ててまで入ろうとした子は本物」

「う……、そう、よね。私たち、今でも相応の実力が付いてきて、このまま行けばギルドの1陣のメインメンバーに加えられることは確実視されている。これを捨てられる子は本当にすごいわ」

「私も応募しようか迷って、結局できなかったもの」

「今回の募集は実質下部組織《ギルド》の募集だったからね、仕方ないよ」

「応募した子は勇者ファンの鑑。受かった子は祝福するべき」

「わかったわ。この後集まりましょ。プチパーティを開いて皆で送り出してあげましょうよ」

「だからまだ結果出てないって⁉」

最前列にいる女子の一団がまた休み時間に一カ所に集まっている。

第一回目から参加している女子は本当に仲が良いな〜。


授業も終わり、金曜日の夜。

夕食後、俺たちはとあるラウンジの個室に集まっていた。

件の面接について相談するためである。

メンバーはギルドマスターである俺、サブマスターシエラはもちろん参加。

それにスカウトのプロフェッショナルミサトと、下部組織《ギルド》創立の手続きなど細かなサポートのためにセレスタンとメルトにも参加してもらっている。

「みんな、こんな時間に悪いな。助かるよ」

俺はまずみんなに礼を言う。

夕食後という遅い時間になってしまったのは俺の臨時講師《仕事》のせいだ。

質問が長引くせいで拘束時間が毎週のように長くなっていき、今回は夕食の前まで質問が終わらなかった。

前回初参加の上級生たちがこの1週間で色々疑問と質問を考えてきたのだろう。

俺は気合いが入っている人が好きだ。なので頑張って受け答えしてしまった。

こんな時間に相談に乗ってくれて集まってくれたみんなには感謝だ。

「問題無い。明日からはダンジョン週間だしな。今日のうちに決めたいというのも理解している」

「私もよ。むしろ、相談も無しにこれだけの人数を採用しようとしたらお説教だったわ」

メルトが理解の意を示し、シエラもそれに頷く。

シエラの後半の言葉は聞こえない。

今までは俺がほぼ単独で採用を決めていた。もしくはスカウトしていた。

その辺、今でもゲームの時の感覚が抜けていないのだ。

だが、今回はさすがに規模が規模である。

下部組織《ギルド》の創立もするため、さすがに話し合わなくてはいけないだろうと判断したのだが、大正解だった。危なかった。

「まず下部組織《ギルド》の創立ですが、問題はありませんでした。手続きさえ踏めばQPを支払うことでいつでも創立可能です」

セレスタンの報告にみんなが頷く。

下部組織《ギルド》の創立について反対意見は無いようだ。

続いて隣に座っているミサトが話を次に持って行く。

「じゃあ次は採用人数だね。元々はDランク昇格後の補充という名目で5人が採用枠だったけど、下部組織《ギルド》を作るのなら話は変わるよ」

「まずは〈エデン〉のDランク昇格後、新たにメンバーとなる5人の選抜がメインだが。一旦下部組織《ギルド》に在籍してもらい、そこで改めて実力を確かめてから選抜するやり方がいいだろう」

ミサトの言葉にメルトが加わり方針を決めていく。

俺も異論は無い。

「下部組織《ギルド》は創立直後10人まで在籍可能だから、採用枠は10人で良い？」

「いいと思うわ。Dランク昇格時に基本10人の中から5人を選ぶ形にしましょう」

ミサトの提案にシエラが答え、するすると話は決まっていく。

下部組織《ギルド》とはいえギルドはギルド。

ギルドの維持に最低でも5人が必要なので、5人を〈エデン〉に引き抜くなら10人は採用しなければならない。

やっと採用枠が固まったな。

さて問題は、誰を採用するか、なんだが。

そこでシエラから質問が投げられた。冷たい声で。

「ゼフィルス。これは何かしら？　なぜあなたが選んだ採用候補の22人のうち、女の子が21人もいるのか、この男女比、説明してくれる？」

「ゆ、優秀だったからだな」

シエラが先ほど配っておいた採用候補者のメモを片手に視線を鋭くして俺の眼を見る。

思わず眼を逸らしたくなった。

確かに性別の偏りはある。

だけど、それは面接に来た男子たちに言ってほしい。

なぜかあいつらミサトや集まった女子たちにかっこいいところを見せようと的をぶっ壊そうとするんだよ。

壊れないって言ってるのに！　どういうことなの？　いや、もし壊せたら一目を置くどころの騒ぎじゃないけどさ。

ちなみにミサトに良い格好見せようとしていることには木曜日に気がついた。ミサトを連れてこなければ良かったか？　と一瞬考えたが、女子に色目を使う男子は危ないので要らないなと考え直した。ミサトについてきてもらってよかったとしておこう。

またそういう男子たちは、明らかに自分たちより腕が上の女子たちの面接風景を見て打ちのめされていたが、これはどうでもいいだろう。

そんな事実をふまえて、男女比はかなり偏っているが厳正な審査の結果だとシエラに告げる。

「そう。私たちのためなのね。なら、いいわ」

シエラが納得してくれた。

俺はそっと安堵のため息を吐いた。

そのため、続いてシエラが言った「自分の身のことも考えてほしいのだけど」という言葉は耳に入らなかった。

「それでゼフィルス君、採用候補は決まったの？」

「ああ。とりあえず絶対にギルドに欲しい６人は決まったよ。この子たちは確定で加入させたいな」

ミサトの言葉に俺はセレスタンが持って来た資料《プロフィール》を見せる。

この6人はこれからのことを考えて絶対に欲しいと思った人材たちだ。この子たちだけは俺のギルドマスター権限を使ってでも加入させたい。

「ふむふむ。この3人、ゼフィルス君が欲しいって言ってた職業《ジョブ》の人たちだね」

「ああ。ミサトはよく見つけてこれたな。居なければ〈転職〉を希望する人の中から選ぼうと思っていたんだが、まさか全員発掘してくるとは」

「たはは～、凄いでしょ？」

「ああ。さすがだわぁ。助かる」

ミサトの言うとおり、6人のうち3人は俺がミサトにスカウトを頼んだ人材だ。

しかし、マジで見つけてくるとは。正直見つけることはできても〈エデン〉には来ないかもしれないと思っていた。しかしスカウトに成功、来てくれるという。

プロフェッショナルミサトが凄すぎ！

「この3人ね？〈支援課〉の子が2人に〈鍛冶課〉の子が1人？あ、この子はドワーフなのね」

シエラが3人のプロフィールに目を通す。

そう、今後のことを踏まえ支援職や生産職が〈エデン〉には必要になるだろうと考えている。

せっかく作るリアル〈ダン活〉の下部組織《ギルド》だ。もしかしなくても下部と親ギルドでゲームとは違った交流が可能になるだろうと思っている。

支援や生産でサポートする人材を入れても良いと思うのだ。

何も戦闘職だけが〈ダン活〉の全てでは無い。

ミサトにもその辺を説明し、まずは支援で必要な職業《ジョブ》2職と生産職の【鍛冶】系を入れたいと相談したのだ。

【鍛冶】の子に関して、やはり「ドワーフ」のカテゴリーを入れたいとは思っていたが、ダメなら普通の【鍛冶師】を入れようと考えていた。

ミサトはよく「ドワーフ」を見つけてきてくれたよ。これで武器とタンクの装備は安泰だ！

「でも「侯爵」と「伯爵」は居なかったか」

「たはは～、さすがに私も御貴族様との交流は薄くてさ～。メルト様の伝手《つて》で探してもらったんだけどね」

実はミサトとメルトには「人種」カテゴリー「侯爵」と「伯爵」もお願いしていたのだが、これは集まらなかったようだ。

まあカテゴリー持ちは仕方ない。強すぎてどこのギルドも手放さないだろうしな。

Dランクになればギルドバトルが盛《さか》んになる。そろそろ魔法タンクの【深窓の令嬢】や、守りの「伯爵」も欲しいところだったのだが、残念。

欲しいのは「人種」カテゴリー専用職業《ジョブ》なので、これは〈転職〉でもどうにもならない。

また、「伯爵」はギルドに2人までという上限がある。〈エデン〉にはすでにシエラとメルトが在籍しているが、リアルならもしかしたら上限なんて存在しないのかもしれないのだ、〈姫職〉に名声値が関係ないように。

その辺の検証もしたかったが、無いものは無い、残念。

「とはいえ今回は見送られただけだ。特に伯爵家の令嬢は手応えがあった、参加できないことを悔んでいたからな。次の面接には参加したいと言っていたぞ」

「おお、それは嬉しい報告だ。メルト、その子のこと引き続き頼めるか？」

「構わない」

メルトの報告に俺は喜色を浮かべた。まだ細い糸だが繋がっていたか！

メルトに任せて正解だったぜ。よっしゃ、次回に期待しよう！

「侯爵」に関しては残念ながら【深窓の令嬢】自体に認知度がまったく無く、難しそうだ。確かにこの世界《リアル》では条件が厳しいからな。こっちはまた別の手段を考えよう。

「残りの3人は全員〈戦闘課〉ね。あら、男子がいるのね」

「この女子2人は面接初日の子たちだね。動きが段違いだったから私もよく覚えているよ」

再びプロフィールに視線を落としたシエラが気がついたように、俺はこの男子を是非とも下部組織《ギルド》に加えたい。なにしろ〈姫職〉と同列のグループの職業《ジョブ》持ちだ。絶対大きな戦力になるだろう。間違いない。

そしてミサトが言ったように、〈戦闘課〉の女子の中でも飛び抜けて優秀な動きを見せていたのがこの2人、【ラクシル】のラクリッテと【歌姫】のノエルだ。

〈エデン〉は受けタンクが不足している。盾職は1人は入れたいと思っていたが、ラクリッテは面接した盾職の中ではトップの実力を持っていた。職業《ジョブ》も申し分ない。

デバフ盾、絶対採用したいところだ。

そして【歌姫】のノエル。ポジションはバッファーだ。

バッファーは〈エデン〉にほとんどいない。ラナやリーナ、賢者組ができるけどメインバッファーはいないのだ。是非欲しい人材である。職業《ジョブ》も申し分ない。

ということで俺が絶対欲しいという人材は６人。

みんなも異論は無く、セレスタンのメガネにも問題無いようなのでこの６人は採用が決定した。

さて、採用候補16人の中から残り４人を決めよう。

第８話
学園・情報発信端末・誰でもチャット掲示板22

611　：名無しの錬金2年生
ふびゃあああぁぁぁぁぁ!!!!!!

612　：名無しの女兵1年生
ほんにゃぁぁあぁぁぁ!!!!!!

613　：名無しの商人1年生
うそよぉぉぉぉぉぉぉ!!!!!!

614　：名無しの神官2年生
うわぁ。こっちでも阿鼻叫喚か。
錬金のやつも逝ったか。南無。

615　：名無しの剣士2年生
ど、どうしたっすか!?
何があったんっすか!?　敵襲っすか!?

616　：名無しの支援3年生
知らんのか剣士後輩。
つい先ほど例の結果、第二選考の結果が届いたのだよ。

617　：名無しの剣士2年生
例の結果……あ、もしかして〈エデン〉の面接っすか？

618 ：名無しの魔法使い2年生

そうよ。
第一回の応募選抜を抜けたのが62人。
そしてつい先ほどそこから22人に減ったみたいなの。
その結果が、魂の叫びなのだわ。

619 ：名無しの神官2年生

今いろんな掲示板で同じ現象が多発中だ。
俺も少し回ってきた程度だが今はどこもかしこも……。
そっとしておいてやれ。

620 ：名無しの剣士2年生

えっと。つまり錬金さんが落ちたってことっすか？

621 ：名無しの錬金2年生

言ったわね剣士？

622 ：名無しの剣士2年生

うひゃわ!?　なんにも言ってないっす！
聞き間違えっす！

623 ：名無しの錬金2年生

ログにセリフが残ってんのよ！

624 ：名無しの神官2年生

なぜ目の前に見える地雷を進んで踏みにいく。
だからそっとしておけと。

625 ：名無しの冒険者2年生

いや、応募できたみんなはまだいいほうさ。
俺なんて1秒差で締め切りがががが———。

626 ：名無しの魔法使い2年生

その話は聞き飽きたのだわ。

627 ：名無しの神官2年生

むっちゃ笑わせてもらったぞ。

628 ：名無しの冒険者2年生

みんなひでぇ！

俺だって高位職になるチャンスを掴みたかったのに！

629 ：名無しの神官2年生

じゃあ〈転職〉すればよかっただろう。

例の発表の後、〈竜の像〉には行ったんだろ？

630 ：名無しの冒険者2年生

いやぁ、いざとなると〈転職〉は踏ん切りがつかなくて。

悩んでたら例の封鎖で〈竜の像〉すら使えなくなっちまった。

631 ：名無しの魔法使い2年生

ヘタレ。

632 ：名無しの神官2年生

根性無し。

633 ：名無しの斧士2年生

ある意味期待通りだった。

634 ：名無しの冒険者2年生

しかたないだろ！　実際あの〈竜の像〉の前に立つとむっちゃ緊張するんだぞ!?

皆だって行ってみれば「やっぱ明日から頑張ろう」って思うはずだ！

635 ：名無しの魔法使い2年生
冒険者の話は置いておきましょ。
それより、今は例の結果が知りたいのだわ。
調査先輩、おいでませ。

636 ：名無しの冒険者2年生
へ？

637 ：名無しの調査3年生
呼ばれて飛び出てやって来た。
みんなの調査先輩よ。
いい子にして待っていたかしら？

638 ：名無しの剣士2年生
わん！　犬とお呼びくださいっす。

639 ：名無しの神官2年生
調教されてる!?

640 ：名無しの調査3年生
錬金ちゃんが何かしたのかもしれないわね。見事な調教だわ。
それより例の面接についてよ。
今回18人も残っていた男子が一気に17人も落とされたわね、
賢兎さん、一体何があったのかしら？

641 ：名無しの賢兎1年生
はい。こちら現場の賢兎です。
男子たちはこぞって女子へアピールをしていたため、即行で落としました。

642 ：名無しの神官2年生
南無。

643 ：名無しの支援3年生

まあ、これは仕方が無いな。
〈エデン〉は女子の比率が大きい。
男子たちは厳しい目で見られているだろうからな。
実は女子も同じことが言えるのだが、なぜ彼女たちは無事なのだろうか？

644 ：名無しの錬金2年生

無事じゃ無いわよ!?
賢兎さん！　これはいったいどういうことなの!?
何かの間違えじゃないの!?

645 ：名無しの調査3年生

こらこら錬金ちゃん、厳正な審査の結果なのだから受け入れないとでしょ。
賢兎さん、錬金ちゃんが不採用になった理由は？

646 ：名無しの賢兎1年生

えっと、非常に言いにくいのですが、すでに〈エデン〉には腕のいい【錬金術師】がいるので……。

647 ：名無しの錬金2年生

そ、そんな。嘘でしょ？

648 ：名無しの盾士1年生

錬金先輩の屍を超えていくわ！
後は私たちに任せて！

649 ：名無しの狸盾1年生

え、えっと、頑張ります。

650 ：名無しの歌姫1年生

吉報を期待していてね。

651 ：名無しの神官2年生

おお。出たな二次選考通過組。

652 ：名無しの錬金2年生

あばば、あわわわわわ。あびゃぁぁぁぁぁ!!

653 ：名無しの斧士2年生

お、おい。錬金が壊れたぞ!?

188 ：名無しの盾士1年生

ぴゃあああああぁぁぁぁぁぁ!!!!!!

け、賢兎さん？　賢兎さんこれはいったいどういうことなの？

189 ：名無しの賢兎1年生

えっと、盾職は1名採用が決定したので、盾士さんはその、選外になりました。

190 ：名無しの錬金2年生

ウエルカム盾士後輩！

191 ：名無しの盾士1年生

うにゃあああぁぁぁぁぁ!!

192 ：名無しの魔法使い2年生

〈エデン〉に加入するのは難しいのだわ。

193 ：名無しの斧士2年生
恨みっこ無しの約束はどこへ行ったのだ？

第9話　ダンジョン週間開始！　〈ダン活〉の本当のレベル上げ方法。

「みんなおはよう！　さわやか過ぎる素晴らしい朝だな！　実にダンジョン日和だ！」

「おはようゼフィルス！　今日からじゃんじゃんダンジョンに潜るわよ！」

「おうよ！」

ギルド部屋に挨拶しながら入ると、俺と同じように満面の笑みを浮かべてこっちに来たラナとハイタッチする。

今日は6月15日土曜日。つまりダンジョン週間が始まる日だ。

今日から9日間は学園の授業はお休み。みんなダンジョンに潜りましょうというわけだな。

大賛成である。

〈ダン活〉はダンジョンに潜ってこそ面白い！

ちなみにダンジョンに日和はまったく関係ない。

「ゼフィルス君おはよう～」

「おう、ミサトもおはよう！」

今いるメンバーたちに挨拶しているとミサトが近づいてきた。

「例の下部組織《ギルド》について報告をね。セレスタンさんとも協力して、例の6名に関してはそのまま加入することに決まったよ！　あの子たちも脱退の手続きが色々あるから、正式に下部組織《ギルド》が稼動するのはダンジョン週間明けになるかな」

「了解だ。いやぁ、ミサトがいて助かったぜ」

「たはは〜、それほどでもあるよ〜。後はDランクに上がるだけだね！」

「後４人も早めに決めたいところだな」

結局昨日は決まらなかった。

候補は絞られ残り８人にまでなったのだが、困ったことに今まで〈エデン〉の採用基準となっていたカテゴリー持ち、それがこの８人の中にいないのだ。

つまりノーカテゴリー。高位職、高の下の一般職しかいない。うーむ、どうしたものか。

いや、一般職でも高位職は普通に強いし悪くはない。

それにミサトやシエラからも、角が立たないよう一般職の子も入れたほうがいいと言われているのだ。

この中から選べばいいのだが、何を基準にしたらいいか。

シエラがオススメする同じ組の３人娘にするか？　以前ラクリッテ、ノエルとパーティを組んでいた１組の仲良し３人娘だ。

シエラの勧める理由は「顔見知りだし、がっつかないし、安心なのよ」だそうだ。

うーむ？　よく分からなかったが、まあ顔見知りで採用するのも有り、なのか？

とりあえず第一候補としておこう。

彼女たち、仲良し３人娘と呼ばれる子の職業《ジョブ》はそれぞれ、

【魔剣士】【魔本士】【魔弓士】という、〈ダン活〉では【魔装】シリーズと呼ばれていた職業《ジョブ》群だ。

例えば【魔剣士】は、魔法を使う剣士、所謂【魔法剣士】ではなく、【魔装】系、つまり剣を魔剣

にして戦う剣士職という分類になる。

武装を強化して戦うスタイルなので与ダメージが高く、ノーカテゴリーの中ではかなり優秀だった。

さらに面白いのがユニークスキルで、パーティ内に【魔装】系の職業《ジョブ》持ちが居れば居るほどステータスに大補正が掛かるというものだ。パーティで3人が【魔装】系ならかなりの補正が見込める。

ゲーム〈ダン活〉では一時期【魔装】パーティなんてものが流行った時期もあったほどその効果は高いのだ。

実は彼女たちが仲良し3人娘と言われるようになったのもこの職業《ジョブ》が原因らしい。そう言われてみると、仲良くなるための職業《ジョブ》だよな、これ。

さらに、そこから上級職になると、今度は【聖剣士】【聖本士】【聖弓士】などの【聖装】シリーズや、【剣乙女《つるぎのおとめ》】【本乙女《ほんのおとめ》】【弓乙女《ゆみのおとめ》】などの【乙女】シリーズに〈上級転職《ランクアップ》〉することができる。

また、発現条件をクリアすれば、とあるノーカテゴリー最強の職業《ジョブ》群まで開放することもできる。

〈エデン〉にとって大きな戦力になるのは間違いないだろう。

うーん、本当に悩む。加入するとしたら3人同時じゃなくちゃ意味が無い。つまり残り4枠のうち3枠使っちゃうんだよな。

もっと枠が欲しいです！

「なるべく早くDランクになりたいな……」

「じゃあ中級中位ダンジョンを攻略しなきゃだね！」

「うっし、頑張るか！」

ミサトとの相談も終わり、みんなが集まるまでの間にシエラ、メルト、セレスタンとも今後についての方針を話しておく。

下部組織《ギルド》についてはミサトが動いたときには連絡してあったのでスムーズに進んだ。

そうしている間に〈エデン〉のメンバー15人全員が集まったので朝のミーティングを開始した。

「改めておはよう！　今日からダンジョン週間だ、みんなもダンジョン攻略を楽しもう！　さて、ダンジョン週間は長い休みだ。この期間にできるだけ〈エデン〉は前に進んでおきたい。そこで色々とギルドの方針など連絡事項があるんだ」

俺はまずミサトの提案で今後増えるであろうメンバーの面接を行なったこと、その結果を説明していく。とはいえまだ途中経過だけどな。

事前にチャットなどで知らせておいたのだが、やはり直接言われるのとチャットは違うからな。口頭で改めて連絡する。

「下部組織《ギルド》、いいわね！　〈エデン〉には無いのに〈天下一大星〉は下部組織《ギルド》を持っているなんて生意気だと思っていたのよ」

ラナが不満を吐露した。

いや、まあ、うん。あれは特殊な例だと思う。

聞いた話ではEランク弱小ギルド〈シット！〉と、同じくEランク弱小ギルド〈男子の大罪〉が〈天下一大星〉に吸収されたのが、あの人数と下部組織《ギルド》設立の発端らしい。

本来ならQPが大量に掛かるはずの下部組織《ギルド》を1年生ギルドの〈天下一大星〉が創立できた理由。

どこからQPを得たのかと思っていたのだが、〈ダン活〉では複数のギルドが合併《がっぺい》すると、当り前だがその資産も全て合算することができる。

QPは〈シット！〉と〈男子の大罪〉のものだったようだ。

ちなみに下部組織《ギルド》の名前はその時の名残で〈シットの大罪〉と言うらしい。

凄くぴったりだと思う。「嫉妬」ではなく「シット」というところが特に。

閑話休題。

とりあえず下部組織《ギルド》を作るに当たって、今のところ不満なんかは無い様子だ。

「とりあえず〈エデン〉正式加入メンバーについてはこのくらいにして、続いてだ。今回のダンジョン週間の目標なんかを決めていくぞ」

「ゼフィルス！　そろそろ中級中位ダンジョンに挑みたいわ！」

ラナが真っ先に手を上げて意見を言う。

しかし、その意見に口を出すメンバーはいない。みんなも挑みたいと思っているからだ。

「オーケーだ。まさにその話をしようと思っていた。セレスタン、メンバーの今の攻略状況は？」

「中級中位ダンジョンへ入ダンするにはＬｖ50以上、なおかつ中級下位ダンジョンを３つ以上攻略していることが条件ですが、現在それを満たしているのはゼフィルス様、ラナ殿下、エステル様だけですね。他の方々はほとんどが中級下位ダンジョン２つ攻略で止まっております」

セレスタンに見せてもらった資料によれば、後１つ中級《チュウカ》下位を攻略すれば中級中位《チュウチュウ》へ挑める者が８人もいる。

セレスタンだけは少し攻略数が足りないみたいだ。

残り３人、リーナ、ミサト、メルトはＬｖがまだ全然足りていない。

まだ加入して間もない３人と比べてセレスタンは結構な古参だが、やはり事務関連を多く行なっている関係上、ダンジョンへ行く機会が少ない模様だ。これはいけない。

「レベル上げ班と攻略班に分かれるか。俺、ラナ、エステルはみんなのフォロー。〈エデン〉は足並み揃えて中級中位ダンジョンに挑むぞ！」

中級中位ダンジョンに挑む。

その先に待っているのはDランクギルドの称号だ。

Dランクになるための試験は『ギルドマスターを含む10人の中級中位ダンジョン3つの攻略』が条件となっている。

〈エデン〉でいうならギルマスである俺を含む、他9人が中級中位ダンジョン3つを攻略した者である必要があるわけだ。

ちなみに生産ギルド向けの条件はまた異なるのだが、まあこれはいいだろう。

要はギルド全体の足並みを揃える必要があるということだ。

俺はゲーム〈ダン活〉をやっていた初期、これを知らずに5人特化ギルドで育ててしまい、Dランクに上がるのにものすごく時間が掛かった。まさかDランク昇格試験が〈10人戦〉だとは……あの時は思いもしなかったぜ。

しっかりギルドの人数を増やし、さらに全体の育成に力を注がなければ〈ダン活〉は進めないと、あの時強く思い知った。

ちなみにこの設定は開発陣がいろんな職業《ジョブ》を使わせようとして作った涙ぐましい設定だ。

当時は進めなくなった〈ダン活〉にピキッときたものだが今では懐かしい思い出だな。

「3つのパーティに分けよう。レベル上げをメインに育てるパーティ2つに攻略を目指すパーティが

１つだ」

　俺はミーティングでそう宣言した。

「何か質問がある者は挙手してくれ」

「えっと、はい」

　俺が呼びかけると、まず手を上げたのは意外にもハンナだった。

〈エデン〉では唯一と言っていい生産職、のはずだ。

　しかし、今は攻撃系アイテムやスロット系の装備を身に付けることで擬似的なアタッカーやヒーラーなどもしている万能キャラとなっている。一発でも食らうと終わりのピーキースタイルではあるが、全体攻撃や物理攻撃をしてこない相手ならば問題は無い。

　できれば生産に集中してもらいたいのだが、ハンナが大量生産に特化しているせいで生産とダンジョンを両立できてしまえているんだ。

　なんだあの大失敗《デザートファンブル》１００連発、スライム４００匹生産タイム58・22秒って。自己タイムベスト更新したよってハンナが報告に来た時はクラッときたぞ。

　ゲーム〈ダン活〉にはそんなタイムアタックは存在しないんだぞハンナ？

　まあ、今は置いておこう。

「どうぞハンナ、どんな質問だ？」

「えっとね、素材がピンチなの。〈ＭＰハイポーション〉の素材がもうすぐ切れそうで、恐竜ダンジョンに行くならとってきてほしいなって」

「オーケー。セレスタンそれも付け加えてくれ」

「かしこまりました」

こほん。ハンナには〈MPハイポーション〉を始めとする様々なアイテムの生産を頼んでいる。

【錬金術師】のユニークスキル『すべては奉納《ほうのう》で決まる錬金術Lv10』により、初級の〈魔力草〉からでも中級〈銀箱〉産を奉納すれば〈MPハイポーション20個〉を作ることができるため効率がいいのだ。

ちなみに中級の〈上魔力草〉に中級〈銀箱〉産を奉納した時も作れる物は同じ〈MPハイポーション20個〉だ。品質は〈上魔力草〉の方が上だけどな。

しかし、〈魔力草〉や〈上魔力草〉が無ければ作れるものも作れない。

『素材返し』のスキルで〈MPポーション〉を素材に返すのにも結構なMPが取られるのだ。これが意外と馬鹿にならない。

少しは〈採取〉で〈MPハイポーション〉の素材、〈上魔力草〉を集めるだけで『素材返し』をしなくて済む分コスパがかなり違ってくるのだ。

そもそもせっかく作った〈MPハイポーション〉を分解してしまっては備蓄も少なくなってしまう。

素材集めには俺も賛成だった。

セレスタンがサラサラとハンナの要望をメモに取る。

「〈ジュラパ〉は未だ人気の無いダンジョンだしレベル上げにはもってこいのダンジョンだ。レベル上げのついでに、ここに行く人は採取を頼む」

〈丘陵の恐竜ダンジョン〉、通称〈ジュラパ〉はモンスターが強い。

中位職ではステ振りがしっかりしていなければ普通にやられるくらい強い。そしてLvを育てすぎればもらえる経験値が少なくなってしまい旨みが無い。

故に上級生がまったくと言っていいほど寄り付かないダンジョンだ。

〈公式裏技戦術ボス周回〉を見られるわけにはいかないので、〈エデン〉にとって都合のいい狩場と化している。

ついでに採取するくらい、まったく問題ないだろう。

〈公式裏技戦術ボス周回〉をするためには〈ＭＰハイポーション〉のブーストが必須だからな。

「他に質問はあるか？」

「いいかしら」

「もちろんだ」

次に手を上げたのはシエラだった。

「現在多くの1年生が初級中位ダンジョンまで進んでいるわ。初級上位ダンジョンは上級生が力を入れて攻略しているというし、このダンジョン週間中、初級はどこのダンジョンも大賑わいのはずよ」

俺はシエラの言いたいことを察して頷く。

「ボス周回ができる環境が無い、ということだな」

「ええ。どうする気なの？　普通にモンスターを倒してレベルアップするのかしら？」

〈エデン〉は今まで〈公式裏技戦術ボス周回〉を使って高速レベル上げを実現してきた。

〈公式裏技戦術ボス周回〉は〈エデン〉の極秘中の極秘だ。

もしこれがバレたらダンジョンの最下層は一気に狩場に早替わり。

俺のこの世界を楽しみつくすという夢に間違いなく支障が出る。絶対にバレてはいけない。少なくとも俺たちが中級にいるうちは。

しかし、初級のダンジョン数が少ないということもあり、そして1年生がだいぶ育ってきたこともあって、ダンジョン週間中はどこのダンジョンも混雑している。

とても前みたいに〈公式裏技戦術ボス周回〉ができる環境ではない。

そして普通のザコモンスターを狩っていては、レベル上げは遅々として進まないだろう。

〈公式裏技戦術ボス周回〉のように1日でLv4もLv5も上がらないはずだ。

じゃあまだ初級にいるリーナたちのレベル上げはどうするのか。

実は普通に方法がある。

うん。俺が勘違いさせてしまったのだ。

高速レベル上げは〈公式裏技戦術ボス周回〉でしかできないのか？　しかし、俺はそんなことを言った覚えは実は無かったりする。

そもそも前提が間違っているのだ。〈公式裏技戦術ボス周回〉は何のために存在するのか。

高速レベル上げのために存在している？　違う違う。

ゲームでいう詰みの状況を回避するために存在するのだ。

〈上級転職チケット〉など、やたら多いドロップをプレイヤーにたくさん確保してもらうために開発陣が苦肉の策で認めたのが〈公式裏技戦術ボス周回〉なのである。

高速レベル上げはその副産物に過ぎない。

つまりだ。レベル上げのための狩場は元々別で用意されていたのだ。

――それが、

「リーナ、ミサト、メルトは俺と行動な。これから行くのはエクストラダンジョンの1つ、――〈試練の門塔《もんとう》ダンジョン〉だ」

――通称：〈道場〉と呼ばれるレベル上げ特化型ダンジョンである。

RPG系のゲームには所謂狩場と呼ばれるエリアがよく存在する。

経験値を稼ぐためのエリアだな。

某有名な勇者が魔王を倒すゲームではメ◯ルエリアなんて呼ばれていたアレだ。

〈ダン活〉にも当然のように経験値を稼ぐための狩場が存在する。

入場Lv制限は無く、Lvゼロからでも入ダン可能なエクストラダンジョン、〈試練の門塔ダンジョン〉。通称〈道場〉。

まあ、エクストラダンジョンなので入場Lv制限は無くてもQPは掛かる。そのためゲーム初期には利用できないんだけどな。

Lvゼロの時から使用でき、キャラクタークリエイトで作製したキャラでもそれなりの強さになるまでレベルを上げることができる貴重な場所である。

ただ、何度も言うがエクストラダンジョンを利用するにはQPが掛かる。それもとんでもなく。

QPをLvに変換する場所と言っても過言ではないかもしれないな。

〈道場〉は他のダンジョンとはかなり違う形式をしており、最初からショートカット転移陣が使用可能になっている。

計18もあるショートカット転移陣、〈ランク1〉から〈ランク18〉までランクが分かれており、それぞれ適性レベルの場所へ繋がっていて、ランクによって支払うＱＰ額が変わる形式だ。

例えば〈ランク１〉の転移陣は適正がＬｖゼロからＬｖ10。

このレベル帯しか利用できない《レベルが上がらない》という縛りがある（なお、付き添いは可）。

〈ランク２〉なら適正Ｌｖ10からＬｖ20。

〈ランク３〉なら適正Ｌｖ20からＬｖ30。

といった形でそれぞれレベルを上げるための部屋、道場部屋への転移陣が設置されている仕様だ。

そこに居る経験値をたくさんくださるモンスターを倒してレベルを上げていく形だな。

当然ながら〈ランク〉によって出てくるモンスターもくださる経験値量も変わってくる。

ちなみに下級職は最高〈ランク８〉部屋。適性はＬｖ70からＬｖ75まで。

〈ランク９〉部屋になると上級職ＬｖゼロからＬｖ10となる。

最大数の〈ランク18〉になると上級職Ｌｖ90からＬｖ１００の部屋になる仕組みだ。

上級職はＬｖ１００がカンストだな。

そしてお値段だが、一覧がこちら。

〈ランク１〉から〈ランク４〉まで１万ＱＰ。

〈ランク５〉から〈ランク８〉まで３万ＱＰ。

〈ランク９〉から〈ランク12〉まで10万ＱＰ。

〈ランク13〉から〈ランク16〉まで30万ＱＰ。

〈ランク17〉から〈ランク18〉まで50万ＱＰ。

むちゃくちゃお高いのが分かるだろう。

ちなみにこれは転移陣を使用する時に掛かるお値段なので、毎回部屋へ行くたびに支払うことになる。〈ランク1〉から始めて〈ランク8〉まで制覇するまでにかかるお値段はなんと16万ＱＰ（1億6000万ミール）だ。

しかも5人までというパーティ単位の転移陣なのでギルドメンバー全体を育てようとしたら……。

もうね、凄くお高いね。

さすがにそう簡単にレベルを上げまくることはできない仕様となっている。そこら辺はゲームバランスの関係があるので厳しいのだ。

また、ショートカット転移陣を利用するにも他に必要な物があり、〈ダンジョン攻略者の証〉を持っていないと入場できない転移陣がある。

〈ダンジョン攻略者の証〉とはダンジョンを攻略した際、どこから現れたのか、いつの間にか手に握っているあの証のことだ。

あれを持っていないならＬｖ10からＬｖ20《ランク2》までしか利用することはできない。

初級下位《ショカー》の証3つ所持者になればＬｖ20からＬｖ30《ランク3》が使用できる。

初級中位《ショッチュー》の証3つ所持者になればＬｖ30からＬｖ40《ランク4》が使用できる、という形だな。

そしてリーナ、メルト、ミサトはＬｖ30台、初級中位《ショッチュー》の証3つ所持者なので〈ランク4〉を利用することができる。

「ということでまずは〈ランク4〉の転移陣を利用するぞ。全員初級中位《ショッチュー》までは攻略しているからな」

「まさか、ここを利用するとは思わなかった。ＱＰが割に合わないぞ？　時間は確かに掛かるがレベルならダンジョンで上げたほうが建設的だ」

俺の宣言に異議を唱えるのはメルトだ。

確かに〈道場〉〈ランク４〉だと掛かるお値段は1万ＱＰ（１０００万ミール）だ。

普通にダンジョンでもレベルが上げられるにも関わらず、ちょっとＬｖの上がりが速いという理由だけでわざわざ高いＱＰを支払いここを利用する理由を、メルトは思いつかなかったのだろう。

しかし、それは甘いなメルト。

「今回は効率と時間を重視している。多少のＱＰは必要経費だ。メルトたちには早く三段階目ツリーを開放してもらわないといけないからな」

〈ダン活〉は3年しか時間がない。

確かにミールやＱＰも無駄にはできないが、時間も無駄にはできないのだ。

それに三段階目ツリーが開放されるＬｖ40まで育てるのに1万ＱＰは高いのか？

俺はそうは思わない。

Ｌｖ40ともなれば中級下位《チュカ》の入場制限まで届く。

そうすれば〈ジュラパ〉にだって潜れるようになる。〈公式裏技戦術ボス周回〉だって使えるようになる。

今回は初級ダンジョンで〈公式裏技戦術ボス周回〉が使えないのだ。

Ｌｖ40になるのにどれだけ時間が掛かるか。時間のロスの方が痛いだろう。

そういう判断であると、みんなに伝えた。

「相変わらずゼフィルスさんは良く考えておりますわね。わたくしも是非早く三段階目ツリーを開放し、みなさんの役に立ちたいですの」

「私もだよ～」

隣にいたリーナとミサトは好意的だ。

「なるほどな。そういうことだったか。確かに時間も大事、か。入学してまだ2ヶ月と思っていたが、もう2ヶ月も経っている、ということだな」

メルトも俺の解説に腕を組んで深く頷く。納得してもらえたようだ。

そう、まだ時間があると思っていたらいつの間にか時間が無くなっていた、なんてことは〈ダン活〉にはよくある。

時間配分は常に頭の隅においておかなければならない。

とダンジョン門の前で話しているとパメラが戻ってきた。

今回エクストラダンジョンへ行く最後のメンバーはパメラだ。

パーティの中でタンクが不足していたのでパメラには避けタンクを頼んだ形だ。

三段階目ツリーが解放された【女忍者】は、避けタンクとして非常に優秀だ。

またアタッカーとしてもなかなか強い。今回向かう場所のお供としては最適だろう。

ちなみにお供に誘うのはルルかパメラでちょっと迷ったのだが、シェリアによりルルが連れて行かれたのでパメラになったという裏話がある。まあ、これはどうでもいいだろう。

「お待たせしたデス！　ちょっと混んでいたのデス！」

パメラにはエクストラダンジョンの入ダン手続きを頼んでいた。

といっても事前にセレスタンが予約を取っていたのでこれから入ダンしますと告げるだけだ。

しかし、さすがダンジョン週間初日、思っていた以上に混んでいたらしい。

「パメラありがとな。よし、じゃあ行くぞ！　今日中に全員のＬｖを40まで上げるぞ！」

「おおー！」

「お、おおー」

俺が片腕を上げて宣言するとノリの良いミサトがノッてくれ、それを見たリーナが恥ずかしそうに手を上げた。

ちょっと嬉しい。

ちなみにメルトは腕を組んだままだ。メルトにもノッてほしかったのに。

ダンジョン門を潜り〈試練の門塔ダンジョン〉へ入ダンすると、中の光景が見えてきた。

ミサトがそれを見て驚きの声を上げる。

「うわ。なんか、思っていた以上にでっかいよ！」

前方には巨大、と一言では言い表せないような、瓦屋根が無数に付いた超巨大な塔が立っていた。

塔というより巨大な城と言ってもいいかもしれない。

周りは草原で何も無く、ただ超巨大な城だけがポツンと立っている。

「雲の上まで続いていますわね。天辺が見えませんわ」

「周りには何にも無いデース」

「これは、塔の中がダンジョンなのか」

リーナが塔を見上げて驚き、パメラが周囲を見渡し、メルトは眼を細めて塔を見上げる。

「あれが〈道場〉だ。入り口はあれど階段は無く、全て転移陣で行き来することになる。そんで転移陣はあの中だな」

俺が指差すと全員が前へと注目する。

塔の1階部分にある巨大な門が開かれ、中がこの位置からでも見えた。

そこにはいくつもの転移陣がピンク色の光を放っている。

「あれに乗ればいいんだが、まずは塔の受付を済まさないとな」

超巨大な塔の1階部分にちょっとした人工物が設置され数人の人影がいた。

ダンジョンを管理している管理人だ。あの人たちにQPを支払えば転移陣を起動してもらえるのだ。

どういう仕掛けかは分からない。

「ダンジョンの中に、受付があるのか……」

「不思議！」

メルトとミサトはその光景を見て目を瞬かせていたが、俺も頷いて受付を済ませに歩き出すのだった。


「ギガァァス！」

「パメラさん、そっちに行きましたわ！『号令』！」

「任せてくださいデース！『豪炎斬波』デース！」

「ギガ⁉」

豪腕を振りかざす銀の人形《シルバーゴーレム》がパメラに向かうが、リーナの声掛けとスキル『号令』により準備を整えていたパメラが一撃でゴーレムを屠る。

背中の直刀が〈火属性〉を帯びてズバンと斬る光景。むちゃくちゃかっこいい！

「ゼフィルスさん、よそみは厳禁ですわ！次が来ますわよ！『指揮砲』！」

リーナの声に前を見ると3体の銀の人形《シルバーゴーレム》が奥の門から現れるところだった。

「おっし任せとけ。『シャインライトニング』！」

『シャインライトニング』で3体を攻撃しヘイトを稼いでタゲを奪う。リーナが使った『指揮砲』のバフのおかげでなかなかのダメージが出たと思われる。

リーナのスキル『指揮砲』は、効果時間はかなり少ないが、攻撃力と魔法力を上昇させる、瞬間的に強くするバフといったスキルだ。パーティに掛けることができる。

「『フリズド』！」

俺のほうに向かっていた銀の人形《シルバーゴーレム》だったが、側面から〈氷属性〉の奇襲で足を凍らされ1体の足が止まる。

やったのはメルトだ。

〈氷属性〉の魔法は『アイス』系が普通であるが、メルトが使ったのはその一段上の『フリズド』の魔法だな。

ちなみにこれが〈火属性〉なら普通級は『ファイヤー』、一段上は『フレア』となる。

「ギガァァス！」

「ゼフィルス君回復するね！『ヒール』！　あと『プロテクバリア』！」

「サンキュ！　これで最後だから決めちまうな！『勇者の剣《ブレイブスラッシュ》』！『ハヤブサストライク』！」

「ギ、ギガ！　ギギギ……」

ミサトから回復魔法と防御力バフ&バリアをもらい、前へ出る。

受け持った2体が攻撃してくるが、これも慣れたもので付与されたバリアと〈天空の盾〉で防ぎつつ攻撃が終わったタイミングで反撃し、これを撃破した。

「『メガフリズド』！　こっちも終わったぞ」

「お疲れ様」

メルトが最後の1体を倒してようやくダンジョンのギミックが攻略できた。

「やっと終わったね。でも銀の人形《シルバーゴーレム》100体倒せってビックリしたよ」

「本当ですわね。モンスターは弱かったですが、それでも数があれほどとなるとそれなりの立ち回りが求められますわ」

ミサトとリーナが今のギミックについて話し合っていた。

現在〈道場〉の〈ランク4〉を攻略中なのだが、ここ〈道場〉は他のダンジョンとモンスターの出現の仕方がかなり違う。

先ほどのモンスターたちは〈ランク4〉のギミックの1つ〈銀の人形《シルバーゴーレム》を100体倒せ〉という、まるでモンスターハウスかというほど次々銀の人形《シルバーゴーレム》が現れて押し寄せてくるギミックだ。ゲーム時代は〈ミニゲーム〉なんて言われていたな。

次々と現れるゴーレムをじゃんじゃん倒しまくり経験値を大量獲得していくのだ。

リーナが言ったとおり銀の人形《シルバーゴーレム》1体1体は弱い。二段階目ツリーの技で3発、三段階目ツリーの技で1発2発撃てば倒れるレベルだ。

しかし、それが100体ともなると中々手ごわい。

とはいえ、一度に現れる銀の人形《シルバーゴーレム》の数はそれほど多くはないので焦らず1体1体倒していけば問題ない。

そして、経験値は大変美味しいのである。

「でも私たちの装備なら結構余裕あるね！」

「ミサトはゼフィルスに感謝するんだぞ」

「わかってるよメルト様！　ゼフィルス君、装備貸してくれてありがとう！　すごく助かってるよ」

「おう。気に入ってもらえてよかったよ」

ミサトからの礼に手を上げて返す。

現在のミサトは、以前オークションで落札した防具、〈高桜魔樹《こうおうまじゅ》防具セット〉を女の子用にデザイン変更して装備している。

見た目は名前の通り、全体的に桜をイメージした桃色の白魔道師系の装備で、桜の意匠を巡らせた白と桃色ローブ。白と青と桃色を基調としたワンピース風でスカートの両端にピンクのリボンが付いている。首にはチョーカー型ネックレス。青をベースに桜の意匠が入ったバングル。白をベースに桜色の帯が入ったオーバーニーレングス。

という5点セットのシリーズ装備だ。ミサトにはこの白と桃色がよく似合っていた。

能力は魔法力の上昇や各種耐性、最大MPの増加などがあり、シリーズ効果では『植物キラーLv4』や『対植物耐性Lv4』、INT×1.1倍にする『魔法ブーストLv2』などを持つ。

『植物キラー』はそのまんま、植物系モンスターへの特効効果だ。ダメージがスキルLvの分増える。

『対植物耐性』は植物モンスターからもらうダメージを減少してくれる素敵効果だ。

素晴らしいスキルだな！

まあ、ミサトは攻撃魔法をあまり持っていないヒーラーなのでちょっと宝の持ち腐れ感はあるものの、中級上位《チュウジョウ》まで持つ性能は素晴らしい。

ミサトは以前から防具がちょっと難ありだった。以前まで初級にいた〈天下一大星〉に加入していたため防具の更新が間に合っていなかったのだ。

そのため相談し、装備を買うミールが貯まるまでの間〈エデン〉から防具を貸与することにした経緯がある。

ちなみに、武器はワンド系の小さな木製杖〈ヤドリギのワンド〉だ。これは加入したとき〈エデン〉の〈金箱〉産ドロップの1つをミサトが買い取って使っている。小さな小盾も装備しているが、こっちは以前から自前で用意したものをそのまま使っているな。

「メルト様は、よく中級でも使える装備を持ってたね」

「俺は元々Bランクギルドに居たからな。一応〈金色ビースト〉から格安で譲ってもらった装備だ」

メルトは〈エデン〉に加入した時【賢者Lv18】だったが、装備だけは中級でも活躍できる物を持っていた。それは単純にBランクギルドだったから必要で購入したらしい。

通常の中級ドロップ産の装備だが、シリーズなどではなく結構バラバラの装備だ。

なお、バラバラの装備はしっかり〈デザインペイント変更屋〉によって調えられ、合わせてもダサくなく、むしろかっこいい感じに仕上げられている。胸から下がる2つのくす玉がアクセント。

メルトから言わせれば装備を手に入れる度、サイズ変更もしなくちゃいけないため〈デザインペイント変更屋〉に行くことは必須なんだとか。

メルトも苦労しているな。

メルトの見た目は黒魔導師風という感じで黒色と黄色のローブに黒をベースにした服装備。ローブは裏地が黄色で表が黒となっている。武器はメルトの身長に近いほど大きな木製杖だ。

これで髭でも生えていたらメルトは長老とでも呼ばれていたかもしれない。

それはともかく、今は経験値だ。

やっと第1ウェーブが終わったんだからどれだけLvが上がったのか、確認してもらうとしよう。

「みんなお疲れ様。それぞれステータスを見てくれ」

「オーケー！　――わっ！　Lvが4つも上がってるよ！」

「わたくしもですわ」

ミサトが驚きの声をあげリーナも声こそ出していないが目は大きく見開かれビックリしているのが分かる。

モンスターを100体倒した程度でLvがかなり上昇しているのである。

まあ、当然だな。

「これが〈道場〉の効果だな。普通のダンジョンよりレベル上げの効率が何倍も違ってくる」

そのからくりは、いやからくりと言えるのかは分からないが銀色系モンスターの撃破にある。

〈ダン活〉では金系モンスターはレア、銀系モンスターは経験値と認識されている。

え、お金を落とすモンスターはって？　〈ダン活〉ではモンスターはミールを落とさないんだ。だから無しである。

この〈道場〉では銀系モンスターしか登場しない。

普通のダンジョンなら1日掛けて普通に攻略した場合、適正のダンジョンでLv1上がるかどうかくらいである。

〈公式裏技戦術ボス周回〉を利用したとしても1日ではLｖ4から、頑張ってLｖ5くらいしか上がらないだろう。

それが〈道場〉の場合、QPを支払えば5日程度でLｖ0からカンストまで持っていくことも可能である。これはヤバイ。お高いけど。

今のギミックも終わってみれば1時間程度戦っていただけだ。これを2度3度繰り返せば簡単にLｖは上限まで上がりきってしまうだろう。

〈道場〉はそれほど経験値効率がいいのだ。さすが、QPを馬鹿食いするだけのことはある。

俺はこれを使い、今日中にはリーナ、ミサト、メルトをLｖ40まで上げる予定だ。

ここ〈ランク4〉は適正Lｖ30からLｖ40のエリアであり、最大Lｖ40までしかレベルが上がらない。

Lｖ40になれば無事カンスト。ノルマ達成だな。

俺とパメラは残念ながらすでにLｖ40は超えているので〈ランク4〉ではLｖは上がらないが些細なことだ。

リーナ、ミサト、メルトがLｖ40になったら切り上げる。

それまではここでレベル上げだ。あと2回も周回すれば終わるだろう。

ちなみにだが、今の100体ウェーブが終わっても少しすればまたウェーブが開始されるので転移陣に乗り直す必要は無い。QP1万でこの部屋に常時入り浸りだ。

またこの部屋は道場風の一室で地面が畳に見える石素材が使われ、1部屋につき1パーティのみ使用できる、他の入場者は別の部屋へ転移するらしいと聞いた。そのため他のパーティと会うことも無く、経験値リソースを奪い合うこともない素晴らしい部屋である。

そう告げるとミサトとリーナが目を輝かせた。

メルトも心なしか表情が緩んでいる気がする。

そりゃＬｖ40とか今日中にたどり着けると言われたら嬉しいだろうな。

１年生ではＬｖ40に至っているのは〈エデン〉と〈マッチョーズ〉、あと〈天下一大星〉だけだ。

「さて、そろそろ第２波が来るぞ！　ガンガンレベルを上げような！」

「「「おおー（デス）！」」」

俺の掛け声にリーナ、ミサト、そしてパメラが手を高々と上げて応えてくれる。

メルトは１つ頷いただけだが、やる気だな。

俺たちは門を潜って出てきたシルバーウルフを撃破していったのだった。

あ、ちなみに毎回ウェーブの度に銀系モンスターは変わるぞ。

今回はシルバーウルフだな。

そんな感じで俺たちは銀系モンスター狩りを続けていった。


「これで最後だ。『メガフリズド』！」

「ゴブ!?」

メルトの魔法により最後のシルバーゴブリンのＨＰが全損し、エフェクトに還っていく。

これでこのステージも攻略完了だ。

「お疲れ様。みんなＬｖはどうだ？」

すでに〈道場〉に入って２時間が経過している。

今攻略したのが3ステージ目だからこれで上限に届いたはずだ
「ゼフィルスよ。俺の【賢者】はLv40に届いたぞ」

「お！　やったなメルト、おめでとう！」

毎回1ステージを攻略するごとにレベルが3から4上昇していたメルトはここの限界値であるLv40に届いたようだ。

「ねぇねぇ私も私も！　今回ので【セージLv40】になったよ！」

「わたくしもですわ。【姫軍師Lv40】ですわ！」

「おおー！　2人ともおめでとうデース！」

「ミサトもリーナもおめでとう。これで全員目標達成だな！」

ミサトとリーナからもLv40報告が届いた。

全員が同時か、いやぁ素晴らしい！

お祝いの言葉を贈る。

「たはは～。いやー、でもすごいねここ」

「本当ですわね。まさかこんなに早くLv40に届くとは思いませんでしたわ」

ミサトは照れたように体をくねらせてから感心したように言う。

リーナもその言葉に同意見のようだ。

「ま、その代わりQPが結構掛かるけどな。それに途中で全滅すると塔の外に吐き出されるから2人くらい適正以上のメンバーを連れて来たほうが安定する。特に崩れないタンクが必要だな」

「なるほど。確かにパメラのタンクは見事だった」

「そんなに褒められると照れるデース」

メルトが1つ頷いてパメラを褒める。俺は？

こほん。まあいい。確かにパメラのタンクはかなり素晴らしい仕上がりになっていた。

三段階目ツリーが解放されて避けタンクとしてのスキルを多く取得したパメラ。

避けながら攻撃し、アタッカーとしても活躍する【女忍者】は間違いなく強職業《ジョブ》だ。

ただ【女忍者】はヘイトを稼ぐスキルが『目立つ』と『お命頂戴』しかないため、タゲを奪われることがままあるのがネックなんだ。

あとはダメージを稼いでヘイトを稼ぐしかないので、【女忍者】のみをメインタンクにしているとダメージディーラーによってはタゲを奪えなくなってしまう。

そうなればダメージディーラーが狙われてパーティが崩れる。ハマれば強いが、ミスると簡単にパーティが崩壊してしまうので【女忍者】は上級者向けの職業《ジョブ》と言われていた。

そんな【女忍者】の職業《ジョブ》をパメラはだいぶ使いこなせるようになっているようだった。

リーナのヘイト管理の指示もよく、メルトにダメージを稼ぎすぎないよう指示する光景も見られた。

リーナもかなり成長している。

「ねぇねぇ、私は？」

ミサトが片手をピンと挙げてメルトに自己主張していた。耳までピンと伸びている。

あの耳触ってみたいなぁ。

「ミサトはゼフィルスに聞け。むしろ回復はゼフィルスにしか掛けてなかっただろ」

「メルト様が冷たい！　――ねぇゼフィルス君、私はどうだった？」

「回復ありがとなミサト。次は三段階目ツリーが解放されるからバリア系も積極的に使っていこうか」

ミサトはぴょこぴょこしていて、なんか癒される。

回復とはつまり癒しだ。ミサトは癒やし担当だったんだな。できればモフらせてもらいたい。

そんなどうでもいいことを考える。

その後、3人は三段階目ツリーにSPを振ってもらった。

ミサトとメルトは自分たちが作った育成論をベースに俺の最強育成論を大きく参考にして作ったスペシャルな育成スケジュールのとおりに振っていく。

リーナは完全に俺の最強育成論の通りに振っている。

本当は帰ってからゆっくりSPを振ればと言ったのだが、せっかくだからここで練習したいとのことなのでリーナたちの要望を叶えた形だ。

確かに、〈道場〉に入る機会は、ほぼ無いと言っていいだろう。

モンスター100体、次から次に押し寄せてくる体験はそうそうできはしないからな。

新しい三段階目ツリーの試運転にはちょうど良い相手かもしれない。

「終わったぞ」

「こっちも終わったよ！」

「わたくしも終わりましたわ」

育成スケジュールのとおりに振るだけなのですぐに準備も終わる、それを待っていたかのように門の奥からモンスターが出てきた。

今度のモンスターは、シルバーオークだな。

「プギー！」

第4ウェーブは、まずシルバーオーク12体が出迎えてくれた。

熱烈な歓迎に心なしかメルトたちの表情が高揚している気がする。

早く三段階目ツリーが試してみたくて仕方ないんだな、分かります。

「半分は引き取るぜ、『アピール』！」

「了解デース！　『暗闇の術』！　『目立つ』デース！」

まずはヘイト稼ぎをしながら俺とパメラが前衛に出る。

これで後ろの後衛3人にはシルバーオークは向かわない。

存分に〈スキル〉〈魔法〉を試してみてくれ。と思っていたら。

「ねぇゼフィルス君！　なんの魔法使えばいいの!?」

ミサトの言葉にずっこけそうになった。

まあ、最初は何したらいいかわかんないよな。うん。

とりあえずアドバイスを送る。

「適当でいいぞ、まずは自分が今使える〈魔法〉がどんなものなのか把握するところから始めるんだ」

「なるほど。分かった、やってみるね！　えっと『リジェネプロテクバリア』！」

ミサトがまず使ったのは『リジェネプロテクバリア』だった。

『リジェネ』と『プロテク』と『バリア』が合わさったものだ。『プロテクバリア』の上位ツリーだな。

一度に3つの強化回復を掛けられるうえ、〈魔法Lv〉を上げれば3つ全てが強化されるため使い勝手がとても良い魔法だ。

シルバーオークが拳を振り上げて攻撃してくるので、ちょっと受けてみた。

「プギー！」

「プギー！」

「プギー！」

「おお、全然ダメージ無いわ。ちょっと食らってもすぐ全回復だな」

『バリア』で2撃が無効化され、3撃目を〈天空の盾〉で防御するも『プロテク』の防御力アップのおかげでほとんどダメージを負わず、さらにその少し受けたダメージも『リジェネ』の継続回復ですぐに満タンまで回復してしまう。

タンクにはかなり嬉しいサポートだ。

「次、攻撃もしてみるね。えっとユニークスキル、『サンクチュアリ』！」

ミサトのユニークスキルにより、俺を中心にして地面が大きな円形に光った。

これはエリア魔法だな。ラナの『光の柱』に似ているが、『サンクチュアリ』の効果はエリア内にいる味方は継続回復、敵には継続ダメージが入るユニークスキルだ。

しかもこのユニーク、維持時間がかなり長く、Lv10にもなると約1分以上展開されていたりする。

ボス戦には非常に心強いスキルである。

「プ、プギャー！」

「プギャー！」

「プギャー！」

「んん、効いてる効いてる。少しずつダメージが入っていってるな」

シルバーオークの鳴き声が「プギャー」に変わった。

ダメージを受けている証拠である。

プギャー。

「次はわたくしの番ですわ！」

次はリーナか。よし、どんどん試していこう！

「『ターゲット補足』！　『デルタカノン』ですわ！」

リーナのスキルが発動する。

『ターゲット補足』は次に使う〈スキル〉に命中率アップと、命中した敵にデバフを付与するスキルだ。狙った敵が回避スキルを使用しても命中することがあるし、命中すると回避力低下のデバフを敵に付与する優秀なスキルである。

これを三段階目ツリーで出現した攻撃スキル、『デルタカノン』に乗せて撃つと、螺旋状に放たれた3つの魔砲撃が途中で散り、それぞれが別のシルバーオークに命中する。

「プギャー」

「プギャー！」

「プギャーッ！」

「おっと『アピール』！」

三段階目ツリーのスキルだけあって命中したシルバーオークはどれも大ダメージを受けた模様だ。

一応ヘイトを稼ぎなおしておく。

「次ですわ！　『遠距離収束砲』！　あ、これチャージが長いですわ!?　まだ出ないのかしら？　『ドカーンッ』キャー！」

次にリーナが使ったのは高威力の『遠距離収束砲』だ。

これはチャージして撃つので少し時間が掛かるが、威力は非常に高い。その分反動も強いので撃ったリーナがひっくり返ったようだ。

く、シルバーオークが邪魔でひっくり返ったリーナが見れない！

「リーナさん大丈夫!?」

「ほほほ、お恥ずかしいところを見せてしまいましたわ。つ、次こそ平気ですわ！」

シルバーオークが邪魔で振り向けないが、ミサトがひっくり返ったリーナに手を貸したようだ。

リーナは笑って誤魔化す気のようだな。

ちなみにリーナのハプニングの裏で3体ほどシルバーオークが『遠距離収束砲』の直撃を受けてエフェクトに還ったが、俺以外誰も見ていなかった。

断末魔の叫びは「プギャー」だったよ。

その後もミサトのダメージ返しのバリアである『ニードルバリア』でさらに1体が、リーナの四連続で散弾を撃ちまくる『四連散弾魔砲』により2体がエフェクトに還って俺の受け持ちが全てはけた。

次のオークの出現条件は12体全てのオークが撃破されることなので、パメラの方がはけるまで俺は待機だな。その間にパメラとメルトを観察する。

「『軽業』デース！　避けまくりなのデース！」

パメラの『軽業』は回避力上昇スキルだ。これに加え『暗闇の術』で相手を暗闇状態にすれば、ほぼパメラに攻撃を当てることができなくなる。あのエクストラダンジョンのボス〈ボスプビィ〉戦を思い出す光景だ。

現在のパメラも完全にシルバーオークを手玉に取っていた。

「さあさあメルトさん、どんどん魔法を試すデース！」

「助かる。『クイックマジック』！　『ダウンレジスト』！　『イレース』！　『ライトニングスタン』！　『フリズドスロウ』！　『フレアバースト』！　『シャイニングフラッシュ』！　『ダークネスドレイン』！　『ホーリーブレイク』！」

おお、メルトが『クイックマジック』で回転率を上げて魔法を連打しまくっている。

次々飛んでいくカラフルな軌道が結構綺麗だ。

『ダウンレジスト』は状態異常の耐性低下、『イレース』は属性攻撃の耐性低下デバフだな。

そこからは各属性に何かしらの状態異常かデバフの付いた魔法を連発するか。

何体かエフェクトに還ってしまったオークもいたが、残りは〈麻痺〉状態になったり、〈鈍足〉状態になったり、〈盲目〉状態になったりと苦しんでる。

プギャープギャー言ってる。

「大技で締めるぞ、パメラよ下がれ。『マジックブースト』！」

「退避デース！」

「ユニークスキル『アポカリプス』！」

『マジックブースト』は自身の魔法に対して、発動が遅くなる代わりにダメージをアップさせるバフ魔法だ。

ユニークを使う場合ももちろん適用される。

そして【賢者】のユニークスキルの『アポカリプス』。

単純な高威力の魔法攻撃だ。

メルトが唱えて数拍ののち、それは発動した。メルトの持つ杖から赤い光の極太ビームが放たれたと思ったら、動けずにプギィーと叫んでいるシルバーオークの集団に着弾。

ドッゴーン！　という爆発音と強烈な赤い光に残り3体のシルバーオークが飲まれた。

プギャーすら聞こえなかった圧倒的な火力。

数瞬の後、爆発地には何も残っていなかった。

全てのオークがエフェクトに還ってしまったのだ。断末魔の叫びも許さず。

完全なオーバーキルだった。

まあ、これは覚えたばかりの魔法の使い勝手を試す場なので問題無い。

「……威力が大きすぎてどれくらいのダメージが入るか分からんな」

事を起こした張本人のメルトが冷静にコメントする。

まあ、ボス以外にはちょっと勿体ないよな。このユニークスキルは。

「『アポカリプス』はボス専用にした方が良いんじゃないか？」

「そのようだ。この塔にはもっと強いモンスターは出ないのか？」

「残念ながら〈ランク4〉だとシルバーオークが一番強いな。メルトたちは初級上位《ショッコー》を攻略していないから〈ランク5〉には入ダンできないしな」

「そうか。威力が高すぎるというのも困ったものだな」

言葉とは裏腹にあまり困った顔をしていないメルト。

どうやらユニークスキル『アポカリプス』に大変満足したらしい。

と、こっそりミサトが教えてくれた。

無表情のようにしか見えないがミサトにはあれでメルトの喜怒哀楽が分かるらしい。

さすが、長い付き合いなだけはある。

「さあ皆さん、次が来ますわよ。準備してくださいまし」

リーナの声と共に奥の扉が開き、またぞろぞろとオークの団体さんがお着きになられた。

おっと、いけない。すぐに熱烈な歓迎で出迎えなければ。

「やあやあやあ、シルバーオークたち、よく来てくれた。存分に楽しんでいってほしい『アピール』！」

「『ビーム』ですわ！」

俺はオークの団体に『アピール』を行ない歓迎すると、速攻でリーナの『ビーム』が飛んでいった。

一部のオークに直撃しプギャーと響く。

こうしてリーナたちはしばらくオークを相手に新しい〈スキル〉と〈魔法〉を練習していったのだった。

第10話　Aランクギルドの下部組織《ギルド》〈ホワイトセイバー〉現る。

〈道場〉でＬｖ40になったリーナ、ミサト、メルトだったが。

その後三段階目ツリーの〈スキル〉と〈魔法〉を試したいということになりしばらくシルバー系を的に練習した。

Ｌｖが限界値まで行けば〈道場〉は終わりのはずが、あのまま続行することになるとは少し新鮮だった。

「そろそろ終わりにしようか？」

「まあ、もうこんな時間ですのね」

「わ、気がつかなかったよ。もう夕食の時間じゃん」

「夕食を食べ損ねたら大変デース！」

「……帰るか」

俺が提案し、リーナ、ミサト、パメラが時刻を見て驚きの声を上げ、メルトが賛成する。

11回目のウェーブを攻略したところで時刻がかなりヤバい時間を指していたので帰還することになった。

塔の外に出ると辺りはもう真っ暗だ。

「わわ、日が暮れちゃってるよ」

「もう夏至も近いですから、ここまで暗いのは久々に見た気がしますわ」

「リーナさんはお利口さんですね⁉」

リーナの優等生発言にミサトがややビビっていた。

まあ、ミサトはアクティブそうな子だからな。夜でも出かけることがわりとあるんだろう。

逆にリーナは日没前には寮へ戻り、夜間は外には出ない様子だ。

「む？」

やや急ぎ足で門へ向かうと、正面からこちらへ向かってくる白のプレートアーマーで統一された5人パーティが現れた。それを見たメルトがやや顔をしかめている。

「メルト、どうかしたのか？」

「ゼフィルス、俺は厄介ごとの臭いを感じたぞ。あのパーティ、こんな時間に塔へ向かうつもりか？」

言われて気がつくが確かにもう日が暮れている時間だ。

ダンジョンに入っていられるのは10時までと決まっている。0時を超えたら捜索隊が組まれ、内申に響く。

今から〈道場〉に挑むには時間が足りない。

となると考えられるとしたら。

「失礼する。貴殿ら、1年生のトップギルド、〈エデン〉で相違ないだろうか？」

塔から帰る者の待ち伏せとか、だよな。

メルトの感じたとおり、そのパーティが用があったのは俺たちだった。

一際大きな体格の騎士風の男子が話しかけてきた。

女子たちを下がらせ、俺とメルトが前へ出る。

「ああ。俺たちは〈エデン〉だが、そう言うあなたたちは誰かな？」

そう答えると大男は1つ頷いた。

その後ろには4人が直立不動で控えている。

よく訓練されているようだ。

大男が代表ということだろう。

「こんな場ですまない。俺たちはAランクギルド〈テンプルセイバー〉の下部組織《ギルド》、〈ホワイトセイバー〉のメンバーだ。俺の名はダイアスという。少々話をさせてもらえないだろうか？」

「〈テンプルセイバー〉、リカが言っていたギルドだな。確か先月〈獣王ガルタイガ〉と〈決闘戦〉を行なったと聞いたが」

俺は記憶を掘り起こして言うと、大男のダイアスが1つ頷いた。

「うむ。ではその結果も知っているか？」

「〈獣王ガルタイガ〉の勝利だろう。そして〈白の玉座〉が向こうの手に渡った」

メルトも当時の〈決闘戦〉のことを知っていたらしく淀みなく答える。

――〈白の玉座〉。

回復系職業《ジョブ》専用の特殊装備で非常に強力な効果を持つ。

そのスキルは『プラスレンジＬｖ10』と『回復減退耐性Ｌｖ９』だ。

ギルドバトルでは遠距離からの回復を、威力を減退せずに行なうことができる効果を持つ。

上級ダンジョンからドロップされる〈白の玉座〉だが、中級上位ダンジョンのレアボスからもドロップする。そのため上級ダンジョンがほとんど攻略されていないこの世界でも誰かしらが手に入れることができたのだろう。

俺は少しこの話に興味が湧いた。

急いで帰りたいところ悪いが、少しだけ話に付き合おうと思う。

他のメンバーは先に帰ってもらっても良かったのだが、誰も帰ろうとしないのでこのまま5人全員で話を聞くことになった。

「その通りだ。うちの親ギルドは〈白の玉座〉を使いAランクギルドに君臨していた。しかし、今やその地位は風前の灯火だ。我々〈ホワイトセイバー〉にとっては死活問題なんだ。〈ホワイトセイバー〉はDランク。構成員は18名もいる」

「そりゃあ、確かにまずい状況だな」

大男ダイアスが苦しそうな顔をして現状を吐露する。

よほど切羽詰まっているのだろう、本来はそれ隠さなくちゃいけないんじゃないか？　と思われることも現状を俺たちに正確に理解してもらいたいためか、隠さず告げてきた。

親ギルドのランク落ちとは、下部組織《ギルド》の構成員としては他人事ではない。

もしレギュラーになったとして、Aランクギルドの下部組織《ギルド》だから加入したのに自分が関わる前にBランクに落ちているのだ。とてもやるせないだろう。

それにもっとまずいのが現状〈ホワイトセイバー〉の残り枠が2席しかないところだ。

もし親ギルドがランク落ちでもしようものなら脱退者が出る。

その脱退者を受け入れるのが本来下部組織《ギルド》の役割のはずなのに、その枠が〈ホワイトセイバー〉には無い。

下部組織《ギルド》を11名以上入れていると、いざ親ギルドが負けた時、こういったことが起こるのだ。

下部組織《ギルド》はDランク、最大20人までしか受け入れできないため、万が一親ギルドが負けた時を見越して下部組織《ギルド》のメンバーは10人までにするのがセオリーだ。

さもなくば、下部組織《ギルド》のメンバーがそのしわ寄せを食らうはめになる。端的に言えば、下部組織《ギルド》から脱退者が出ることになる。

しかし〈テンプルセイバー〉はランク落ちしないとでも思ったのか、それとも他の理由からかセオリーを無視し、それが今問題になっているみたいだな。

大男のダイアスが頷いてから話す。

「うむ、このままでは多くの脱退者が出ることになる。そうすると、路頭に迷うメンバーが大量に現れるだろう」

「それで、なぜ〈エデン〉に接触してきたんだ？」

頃合いと見たメルトが要件を訊く。

状況は分かった。しかし、それと〈エデン〉がまだ結びつかない。

メルトの目が早く言えと急かしていた。隣に居る俺にはメルトの腹辺りから「く〜」という音が聞こえた。メルトの腹は飢えているらしい。

「いくつかある。目的は多くの脱退者を出さないため、〈エデン〉とは交渉がしたい」

「言ってみろ」

「助かる。まず親ギルド〈テンプルセイバー〉から要望がきている」

長引きそうだと感じたのだろう、メルトの目が徐々に細められていくが、大男ダイアスとは目線の高さが違いすぎて視線が合わないようだ。『効果が無いようだ』状態だった。

「〈テンプルセイバー〉からの要望は、〈エデン〉が所持している〈ダンジョン馬車〉レシピの買い取りだ。3億ミールで交渉したいと言ってきている」

「安い。却下だ」

〈テンプルセイバー〉の要望をメルトはにべもなく断った。

大男ダイアスが視線を下げメルトを見つめていた。

その様子はまるで大人と子どもの図のようだ。言葉にはできないが。

あと、後ろのミサトは何故そんなにも目を耀かせているのだろう。

俺の耳には「メルト様、ちっちゃくてかわいい」なんて言葉が聞こえた気がしたが、きっと気のせいだろう。

大男ダイアスがメルトに問う。

「理由を、聞いてもよろしいか？」

「先も言ったが安い。交渉したければ最低30億ミールは持ってこい。話はそれからだ」

「ぬ、30億ミールか」

メルトの言葉に大男ダイアスが困った顔をする。確かに30億ミールなんて言われたらビックリするだろう。普通こんな金額を用意できる学生はいない。用意できるとすれば生産ギルドか、ほんの一握りの戦闘ギルドくらいだろう。

しかし、これにはちゃんと理由がある。

「俺から説明するが、以前学園からも〈ダンジョン馬車〉作製依頼があった。その時の報酬は70万QPを超えてたんだ。レシピを買い取りたければそれ以上でないと割に合わない」

「ぬう。70万QPで作製のみの依頼か……」

メルトの言葉足らずではまずいと思ったので補足説明する。

QPとミールのレートは約1000倍。70万QPなら7億ミールと同等の価値がある。

ただの作製で70万ＱＰの報酬だったのだ、買い取りなら最低でもその3倍か4倍は貰わないと割に合わない。いや、現在の希少価値的にもっともらっても良いくらいだった。

とはいえ彼らがこれを知らなかったのは仕方ない。

例のクエストはわざわざ学園を通して指名依頼されたものだった。そのクエストの内容がそうそう公開、流失したら学園の不手際が追及されるからな。学園側からは公開されない。

まあ、自分たちで言うのなら話は別だがな。

〈馬車〉を見れば誰がどこに依頼をしたかなんてすぐ予想できるし。

〈ホワイトセイバー〉のリーダーもそれが理解できたのだろう。

素直に引き下がった。

「では、親ギルドにはそのように伝えよう。おそらく交渉の席には立てないと思う。最低30億ミール、今の〈テンプルセイバー〉にそれほどの資産は無いはずだからな」

ずいぶんあっさりと引き下がる、と思ったが、もしかしたら元々断られると思っていたのかもしれない。

しかし、〈テンプルセイバー〉は〈馬車〉を欲しているのか。

〈テンプルセイバー〉は以前〈獣王ガルタイガ〉相手に〈馬車〉レシピを賭けて〈決闘戦〉を挑んだというし、どうしても〈馬車〉を手に入れたいようだ。

上級へ躍進する気なのか？　確かに上級ダンジョンの装備群を手に入ればギルドバトルで逆転を狙えるだろう。

簡素な物なら〈大図書館〉にレシピがあるのだが、それを勧めてみようか？　見た目はトロッコだが。

Aランクギルドの騎士が乗るトロッコ……。

やめておいてあげよう。

「すまないが〈ホワイトセイバー〉からも要望がある」

大男ダイアスが姿勢を正して言う。

先ほどの話し方から察するに、おそらくこっちが本命なのだろう。

メルトはそんな大男ダイアスを見上げながら何故か目を細めていた。

高身長が気に入らないのだろうか？

そして後ろからも「嫉妬するメルト様かわいい」という声が聞こえた気がしたが、きっと気のせいに違いない。

「手短にな」

メルトが淡々とした口調で先を促す。

しかし大男ダイアスは気にした様子もなく頷いた。

「我らは親ギルド〈テンプルセイバー〉が近いうちBランク落ちすると睨んでいる。故に、脱退者を出す前に〈エデン〉に数人を移籍させてもらいたいのだ」

「……ほう！」

「後ろの4人は職業《ジョブ》が中位職というだけで下部組織《ギルド》に燻っている。しかし腕は悪くない。だが親ギルドのランクが下がればここの何人かはしわ寄せを食らい脱退を余儀なくされるだろう。〈エデン〉は〈転職〉を行なえば受け入れは可能だと噂に聞いた。ここの4人は〈転職〉を受け入れているメンバーだ。例の〈面接〉は受け損ねてしまったが、もしそちらさえよければ今からでも移籍を頼めないだろうか」

少し前にミサトが開催した〈エデン〉の下部組織《ギルド》加入の大面接。

〈ホワイトセイバー〉はそれを見て〈エデン〉がメンバーを募集していると判断し、交渉しに来たのだろう。

まさか、こんな話が来るとは思わなかった。

何気に初めての経験である。しかし、考えてみればおかしくはない。むしろ今まで交渉しに来たギルドが1つも無かったことの方が不自然かもしれなかった。まるで誰かに止められていたかのようだ……。気のせいか？

そういえば、なんで〈ホワイトセイバー〉はこんなところで俺たちが来るのを待っていたんだろうか？

おっと、話が逸れかけた。

俺はそこでようやく大男ダイアスの後ろに直立する4人を確認する。

「ほほほうー！」

全員が規格が統一されたプレートアーマーを着ているが兜は身につけておらず顔はさらけ出している。男子が2人、女子が2人だ。

そしてそのうち2人は「騎士爵」のカテゴリーである〈盾と馬のブローチ〉のシンボルを身につけていた。

ゲーム時代、「騎士爵」のカテゴリー持ちのメンバーは5人まで受け入れが可能だった。

現在〈エデン〉にいる「騎士爵」のメンバーはエステルのみ。

あと4人迎えられる。

いや、もしかしたらリアルなら上限なんて無いのかもしれない。

「騎士爵」はダンジョン、ギルドバトルの両方に、非常に有用な能力を持ったカテゴリーだ。

ゲーム〈ダン活〉時代、俺は毎回上限5人まで「騎士爵」をメンバーに入れていたほどだ。

いきなりのことで驚いたが、「騎士爵」が加入するのは大歓迎である！

今のところ〈大面接〉では6人が正式採用され、残り4枠のうち3人が有力候補となっており、まだ枠が余っていると言っていい。

さすがに面接以外からスカウトしても良いか、シエラたちと相談する必要はあるだろうがおそらく問題無いと思う。採用者ゼロの面接なんてよくあるからだ。

そう言うことなら突然の訪問も水に流そうじゃないか！

「突然の話ですまない。もし検討してもらえるのなら後日改めて話をさせてもらいたいのだ」

「了解した。では〈学生手帳〉のＩＤを教えてくれ」

「！　助かる！」

俺が了承すると大男ダイアスが頭を勢いよく下げた。

受け入れてもらえるか、話を聞いてもらえるか不安だったのかもしれない。

大男ダイアスが頭を下げた衝撃でブォンという風切り音が鳴る、それを聞いたメルトが顔を歪めていたのがちょっと印象的だった。

後日ミサトから聞いた話では、メルトは自分が頭を勢いよく下げても風切り音がしないと口をへの字にしていたらしい。なんでそんなことに対抗意識をもってるんだと、ちょっと聞いてみたくなった。

いや、聞かないけどな。

多分、男の子のデリケートな部分を刺激したんだろう。

とりあえずここでの話は纏まったので大男ダイアスと〈学生手帳〉のIDを交換してその場で別れた。

メルトは大男ダイアスを苦々しい視線で見つめていた。

「もう、メルト様だって今に身長伸びるよ！　さ、お魚を食べましょ。カルシウムを摂取しましょう」

「ミサト、やかましいぞ！　いや、俺は今日魚の気分なだけだ。決して身長を気にして夕食に魚をチョイスした訳じゃないぞ！」

食堂でそんな話し声が聞こえた。

ミサトよ、そっとしておいてやってくれ。


ダンジョン週間2日目。

〈エデン〉のメンバー全員がLv40に到達したので〈道場〉の利用はしばらく封印だ。

リーナ、ミサト、メルトに関してはまだ初級上位《ショッコー》を攻略できていないのでLvは足りているが中級にはまだ進めない状態。

ということで、今日はエステルと俺でさっさと3人を中級まで連れて行ってしまう計画だ。

今日中には〈エデン〉のメンバーは全員が中級進出を決められるだろう。

この調子で〈エデン〉はどんどんステップアップしていくぞ！　目指せ中級中位ダンジョン！

それとは別として例の〈大面接〉だ。

〈ホワイトセイバー〉との話し合い、交渉は今夜に決まった。

昨日あったことを俺とミサトからシエラとセレスタンに伝えると２人はすぐに動いてくれた。

セレスタンがどこからか持ってきた資料《プロフィール》には例の４人の名前、学年、専攻、職業《ジョブ》など、その他もろもろが書かれていて、それを基に協議する。

いや、セレスタンよ。そういえば俺、あの男子２人、女子２人の名前すら聞きそびれていたんだが、この資料《プロフィール》、どうやって作ったんだい？

またセレスタンの謎が増えてしまった。

しかし、驚いたのはさらにその資料の内容だった。

「不合格？　この「騎士」の人？」

４枚の資料、その内３枚にデカデカと押された〈不合格〉の文字。

今まで合格しか見たことがなかったのだが、ちゃんと不合格もあったらしい。

そして２人いた「騎士爵」のうち、１人がその〈不合格〉に該当していた。

「はい。その方々は〈エデン〉にふさわしくないとご判断されました」

〈ご判断されました〉。

なかなかにツッコミどころの多いワードである。

しかし、セレスタンに間違いが無いのは今までの行ないから分かっている。

セレスタンはいつも〈エデン〉第一に動いてくれるからな。この〈不合格〉にも何か理由があるのだろう。

「騎士爵」の１人を逃すのは、正直惜しい。

しかし、無理に入れて間違いがあってはいけない。

ならば、この1人は俺が直接会ってみて決めるしかないな。

と思っていたら隣のシエラから意見が上がる。

「いいかしら？　この同級生3人のことなんだけど」

シエラが出してきたのは現在〈大面接〉で最終候補に残っている同じクラスの仲良し3人娘の資料だ。

その資料にはちゃんと〈合格〉の印が押してある。

「私はこの子たちを勧めるわ。下部組織《ギルド》の助けにきっとなると思うのよ。ゼフィルス、最終判断は任せるけれど、間違えないようにね」

「おう。了解だ」

それから一通り4人で話し合い、この移籍についてと〈大面接〉についてを決めていったのだった。

この〈ホワイトセイバー〉との話し合い次第で、下部組織《ギルド》採用者10人が決定することになる。

大面接で最終候補に残ったのはシエラが勧める仲良し3人組となった。

セレスタンが〈ホワイトセイバー〉で合格にしたのは1人。

これから会いに行くのは4人。

4人全てを採用にするのか、もしくは1人を採用しシエラがお勧めする仲良し3人組を入れるのか。

いずれにせよ大面接は今日で終わるだろう。


「ゼフィルス殿、今日は時間を取っていただいて感謝する」

「夜しか時間が取れなくて悪いな」

「なんの。我々が無理を言っているのだ、ゼフィルス殿が悪いはずがない」

ダンジョン週間2日目の夜、俺は〈ホワイトセイバー〉のギルドにお邪魔していた。

例の「騎士爵」を移籍させたいという件についてだ。

あれ、少し違ったか？

まあいいだろう。大した違いはない。

昼間はしっかり初級上位《ショッコー》を全て回って、リーナたちを中級進出させたのだが。その代わり時間が取れるのが夜しかなくなってしまった。〈ホワイトセイバー〉からは早いほうがありがたいとのことなのでこの時間となった。

また、本来なら〈ホワイトセイバー〉から出向くのが筋ではあるが、ちょうど俺が近くに行く用事もあったためこちらから出向いた形だ。

リーナをつれてくるほどの案件でもないだろうし、俺1人で問題ないだろう。

〈ホワイトセイバー〉のギルドは、その名を体《てい》で表《あらわ》すがごとくギルド部屋も白色を多く採用していた。

夜のはずなのに、少しまぶしい。

ギルドにはマスターのダイアス以外に7人のメンバーが残っていた。

昨日紹介されたメンバー4人とその他に3年生と思われるメンバーが3人だ。

「いいや。こんないきなりな話だ。聞いてもらえるだけでもありがたい」

「お茶をどうぞ」

「いただきます」

3年生と思われる男子学生から緑茶のようなものが出された。

ありがたく頂戴する。……なかなか渋いな。

「そいつはサブマスターのニソガロンだ。こいつの出すお茶はいつも渋いのだ」

「おい。文句があるならもう茶は出さんぞ」

「おおう、悪かった。ニソガロンが出さないとお茶が出せる者がいなくなってしまう」

「……なんで茶の1つも出せないんだこいつら？」

ニソガロンと呼ばれた男子学生はサブマスターだったようだ。

なんでサブマスターがお茶出しなんてしているんだとも思ったが、なぜか〈ホワイトセイバー〉のメンバーは誰もがお茶すら出せないらしい。ニソガロンさんが疲れた声を出していた。

ここは脳筋ギルド、なのか？

その後残りの先輩も紹介してもらい、本題に移っていく。

「では早速本題に入ろう。単刀直入に聞くが、〈エデン〉への移籍は可能か？」

「いきなり直球だな。……正直、今〈エデン〉に空きは無い。少し前に大規模な加入面接をやったが、予定を大幅に変更し下部組織《ギルド》の募集になったんだ」

「こちらとしてはどちらでも構わない。それより枠はどれくらいあるかの方が重要だ」

どちらでも構わないとは、よほど切羽詰っているらしい。

何しろダンジョンで俺を待っていたくらいなのだ。本当によほどなのだろう。

後で「なんでダンジョンで待っていたのか」聞いてみたのだが。

「表だと親衛隊や勇者ファンが……いや、なんでもない」と何かを言いかけて口を濁していた。

よく聞き取れなかったが、何やら表では俺と接触できない理由があったようだ。

故に俺たちが出てくるまで朝からあそこで待っていたらしい。大変だ。

それほど〈ホワイトセイバー〉は脱退者を出さないため奔走しているということだ。

その努力と熱意に敬意を表し、〈エデン〉でも移籍を受け入れても良いとシエラたちからも許可が出ていた。しかし、その枠は少ない。

「あるのは下部組織《ギルド》の1枠だ。〈ホワイトセイバー〉から、1枠は受け入れよう」

シエラやセレスタンがOKしたのは、その〈合格〉の子の枠だけだ。

しかし、大男ダイアスはその人数について特に気にしていないように話を進める。

「なるほど。1枠はあるのだな。助かる」

彼らにとっては1枠でも大助かりのようだ。

「あるにはあるが、下部組織《ギルド》だぞ？」

「何を言う。〈ホワイトセイバー〉だって下部組織《ギルド》だぞ？」

そういえばそうだったな。〈エデン〉よりギルドランクが上だったからあまり気にとめていなかった。

〈ホワイトセイバー〉からすれば別の下部組織《ギルド》だとしても変わらないのだろうか？

そういう意味では少し疑問に思うこともある。よし、聞いてみるか。

「1つ聞いていいか？　なぜ〈エデン〉に声を掛けてきたんだ？　〈エデン〉じゃなくてもCランク以上のギルドはたくさんあるだろう？　〈エデン〉はEランクだ。その下部組織《ギルド》ならFランクだぞ？」

〈ホワイトセイバー〉よりかなり劣るだろう」

「ぬう？　最近学園だけじゃなく世界中を激震させたギルドが言うセリフではないぞ。こちらは全く問題は無い。――そうだろ？」

大男ダイアスが控えていた4人に目配せすると、4人は頷いてから前に出てきた。

話の流れから察するに、〈エデン〉へ移籍したいというのは彼ら彼女らの希望なのだろう。

「お初にお目にかかります。私はアイギス。〈戦闘課2年31組〉所属、職業《ジョブ》は【ナイトLv75】です。よろしくお願いします」

「同じく〈戦闘課2年37組〉所属のフレックD《ディ》です。職業《ジョブ》は【神殿騎士Lv75】です」

胸に手を当て、ものすごく丁寧な出だしで自己紹介してくれたアイギスさんは、エステルに迫るほど発育の良いお姉さんだった。

なんとなくデキる女という感じがする。

髪は背中まで流していて、少しウエーブの入った白に近い銀髪系。前髪はパッツンで一部を三つ編みカチューシャにして後ろに回しピンクのリボンで留められていた。目は青色系だ。

背がピンと伸びており、しっかりとした印象を受けるが、堅すぎるということもなく、どちらかと言うと柔らかい雰囲気を持っている女性だった。

なんというか、まさに女性騎士らしい出で立ちとでも言おうか。シエラとはまた別の美しさを持った人だった。

次に自己紹介してきたのはフレックD先輩。
D、というのは良く分からないがこれも名前なのだろう。
まあプレイヤーが適当にアルファベットや数字をごちゃまぜにして名前を決めることも多いので、この程度なら〈ダン活〉では珍しくもない。

プレイヤーが適当に決めた名前は、それこそ超中二っているものからキラキラネームまで千差万別だったからな。

『シャ○専用ザクVS《バーサス》ガ○ダムさん』なんて名前もあったほどだ。あれは本当に名前だったのだろうか？　今でも疑問に思う名前も多い。

あまりに懲りすぎて読めなくなってしまった名前なんかもあったな。なんだか懐かしい。

ちなみに俺はカタカナ名前派だった。漢字の名前とか懲りすぎて読めないものが大半だったので、読めるように配慮していたよ。名前は呼ばれてこそだと思う。

閑話休題。

フレックDさんは金色の短髪に金色の目、そして筋肉質な肉体を持つ大男だった。

まあ大男ダイアスには敵わなさそうだが、それでも背が高いな。１９０近くあるかもしれない。

しかし、顔は何と言うか、チャラそうなイケメンというイメージを抱いた。

あの資料《プロフィール》を読んだ先入観からだろうか？

残り２人からも自己紹介を受けたが割愛。

４人のうち、アイギスさん、そしてフレックDさん。

この２人こそ「騎士爵」のカテゴリーを持つ人たちだ。

「私が〈エデン〉を希望したのは他でもありません。ゼフィルスさんの下で学び、強くなりたいからです。私のLvは75。すでにカンストしているのでこれ以上の強さは望めません」

そう切り出すのはアイギスと名乗った2年生のお姉さん系先輩だった。

なんというか、年上っぽい人だ。実際年上だけど。

ギルド〈エデン〉には女子が12人在籍しているが、同級生しかいないためか、こういうお姉さん系の雰囲気を持った女子はいない。

少し緊張する。

「そして私の職業《ジョブ》は先ほど言ったとおり【ナイト】です。この職業《ジョブ》は、多くの〈乗り物〉系装備の適正を持つのですが、器用貧乏になりがちで、大成しにくいと言われています」

そうだな。

【ナイト】は中位職、中の中に分類される職業《ジョブ》だが。「騎士爵」のカテゴリー持ちの中では〈標準職〉の分類になる。

適正が多く、〈馬車〉のような無機物から〈モンスター〉のような騎獣まで様々な〈乗り物〉系を装備して運用することが可能だが、特化していない分スキルの数が少なく、運用しにくいのだ。

【姫騎士】が70を超えるスキルを持っているのに対し、【ナイト】はその3分の1以下しか持っていないと言えばどれほど少ないか分かってもらえるだろうか。

【姫騎士】が『ドライブ』系スキルを3種持っているのに対し、【ナイト】は1種しか持っていなかったりする。

そのため【ナイト】は色々なスキルに手を伸ばすことが多く、器用貧乏になるのだ。

どんな〈乗り物〉装備も使えるが、どれを装備しても特化職の数割程度しか力が発揮できない。

故に攻略が進むごとに付いて行くのが難しくなっていく。

アイギスさんがAランクギルド〈テンプルセイバー〉ではなくDランクの〈ホワイトセイバー〉にいる理由はそんなところだろう。

アイギスさんがこれ以上強くなるのは難しい、正直言えば〈転職〉してやり直した方が良い。

「【ナイト】の職業《ジョブ》については知っているよ」

「さすがゼフィルスさんです。話を続けさせていただくと、私はこの【ナイト】から〈転職〉を望んでいます。そして〈育成論〉についてゼフィルスさんから学び、〈エデン〉に貢献していきたいのです」

ふむ。

周りの反応を見てみると、誰も動じていない。

この世界では〈転職〉はご法度とされている。

俺のリークにより少しずつ認識が変わっているようだが、まだまだ〈転職〉に踏み切ろうとする人は少数派だ。

アイギスさんは、いやこの4名は〈転職〉を望んでいる、〈転職〉に踏み切った者たちなんだろう。

素晴らしい。強くなろうとすることはとても好感が持てる。

では1つ聞いておこう。

「聞いておきたいのだけど、アイギスさんは〈転職〉して何に就きたいんだ？」

「何に、ですか？」

「そうだ。何の職業《ジョブ》にでも就けるとしよう。【姫騎士】にもだ。その上でアイギスさんは最終的にどんな職業《ジョブ》に就き、どんなことがしたいのか聞かせてほしいんだ」

予想外の質問だったのかもしれない。先ほどまでのキリっとしたアイギスさんではなく、おそらく素の状態のきょとんという顔を見せていた。

おお、こっちの表情の方が、なんか良いぞ。

言葉にできないがグッと来る表情だった。アイギスさんは素の表情のほうが素敵。そう俺の心のメモ帳に書き綴られた。

「えっと、なんでも、ですか？」

「なんでもいいぞ。言ってみるだけだし、なんにも気にしないで言うだけ言ってみな？」

「そ、そうですね」

そこでアイギスさんが頬を少し上気させて目を逸らしてしまう。

なんだろう、それだけの仕草がすごく可愛く感じてしまうのは。

アイギス先輩は可愛い先輩、と続けて心のメモ帳2ページ目に綴られた。

アホなことを考えていると、アイギスさんはあまり力の入っていないように小さく口を動かしていた。集中していなければ聞き逃してしまいそうなほどの小声でこう言った。

「その、【竜騎姫《りゅうきひめ》】に……」

瞬間、アイギスさんの顔がカアっと染まる。

まるで恥ずかしい胸のうちを暴露してしまったような反応だった。

「【竜騎姫】か」

そしてその言葉に反応したのは、見守っていたはずのギルドマスターダイアスだった。

思わずといった感じにポロッと出てしまった呟き。

瞬間、アイギスさんの優しかった目がつり上がった。

「ちょ、ギルドマスターは黙っていていただけますか？　今大事な話をしているので口を挟まないでください」

「お、おおう。悪かった、悪かったよ。俺はもうしゃべらない」

「ギルドマスターはもう少しデリカシーという言葉を学ぶべきです」

「ぬ、ぬう」

アイギスさんがギルドマスターを責める。

なんだか突っ込んでほしくなかった自分の夢をからかわれたみたいな反応だった。

なんでそんな反応をするんだ？

俺にはよく分からない反応だったので聞いてみる。

「すまん、ちょっと聞きたいんだが【竜騎姫】の何が悪いんだ？」

「え？」

するとアイギスさんやギルドマスターからビックリした反応が返ってきた。

そしてアイギスさんは再び視線を彷徨わせたかと思うと両手の指同士をつき合わせて恥ずかしそうに言う。

「あ、えっと。子どもっぽくないでしょうか？」

「ん～。ん？」

アイギスさんの言うことがよく分からない。子どもっぽいとはなんだ？

とそこに助け舟を出してきた人がいた、アイギスさんの隣に控えていたフレックDさんだ。

「ギルマスもアイギスも、そりゃあ身内で通じる感性だぜ。ゼフィルスさんも困るだろう」

「あ、ああ。そうですよね。うっかりでした」

「ゼフィルスさん、俺から説明させてもらうとな、【竜騎姫】っていうのは「騎士爵」出身の女子たちが子どもの頃絶対にごっこ遊びしたことのある、とある童話に登場する伝説の職業《ジョブ》なんだ」

フレックDさんが先ほどとは違い砕けた感じに話し出す。そこにギルドマスターの注意が飛んだ。

「フレック、言葉使いが崩れてるぞ」

「あ、やべ」

「別に自分の話しやすい風で構わないぞ。その方が俺としてもしゃべりやすい」

「そうか？　そりゃあ助かるが」

どうやらフレックDさんは砕けたほうが話しやすい人らしい。

アイギスさんは少し恥ずかしそうにしつつもフレックDさんに説明役を任せるようだ。

「続けて言うと、【竜騎姫】が登場する童話は「騎士爵」家では昔から深く愛されていてな、子どもの頃に必ずこの童話を読んで育つ。これに憧れて将来【竜騎姫】になりたいって言う女子は多いんだが、正直実在するかも分からない職業《ジョブ》なんだ。何しろこの世界には竜がいない」

「……なんだって？」

フレックDさんから語られた内容は俺にとって衝撃的なことだった。

竜がいない。そんなことはありえない。

〈ダン活〉にとって竜とは、とても特別な存在なのだから。


――【竜騎姫】。

「騎士爵」のカテゴリーが就くことができる職業《ジョブ》の中でも最高峰の一角であり、主に竜系統のモンスターに騎乗して戦う上級職である。

エステルが就いている【姫騎士】から〈上級転職《ランクアップ》〉できる4つの〈上級姫職〉の1つだ。

〈上級姫職〉は〈姫職〉からしか〈上級転職《ランクアップ》〉できないうえ、さらに特殊な条件も加わるのだから就くための難易度が非常に高い設定だった。

だからだろう、フレックDさんが「実在するかも分からない」なんて言ったのは。

この世界ではそもそも上級職へ就いている人が少ないんだ。

その中でも〈上級姫職〉という、〈ダン活〉でも頂点に君臨する職業《ジョブ》群へたどり着けた人物は、皆無とは言わないがそれにほぼ近い人数であるはずだ。

発見されていない職業《ジョブ》なんてとんでもなく多いだろうというのも予想できる。

おそらく【竜騎姫】に就けた人物も歴史上1人とかで、そもそも上級職という情報すら失われてしまったほど過去のことである、とかそんな感じなのではなかろうか。

しかしだ。【竜騎姫】は実在する。

それも〈ダン活〉ではアタッカーとして非常に強力で人気の職業《ジョブ》だった。

常に変動し続けた〈上級部門・公式最強職業《トップオブジョブ》ランキング〉では毎回一桁代に名を連ね続けた最強職の1つでもある。

【竜騎姫】になりたい。非常に素晴らしいと思う。

よかろう！

この俺が、しっかり【竜騎姫】に就かせてあげようではないか！

アイギスさん。俺はもう君を逃さないぜ。

「採用で！」

「ふえ？」

フレックDさんの説明の途中で採用宣言した俺に、アイギスさんから変な声が漏れた。

見れば皆変な顔をしていた。

採用と言ったのがそんなにおかしかっただろうか。

「えっとぉ？」

「アイギスさんは採用と言ったんだよ。うちの下部組織《ギルド》でよければ是非加入してほしい。もちろん〈育成論〉だって教える、何せ【竜騎姫】だからな」

「いやいやちゃんと聞いていたのか？　【竜騎姫】はただのおとぎ話の類いなんだって。本当は存在しない空想の職業《ジョブ》なんだ。そもそも竜がいないんだから竜に乗って戦う【竜騎姫】が存在するわけがないいんだって」

説明の途中で固まっていたフレックDさんが俺の言葉を聞いて慌てて勘違いを正そうとする。

「竜がいないなんてどうして分かるんだ？　まだ上級下位《ジョーカー》しか攻略されたことがないのに」

「それは……」

俺の言葉にフレックDさんが詰まる。

そう、今の世界の人たちには上級中位《ジョーチュウ》以上のダンジョンの生息は分からない。

フレックDさんが「竜がいない」と言ったのも、所詮は上級下位《ジョーカー》以下のダンジョンの話に過ぎないのだ。

そして俺は知っている。

上級中位ダンジョンの1つ〈爬翔《はしょう》の火山ダンジョン〉の下層では、〈ワイバーン〉や〈ヒュドラ〉、〈オロチ〉などの亜竜が登場するのを。

そして、その先では様々なイベントで本物の竜が登場してくるのを。

【竜騎姫】の発現条件には確かに〈竜種のテイム〉というものがある。

〈テイム〉とは【テイマー】系統の職業《ジョブ》などが主に使うもので、要はモンスターのスカウトだ。モンスターをキャラの代わりに戦わせることなどができるスキルである。

【ナイト】系も、騎乗できる一部のモンスター限定だが、テイムすることができるスキルを持つ。

それを使い〈竜種〉を〈テイム〉できれば【竜騎姫】転職の道が開かれるという寸法だ。

ちなみに〈ダン活〉では〈丘陵の恐竜ダンジョン〉に登場した恐竜や、他のダンジョンにも登場する首長竜、翼竜の類いは厳密には竜種ではなく、恐竜種というトカゲモンスターに近い扱いとなっている。

〈ワイバーン〉相手には〈滅恐竜剣〉の『恐竜キラーLv5』は特効効果が無いので注意が必要だ。

とはいえだ。さすがに今の俺が上級中位《ジョーチュウ》のモンスターを把握しているのは問題ありなので、少しごまかしておこう。

「〈エデン〉は上級ダンジョンの攻略も視野に入れている。もしかしたらその過程で〈竜種〉も発見できるかもしれない」

「上級を⁉　しかし、〈キングアブソリュート〉ですらまだ上層で手こずっているという話だが！」

「そ、そうです。さすがに上級ダンジョンの攻略は難しいのではありませんか？」

フレックDさんとアイギスさんが驚愕しているが、そんなもの〈上級転職チケット〉が足りていれば問題ない。

〈エデン〉はすでに〈上級転職チケット〉を3枚確保している。

中級上位《チュウジョウ》に行く頃にはあと2枚くらい確保できているだろう。

上級へ挑む準備は着々と進んでいる。問題は、無い。無い。無いんだよ。

「難しいだけだ。無理では無いさ。目標というのは高ければ高いほど良いだろう？　だから【竜騎姫】に就くことを諦める必要は無いさ」

俺がそう言い切ると、アイギスさんは右手を左手で包んでぎゅっと胸に抱えた。

「私は、本当に〈エデン〉へ移籍させていただけるのですね？」

「もちろんだ。下部組織《ギルド》で悪いけどな」

アイギスさんは首を振る。

「十分すぎます。〈転職〉し、Lvがリセットとなる身でありますが、よろしくお願いいたします」

「おうよ。【竜騎姫】に就けるまで何度も挑戦すればいい。〈エデン〉は強くなりたい人を歓迎する。

――ようこそアイギス先輩」

「――はい！」

アイギスさんはこれから〈エデン〉の下部組織《ギルド》に移籍する。

まずはエステルと同じく【姫騎士】に就かせるところから始めよう。

Lvは0からやり直しだろうが、〈攻略者の証〉は持っている。〈道場〉を使えばすぐにLvは上がる。

俺はアイギスさんの今後の育成に思いを馳せるのだった。

「あの、ゼフィルスさん。俺は？」

……フレックDさんが俺の肩をちょんちょんと指先で突きながらそう聞いてきた。

すまん。フレックDさんは、〈不合格〉なんだ。やっぱり不採用で。

第11話　〈ホワイトセイバー〉今日の結果を考える。

ゼフィルスが帰った後の〈ホワイトセイバー〉のギルド部屋では弛緩《しかん》した空気が流れていた。

全員が一気に緊張が解けたような心地だった。

「凄まじい自信だったたな」

誰に言うでもなくそう呟いたのは〈ホワイトセイバー〉のギルドマスター、大男のダイアスだった。

別に答えを期待したものでも同意を期待したものでもなかったが、弛緩した空気が意図せず彼にそんな言葉を呟かせていた。

その呟きを拾ったのはダイアスの右腕とも言える〈ホワイトセイバー〉のサブマスター、ニソガロンだった。

「そうだな。噂以上の傑物か。とても年下とは思えない」

「あ～それオレっちも思った。なんか、上位ギルドの先輩を相手にしていた時と同じような感覚だわ」

「自分もだな。あれが件の勇者か」

ニソガロンの言葉に同意したのは3年生の男子たちだった、チャライ言葉遣いの細めの男がカッパァ、巌《いわお》のようながっしりした体格と顔面を持つ男、ダンだ。

ダイアス、ニソガロン、カッパァ、ダンの4人は〈ホワイトセイバー〉の最古参に位置するメンバーだ。一時期はAランクギルド〈テンプルセイバー〉で活躍していたこともあるほどのエリートたちである。

とある事情により今は〈ホワイトセイバー〉の管理を任されてはいるが、その実力はそこらのギルドよりも確実に上であった。

そんな彼らをして、この〈迷宮学園・本校〉で最近破竹の勢いで勢力を強めているギルド、〈エデン〉のギルドマスターは、一言で言えば「ありえない」だった。

「〈エデン〉の最高到達階層は調べたんだろう？」

「ああ。中級下位《チュカ》でメンバーのレベル上げをしているが中級中位《チュウチュウ》に入ダンした記録は無い」

「となると、どんなに頑張ってもＬｖは65以下っしょ？　何あの風格？」

「Ｌｖがカンストしている俺たちより強者に感じた」

「あれが勇者が広めている〈育成論〉の成果なのか。はたまた職業《ジョブ》によるものなのか」

彼ら全員が肌で感じていたこと。それはゼフィルスが持つ独特の、疑いの無い自信から来る強者の雰囲気だった。

彼らは強者たちが集まるＡランクギルドに長く在籍していたためか、相手のステータスの高さを肌で、感覚で感じ取る能力を身につけている。

強者を前にして武者震いが起きる感覚と言えばよいだろうか。そんな感覚を彼らは持っていた。

その目で見ると分かるのだ。明らかに自分たちよりＬｖが低いはずの勇者が、まるでＳランクギルドに在籍している上位の人物と被って見える。

いや、勇者が持っている雰囲気はそれ以上にも感じた。まるで歴戦の英雄のような、膨大な経験則から来る絶対の自信のようなものを見た気がしたのだ。

「最後に大きな宣言を残していったな。上級ダンジョンの攻略か」

「か～、他の奴らが言ったらパチで済ませるけどな。ありゃあマジで実現しかねないぜ？　奴の持ってた雰囲気はほんもんだ」

「だとしても構わん。むしろ喜ぶべきことだろう」

ニソガロンとカッパァが難しい顔をする中、ダンがそれを肯定した。

そしてギルドメンバーの視線がダンの言葉に反応し1人へと注がれる。

それは未だに心ここに有らずと呆けていた、アイギスだった。

「ひ、ひゃい!?」

突然の視線集中にビックリしてアイギスから変な声が漏れる。

「よかったなアイギス後輩。夢が叶うかもしれないぞ」

「いやギルマスよ、その発言はどうかと思うぞ？」

「……ワザとではない」

ギルドマスターダイアスがこほんと咳払いして空気をリセットした。

「しかしアイギスちゃんは採用か～。あ～羨ましいぜ」

アイギスのことをちゃん付けで呼ぶのは同級生のフレックDだ。

彼も〈エデン〉へ移籍を希望する1人だったために、その目にはハッキリ羨ましいと書いてあった。

その後ろにいた2年生の女の子も同様だった。

もう1人、移籍希望だったカッパァは移籍できれば儲けものと思っていたためそこまで羨ましそうではなかった。

しかし、フレックDたちからしてみればゼフィルスがアイギスにしか興味を示していなかったせいで歯がゆい気持ちも抱えていた。

「わ、私自身未だに信じられないのですが」

「ま、俺たちも訳わかんなかったからな。ちぇー、せっかく王女様とお近づきになるチャンスだったのによー」

「フレック、不敬が過ぎるぞ」

「こいつをギルドに入れなかったのは英断であったな。勇者は人を見る目もあるとみえる」

フレックの文句にすぐにダンが注意し、大男ダイアスが話を元に戻す。

「しかし不思議な説得力であった」

「ああ、アイギスを採用したときのアレな。俺も、なんかよく分からんけどビビっときたぜ」

ダイアスの言葉にカッパァが頷く。

採用のきっかけはまず間違いなく【竜騎姫】だ。あの発言で勇者の食いつきが顕著になった。

しかし、なぜ勇者がアイギスを採用したのかはまったく分からない。

ただ、「〈竜種〉を発見する」「夢を諦める必要は無い」「上級ダンジョンの攻略」。

いずれも勇者の口から出た言葉だが、どれ1つとっても夢物語にも感じる。

しかし、勇者はそれをさも当然のごとく言ったのだ。

まるで壁なんて無いように、そこにはちょっとした段差があって軽く踏み越えられるかのように。

勇者の言葉には不思議な説得力があった。本当に【竜騎姫】に就くことができるかのように思わせてくるのだ。

いや、勇者なら本当に実現してしまうのではと思わせられたのだ。

しかしそれを不自然とは感じない。不思議な感覚だった。

「いずれにしてもアイギスの移籍は叶った。なら喜ぶべきだ」

「は、はい。ギルドマスター。ありがとうございました」

「なぁにいいってことよ。さて、残りは7人か。フレックたちはどうする？　移籍を希望するギルドは他にあるか？」

残り7人。

それは〈ホワイトセイバー〉の中で、移籍をしなければならない人数だった。

〈テンプルセイバー〉がBランク落ちした場合、間違いなくそのしわ寄せが〈ホワイトセイバー〉に圧《の》し掛《か》かってくる。

当初〈ホワイトセイバー〉は20人の在籍者がいた。

それはAランクギルド〈テンプルセイバー〉のネームバリューによって集められた、Aランクギルドの補欠メンバーたち。

3月のギルド閉鎖ｏｒ統合、4月のギルドランク大変動でもAランク以上のギルドには変動は無く、ネームバリューによって人材に困らなかった〈テンプルセイバー〉と〈ホワイトセイバー〉。

〈ホワイトセイバー〉のランク自体はDだが、その実力はCランクに引けを取らないほどだった。

その傲慢さは在籍者の上限という形で現れており、合計人数は60人という大規模なギルドにまで膨れ上がっていた。

誰もが〈テンプルセイバー〉の勢いが失速するなんて思ってもいなかった。

しかし、その勢いは落ちた。1度の敗北によって。

〈テンプルセイバー〉をここまで押し上げていた秘宝中の秘宝を、彼らは無くしてしまった。

当時、〈馬車〉のレシピに対して等価レートで釣り合うのが〈白の玉座〉しかなかったとはいえ、あまりにも短絡的な行動だったと言える。

〈テンプルセイバー〉、〈ホワイトセイバー〉は「人種」カテゴリー「騎士爵」を多くそのギルドに在籍させていることでも有名だ。

レシピを手に入れ、全ての騎士に〈馬車〉が渡ったときに得られるそのリターンは膨大なものになるのは想像に難くない。

それに目がくらみ〈テンプルセイバー〉は〈決闘戦〉に打って出た。

今までほとんど負けなしだったギルドメンバーたちは、今回も勝つだろうと誰もが考えていた。

しかし、結果は惨敗。相手は大傭兵団とも呼ばれた〈獣王ガルタイガ〉。

そんな簡単に勝てるはずがないのに。彼らは愚を犯した。

そのことに気づいていたのは〈ホワイトセイバー〉のごく一部だけ、ダイアスはその事実にいち早く気付き、こうして手を打っていた。

親ギルドである〈テンプルセイバー〉の許可を取り、〈ホワイトセイバー〉の人数を10人になるまで脱退させる保険をかけていた。

その素早い行動の甲斐あり、3名はすでに別のギルドへの移籍が決まっている。

他のギルドへの移籍というのは簡単な話ではない。特に脱退者に選ばれたということはそれだけ能力が低い者が多いからだ。故に脱退を言い渡される前に自分から移籍先を探さないと、良いギルドへ良い条件で加入することは難しくなる。

「〈テンプルセイバー〉のギルドバトルが解禁されるまで日が無い。希望があれば早く言えよ。しっかり逃がしてやるから」

「それは、ありがたいが……。ギルマス、本当に〈テンプルヤイバー〉は、その、ランク落ちするのか？」

「するな」

フレックDの、未だ信じ切れていないという風な疑問に、ダイアスは短く断言した。

2年生たちが息を呑む。

「あいつらはギルドバトルを甘く見すぎている。今まで〈テンプルセイバー〉がギルドバトルで勝てていたのは〈騎兵〉集団による襲撃、非常に堅い〈防御力〉と〈タフネス〉さ、そして〈白の玉座〉による遠距離からの回復がマッチした結果だった」

ダイアスが目を瞑る。

その瞼の裏には〈テンプルセイバー〉に在籍していた当時の情景が浮かんでいた。

〈テンプルセイバー〉は【騎士】【ナイト】系が多く在籍するギルドだ。

集団戦を得意とし、騎士特有の高い防御力に加え騎乗という名の機動力と攻撃力を兼ね備え、さらに遠距離からの途切れない回復により、まるで不屈の騎士の体現に成功したようなギルドであった。

彼らは負けを知らない。

いや、負けるという意味を正確に理解していない。

していたら、ダイアスたちを〈ホワイトセイバー〉に引き降ろすことなんてしなかっただろう。

そして、自分たちが〈白の玉座〉を無くしてしまった程度でその地位を転げ落ちると本気で思っていないのだ。

「〈テンプルセイバー〉の時代は終わった。Bランク落ちで留まれるかも、もはや分からない。Cランクに落ちれば在籍数はたったの20名になる。壮絶な内部争いが起こるだろう」

ダイアスの言葉は、ギルドの弛緩した空気を再び緊張感あるものに戻すのに十分な効果があった。

第12話　夜の帰り道。不思議なシスター少女と出会う。

【竜騎姫】に就きたいと希望するアイギスさんが下部組織《ギルド》に加わることになった。

しかも〈転職〉してLvリセットし、ゼロから俺の〈最強育成論〉による講義を学びたいという。

いいだろういいだろう！

いくらでも教えようじゃないか。ふははは！

これで〈上級姫職〉が仲間になったも同然である。

前回の大面接で9名も素晴らしい人材に恵まれ、今回もまた凄まじい人材を確保できた。

いいぞ！　いい流れが来てる！

最初に正式採用が決まった6名に加え、同級生の仲良し3人娘とアイギスさんを加えた10名。

この10名が下部組織《ギルド》の初期メンバーとなる！

1週間にも渡った大面接もこれで終了だ！

やっとメンバーが決まったな。

まだまだやることはたくさんある。

採用したメンバーの脱退手続き、新しい〈エデン〉下部組織《ギルド》の創立、そして採用メンバーたちの移籍手続きと山盛りだ。

また、元々どこかのギルドの下部組織《ギルド》に在籍していた人たちを引き抜くための交渉も必要だろう。

これらの手続きはセレスタンとリーナにお願いしておく。

多少採用に初期費用は掛かるが今後の〈エデン〉躍進のための投資と思えば問題ない。

惜しむらくは、枠がいっぱいで面接で落とさなければならない人材が多かったことだろう。できれば全員欲しかった。

次に枠が増えるDランクまではまだまだ掛かる。〈エデン〉はまだ中級中位《チュウチュウ》にすら入ダンしていないからだ。今週は無理か？

うん。いや待て、少し考えてみよう。俺は貴族舎への帰り道で静かに悩む。

ダンジョン週間は残り7日。

それが終われば1週間を挟んで期末試験の期間に突入してしまい、ダンジョンに入ダンできなくなってしまう。試験期間はダンジョン不可なのだ。

それに、テストが終われば夏季休暇が目前に迫ってくる。

夏季休暇は帰省の期間、今度はギルドバトルを行なうことが難しくなってしまう。

時期が悪いな。

このままだとDランクに上がるのは、夏休み明け、9月初め頃になってしまう。

9月でDランク。

ゲーム〈ダン活〉時代では、悪くない攻略速度だ。悪くはないのだが、
夏休み期間は〈ランク戦〉ができないためゲームでは基本的に、8月はダンジョン攻略に全力を注ぐ。

そのため夏休み明けに〈ランク戦〉を行ないDランクへ駆け上がるのが通常だった。

つまり、普通の攻略速度になってしまう。現在ゲーム時代より速い攻略速度で躍進中なのに元に戻ってしまうのだ。

実はゲームでは6月でEランク、ギルドメンバーが中級下位《チュカ》を攻略しているという状態は非常に攻略速度が速いのだ。今の〈エデン〉だな。

これはリアル事情で4月からダンジョン攻略を開始できたというのが非常に大きいだろう。

ゲームでは5月からゲームスタートなので1ヶ月早いスケジュールで攻略ができた。しかも1ヶ月間ずっとダンジョン週間みたいなものだったのだ。もう攻略のスタートダッシュがとんでもなく効いていた。

さらに言えば、ゲームではパーティを割った攻略は経験値的な旨みが少なかった。

〈エデン〉は現在3パーティに分かれてダンジョン攻略しているが、ゲームではメインの1パーティ以外は〈オート探索〉だったのだ。

つまりプレイヤーが操作するパーティが1つと、オートで「いってらっしゃい」するパーティが2つになるわけだな。

そして操作しているメインパーティは〈公式裏技戦術ボス周回〉などでガンガン育成できたが、〈オート探索〉のパーティはそうもいかない。

〈オート探索〉では〈成功〉〈大成功〉〈全滅〉の３種類があって、経験値と獲得アイテムはメインパーティよりだいぶ少なかったのだ。

それがリアルでは、俺以外のメンバーが勝手に攻略し、経験値を大きく稼ぎ、獲得アイテムもたくさん持って帰ってくる。

そりゃあ攻略速度も速くなるというものだ。

全員がメインパーティみたいなものだからな。

さて、話は戻る。

Dランク、今を逃せばせっかくここまで超スピードで駆け上がってきた速度を緩めなくてはいけなくなる。

９月までランクアップできなくなるのだ。

それは、……惜しい。勿体無い。

「このダンジョン週間中に多少の無理をしてでもDランクに上がっておくべきか。そうすれば夏休みを使ってさらに躍進することも、下部組織《ギルド》に時間を使って集中的に育成することもできる。――ん？」

そう結論が出たところで道の端のベンチに女の子が１人座っているのが見えた。

街路灯に照らされて暗闇の中にポツリと浮かぶその姿は、なんとなく神秘的な光景を思わせる。

どこを見ているのか、女の子は姿勢良く正面を向き、何をするでもなくボーっとしているようにも見える。

それだけなら別に何とも思わなかったのだが、俺はその子がなぜか気になった。

目が離せず、結果的にジロジロと観察してしまう。

「何か用？」

「ああ、いや」

その子の前を通りかかる時、声を掛けられてしまった。

しかし、ここで首を振るのもなんか違う気がしたので足を止め、座っている彼女に向き直った。

改めて正面から彼女を見る。

見た目は一言で言えばシスター。

純白のシスター服のような格好に深い白のベールを被っている。ベールの端からはうっすら薄水色の髪が覗き、彼女の目も透明に近いが水色だ。

上から見たらウェディングドレスを着ているようにも見える。綺麗で煌びやかな装備だった。

この装備、俺は良く知っている。

「〈白銀聖魂《はくぎんせいこん》シリーズ〉か」

「この服を知ってるの？」

「服っていうか装備だけどな。一応知ってるぜ」

自分で言っていて少し納得する。自分がなぜシスターさんが気になっていたのかを。

この装備だ。

いや、この装備も気になる理由の1つだった。

これは〈白銀聖魂《はくぎんせいこん》〉装備シリーズと呼ばれる、とあるヒーラー向けの装備。

しかし実はこれ、上級ダンジョンの装備である。

しかも見た限り頭から足まで5種類全てが揃っている。

この世界では中級上位《チュウジョウ》までが入ダンできる限界なはずだ。

となると、考えられるのはレアボスドロップ品。

つまりこの世界でもっとも強力な装備ということだ。

そんな装備を5つも身につけている彼女は何者だと、俺は感じているのだろう。

他にも何か別な感覚があるのだが、よく分からない。これ『直感』が反応しているのか？

「ジロジロ見てすまなかった。珍しい装備だったから目が行ってしまったらしい」

「そう」

短い返事。

興味が無くなった、というより意気消沈しているように見える。

なんというか、無気力状態という感じがするのだ。

なんだかほっとけずに声を掛けてしまう。

「あ～。何かあったのか？　こんな時間にそんなところにいると無用心だぞ？」

「別に」

時刻はもうすぐ21時。

迷宮学園の治安は悪くはないが、夜に女の子が1人ポツンと無防備に座っているのはよろしくない。

そう思って声を掛けてみたが、彼女はどうでもよさそうに返答した。

しかし、俺に興味を持っているのか視線は合わせてくれた。

「私に何かするの？」

「するか！」

「そう」

反射的に答えてしまったが、なんだか残念そうに呟くのはなんでだ？

「今の私、好きにし放題」

「なんて魅力ある言葉！」

「身包み、剥ぐ？」

「……無気力にもほどがあるな」

なんか、全てがどうでもいいみたいな言葉の数々。凄まじい言葉のはずなのにその言葉は俺ではなく、ただ口ずさんでいるだけにも感じた。まるで誰でもいいような。

しかし、それだけにヤバい。

シスターちゃんが着ている装備はマジもんのヤバいやつなので、ここに置いておくと本当に身包みはがされかねない。

なんというか、シスターちゃんは本当に暴漢に襲われても抵抗しなさそうな危うさを持っていると感じたのだ。

「早く帰ったほうがいいぞ。というか帰ってくれ」

「帰りたくない」

誰かこういう時どう対処したらいいか教えて？

シスターちゃんが首を振り、また俺の眼を見る。なんだろうか。

「帰りたくないから、連れてって？」

「……すまんが、今の文脈を理解できなかったようだ。もう一度言ってくれるか？」

「私、帰りたくないの」

「なんで言い直した」

「つまりね。私、帰りたくないから、私を連れ去ってほしいの」

「…………」

シスターちゃんが無表情で言い切った言葉を脳内で反芻する。

「私、帰りたくないの」の言葉が延々とリピート再生中だった。

違う、そうじゃないんだ。というかなんなんだいったい。

「帰りたくないのか」

「うん」

「それで俺に連れ去ってほしいのか？」

「そう」

「つまり俺の住んでいるところに連れ込めと？」

「当たり」

〈ダン活〉は年齢制限B（12歳以上）推奨のゲーム。

俺は未だかつてない苦悩に出会っていた。

どうしよう。どうすればいい？

こんな展開、俺の〈ダン活〉データベースに無いぞ！

結局俺は彼女を連れ帰ることになった。

「ゼフィルス。釈明があるなら聞くわよ」

「シ、シエラ、これには深い訳があるんだ。よく、よーく聞いてほしい。それから判断を、正当な判断を何卒お願いします！」

俺は今、自分の部屋で仁王立ちしているシエラに頭を下げていた。それはもう深々とだ。

シエラの静かなお言葉が恐ろしい。

あまりの恐ろしさに気がついたら姿勢を正して正座し、三つ指付く勢いで頭を下げていた。

別にこれは土下座ではない。ただ誠心誠意のお願いをしているだけなんだ。

俺にやましい気持ちなんて無い！

そんな俺の気持ちが通じたのだろう。シエラが慈悲のある言葉をくれた。

「分かったわ。普通にしていいから話しなさい」

「はい！」

よかった。事情は聞いてもらえるみたいだ。俺は頭を上げて普通の正座に戻る。なんか正座は崩しちゃダメな気がしたんだ。少し痺れてるんだけど、我慢しよう。

顔を上げると、視界の端に白く美しい美術品を思わせる姿が入り込む。

俺の隣に座っているのは、例の帰り道で連れ去ってと懇願（？）してきたシスターちゃんだ。

あのまま放置するわけにもいかず、俺の部屋へ連れてこざるを得なかった。

細心の注意を払ったので今回は通報はされていない……はずだ。

言い訳させてもらうと、決して俺にはやましい気持ちは無かった。ただ、あの場所に彼女を放置すると本当に危うそうだったため、仕方なくセキュリティの充実している貴族舎に連れてきたのだ。

俺の部屋に入れたのは不可抗力だ。こんな時間だし、女子の階に上がることもできない。仕方なかった。本当だぞ。

やましい気持ちが無いという証拠に、俺はチャットでしっかりとサブマスターのシエラに連絡している。

そして背後に鬼が見えそうな迫力のシエラが部屋に訪ねてきて今に至るという訳だ。

俺は改めて隣のシスターちゃんを見る。

夜道だったため分からなかったのだが、明るい部屋で見るとその美しさに息を呑んだ。

凄まじく整った顔立ちだった。特に眼が印象的で透き通るような薄水色に長く整った睫毛、力強さと同時に儚さまで感じるような、美しい瞳だった。

「ゼフィルス？」

「は、はい！　今説明します！　と言ってもチャットに書いたことが全てで、要するに危なそうだから連れてきた感じです」

「…………私はゼフィルスを信用しているわ」

それにしては間が空いたような……。

「では、あなたに質問していいかしら？」

俺に向いていたシエラがシスターちゃんの方へ向く。

シスターちゃんはシエラがここに来た時から一言も喋らない。

さっきは饒舌、というほどではなかったがそれなりに喋っていたのに。

シエラに遠慮しているのか？

「構わないわ」

お、シスターちゃんが喋った。

やはり、俺とシエラの会話が終わるまで遠慮していただけらしい。

「まず自己紹介からかしら。私は〈戦闘課1年1組〉、ギルド〈エデン〉のサブマスター、シエラよ」

「答えるわ。〈支援課3年1組〉、タバサ」

シスターちゃんの名前判明！　というか3年生だったのかよ！

なるほど、この美貌は最上級生の成せるものだったのか（混乱）。

まあ、装備の質で3年生じゃないかなとは思っていたが。

「タバサ先輩ね。所属するギルドはあるのかしら？」

「ある、けど、ない」

「どっちなの？」

「……抜けたい」

「……なるほど」

その言葉に込められた意味を、シエラは正確に把握したようだ。

抜けたい、けど抜けられない、なら脱走する。そんな感じだろう。

この先輩、家出少女かよ！

いや、ただの家出少女ではない。ただの、であればあんなこと言うはずが無いだろう。

タバサ先輩の美しい眼を見るが。そこには、何も感情が感じられなかった。

よほどのこと、があったのかもしれない。

「では単刀直入に聞くわ、なぜゼフィルスに縋《すが》ったの？　あなたの狙いは何？」

シエラがド直球に聞いた。

確かに、他のギルドの確執に巻き込まれたのかもしれないのだ。

そして声を掛けてきたのは1年生最強ギルド〈エデン〉のギルドマスター。

何か狙いがあると思うのは当然だろう。しかし、そうはならなかった。

「ゼフィルス？」

「あ～、俺の名前」

「そうなの」

「ちょっと、知らなかったの？」

「……そういえば、あなたは誰？」

「そこからかよ！〈戦闘課1年1組〉ギルド〈エデン〉のギルドマスターをしているゼフィルスだよ」

タバサ先輩が今更になって目をパチクリさせながら俺に向かって聞いてきた。

なんか気が抜ける思いで自己紹介する。

どうやらこの先輩、俺をマジで認識していなかったらしい。

俺を見ているようで見ていないと思ったのは気のせいじゃなかった！

そこからの再確認で、タバサ先輩はどうやら俺を〈エデン〉のギルドマスターとも【勇者】とも知らずに『連れ去って』とお願いしてきたと判明。要は誰でもよかったようだ。

シエラは目頭を揉みながら理解に苦しんでいる。

しかし、これで俺の疑惑が完全に晴れたみたいだ。

ふう。なんとかなったぜ。

「とりあえず分かったわ。今日は私の部屋に泊めてあげるから、明日には戻りなさい」

「帰りたくないわ」

「わがまま言わないの」

おお！　さすが頼りになるシエラだ、3年生の先輩にぴしゃりと言いきった。

「むう」

「あと、男の子の部屋に無防備に入るものではないわ。男の子はけだものなのよ、今回ゼフィルスだったから運が良かっただけ。でもゼフィルスは私たちの大切なギルドマスターなの、誘惑はしないでもらえるかしら。誘惑するなら女の子にしなさい」

「え？　そういう問題？」

シエラが俺を大切と言ってくれるのは凄く嬉しかったのだが、その後に続いた言葉にツッコミを入れてしまう。

「間違えたわ。誘惑は女の子にもしないように」

「うん。私も男の子が好きだから」

シエラの気が動転している。もしかしたらそっち系の話に弱いのかもしれない。心なしか少し頬が赤くなっているような気がするし。

そしてタバサ先輩にそっちの趣味はないとのことで一安心だ。このままシエラの部屋に向かうことになっていたら、よからぬ妄想が浮かんでしまうところだった。

「ゼフィルス、そういうことだから先輩はこっちで預かるわ」

「あ、ああ。助かる」

とりあえずタバサ先輩はシエラに頼めることになった。シエラへの借りがまた増えた気がする。

まだ前の借りも返せてないのに、どんどん溜まっていく。どこかでちゃんと消化しなくては。

そう思っているとタバサ先輩が正座したままこちらに90度向き直り軽く頭を下げてきた。

「ゼフィルスさん。今日はありがとう」

「どういたしまして。だが、シエラの言うとおり誰彼構わずあんな発言はしない方が良いぞ？」

「そうね。でも、別に誰でも良いと言った覚えはないわ」

「ん？」

「そこまでよタバサ先輩。さきほど言ったことをもうお忘れかしら」

タバサ先輩の言葉の意味を考えようとしたところでシエラがぴしゃりと遮った。

そのタイミングに、深く考えるなという俺へのメッセージを感じた。

考えないようにしておこう。

その後、軽く後片付けを終え玄関まで2人をお見送りする。

「また明日ねゼフィルス。後はこっちでなんとかしておくから心配しないで」

「悪いなシエラ。また明日。それと、おやすみ」

「ええ、おやすみなさい」

「ゼフィルスさん、おやすみ」

「タバサ先輩も、おやすみ」

玄関で手を振って、2人は帰っていった。

なんだかドッと疲れた気がするよ。

第13話　Dランクを目指して突き進む。新たな方針と新たなメンバー!!

タバサ先輩をシエラに預けた翌日。

ギルドに早めに来た俺は、シエラからことの顛末《てんまつ》を聞かせてもらっていた。

「シエラ、お疲れ様。昨日は助かった」

「いいわよ。でも……あなたってお人好しよね」

「それ、褒めてる？」

「もちろんよ」

今回俺が面倒を持ってきて後始末を全てシエラに任せてしまった。

言いたいこともあるだろうとまた三つ指突くことも覚悟していたのだが、シエラの言葉には刺々しさは感じられない。

どうやら怒ってはいない、ようだ。多分。

「それで、タバサ先輩は？」

「昨日の夜のうちにギルド〈秩序風紀委員会〉に連絡しておいたら、朝一番でギルドマスターが自ら訪ねてきてね。タバサ先輩は引き渡しておいたわ。かなり嫌がってたけど」

「お、おう。そうか」

嫌がる先輩を引き渡したと堂々とシエラが告げる。

ちなみに〈秩序風紀委員会〉とは、このマンモス校の秩序を司る衛兵隊、その下部組織《ギルド》に当たる学園公式三大ギルドの1つだ。

衛兵隊の雇い主は公爵家、つまり学園長だが、〈秩序風紀委員会〉は学生が所属する衛兵見習いとも言えるギルドだな。

そんな特殊なギルドなため、〈救護委員会〉と同じくランク外に分類され、所属人数に上限は設けられていないなどの特典がある。

また、〈秩序風紀委員会〉の活動は、名前の通り主に学園内の秩序的問題の解決である。

学園の建物内では衛兵の目が届かないため学生が目を光らせている、といった形だな。

ちなみに〈秩序風紀委員会〉のギルドマスターといえば、サターンたちが集まってしょっ引かれたときに面識があった。男装の麗人と澄んだ水のような声が特徴のメシリア隊長のことだろう。

「しかし、そんな学園公式ギルドのギルドマスターがわざわざ迎えに来るとか、本当にタバサ先輩って何者なんだ？」

「知らないわ。聞いても教えてくれなかったもの。でもこれでひとまず解決ね。私たちはこれからのことに集中しましょう」

「そうだな。ああ、そこでだ。少し相談がある」

「何かしら？」

「このダンジョン週間中にDランクへ上がる条件を満たしたい」

「……本気？」

「本気も本気。マジでやるぞ」

訝しげになるシエラに昨日考えていたことを説明していく。

このダンジョン週間を逃せば次にDランクになれる機会は9月になってしまうこと。

下部組織《ギルド》の育成も視野に入れるなら早めにDランクに上がっておいた方がいいこと。

昨日で下部組織《ギルド》の枠がいっぱいになってしまい、誘いたい人が居たのに断らざるを得なかったこと。

「……そうね」

説明を聞いたシエラがこめかみに指を当てながら考える。

そんな姿も気品があって絵になるんだよなシエラって。

そんなことを考えながらシエラの考えが纏まるのを待つ。

「作戦はあるの？」

「当然だ。無理ならこんなことは言わないさ」

「そうね。あなたは全てにおいて無理そうな依頼すらも有言実行してきた。だから私も付いて行きたいって思ったのだもの」

「おお？　どうしたんだ急に」

「別に、なんでもない。今回も付き合うわ。でも、無理をしてはダメよ？」

「ああ、そこは当然だな。ダンジョンは楽しまなきゃいけない！」

俺は自信を持って言う。無理をすべき所は無理を通す。しかし、その場合でも楽しめるようにすべし。それが俺のダン活道《どう》だ。

シエラの信頼が嬉しいね。

早速作戦や頭の中に描いているスケジュールを相談していった。

「Dランクの条件は『ギルドマスターを含む10人の中級中位ダンジョン3つの攻略』よね。ダンジョン週間は今日を入れて7日しかないから、実質2日と少しで1つのダンジョンを攻略しなくちゃいけないわ。それも2パーティが、よ？」

シエラの難しいんじゃないかしらという意味が含まれた問いに俺は問題無いと頷いた。

「十分可能だな。ダンジョンは複数のパーティでレイドを組むことが可能だ。10人で挑めば問題無い」

10人で挑む。つまり2パーティ合同によるダンジョン攻略を提案する。

実はレイドを組むのは他のギルドでもやっていることだ。

〈ダン活〉には最下層のボス戦以外、1パーティで挑まなくてはいけないという縛りは無い。

ただ複数のパーティで当たるとフィールドボスがその分強くなるし、通常モンスターも2パーティで挑むとやけにタフになるなど、レイドのハンディが存在する。

しかし、道中は2パーティで進んだとしても、通常モンスター戦を1パーティで戦闘するならハンディは掛からない。実質1パーティで攻略しているのと変わらないからだ。

そのためレイドではパーティ毎でスイッチして、1パーティは戦闘、1パーティはその間休憩。

次の戦闘では休憩していたパーティが戦闘、戦闘していたパーティは休憩させるなど、交互にスイッチさせながら進む攻略方法などがあったりする。

「中級中位ダンジョンに進出しているメンバーは？」

「セレスタンに資料を貰った。昨日の時点で7人が条件をクリアしている。あと1つ中級下位《チユカ》を攻略すれば進出できるのがルル、シェリア、シズ、パメラの4人だな」

ハンナ、シエラ、リカ、カルアが昨日一昨日で条件を満たしたようだ。

今のところ7人が中級中位《チュウチュウ》へ行ける。行けるが、しかし、問題があるメンバーがいる。【錬金術師】のハンナだ。

正直、ハンナはすでに防具でカバーできる限界を迎えている。

たとえ〈エデン〉最強の防具〈雷光の衣鎧《ころもよろい》シリーズ〉でカバーしようとも中級中位ダンジョンのボスには、耐えられないだろうというのが俺の見解だった。

攻撃力はともかく、防御力と耐久値が圧倒的に足りない。

次のDランク試験ギルドバトルのことも考えるのなら、ハンナは連れていかず、ルル、シェリア、シズ、パメラを入れた10名にするのがもっとも効率的だと思う。

しかし、ハンナは今まで頑張ってきた。

まったく無い攻撃力と耐久値を、装備とアイテムを潤沢に使い、なんとか中級下位《チュカ》まで食らいついてきたのだ。

それなのにハンナを抜いてしまってもいいものだろうかと。

「シエラ、ハンナのことは、どうすればいいと思う？」

考えが纏まらず目の前にいたシエラに聞いてしまう。

「ハンナにはあなたから話しなさい。全てはあなた次第なのだから」

返ってきたのは厳しい言葉だった。

シエラらしいとも思う。

「話し合いか」

「そうよ。話さなければ何も分からないでしょ。あなたの考えも、ハンナがどうしたいのかも」

「……そうだな」

シエラの言葉にすごく納得する。

そうだった。まずは俺の考えを聞いてもらおう。

ハンナと話し合いをしよう。

重くなっていた頭の中がスッと軽くなっていく。

「ありがとうなシエラ。助かった」

「ええ。行ってらっしゃい」

シエラに見送られて、俺はハンナの元へ向かった。


「ハンナ、ちょっといいか？」

「ん？　ゼフィルス君？」

「ちょっと2人で話がしたいんだが、今大丈夫か？」

「うん。いいよ」

ギルド部屋にはすでにハンナがいたので話に誘った。

朝のミーティングまでそんなに時間は無い。

ラウンジまで行く時間も惜しいので、ギルド部屋の小部屋で話すことにする。

ガチャリとドアを開けて中に入ると。

「なあハンナ、また魔石が増えていないか？」

「え、ええと。気のせいだと思うよ。うん」

そういえばいつの間にかこの小部屋はハンナの魔石倉庫になっていたんだった。

一度は大量に減ったはずの魔石。

しかし、小部屋にはまた魔石が小山になっていた。

部屋にはいつの間にか柵が設けられていて魔石の浸食を防いでくれているが、部屋が魔石のプールになる日は近いかもしれない。

中級ダンジョンに進み〈魔石（中）〉が多く必要になったので、ハンナには〈魔石（中）〉大量生産をお願いしていたが。多くない？　大量消費したあの日からまだ10日くらいしか経っていなかったはず……。

ちなみに〈魔石（中）〉を作るには〈魔石（小）〉が4つ必要だ。

〈魔石（小）〉を作るには〈魔石（極小）〉が2つ必要なので、〈魔石（中）〉を1つ作るために〈魔石（極小）〉が8つ必要になる計算だ。

この小山を作るためにスライムが何匹犠牲になったのか気になるところだ。

「…………」

「う、だって魔石がおいしいんだもん」

だもん、ではない。可愛いじゃないか。

俺の無言の視線に耐えかねて答えになっているようでなっていない言い訳をするハンナ。

まあ、言わんとしていることは分からんでもない。

〈魔石（中）〉はそれなりの額で取引されている。

何しろ〈ダン活〉ではモンスターのドロップは種類が多すぎて狙って目的の素材をゲットするのが面倒なのだ。

〈魔石（中）〉なら中級下位《チュカ》の〈幽霊《ゴースト》〉系モンスターから比較的ドロップしやすいが、ハズレも多い。湯水のように〈ＭＰハイポーション〉を使用したければ何百、何千という〈幽霊《ゴースト》〉を狩らなければいけない。

当然、〈魔石（中）〉の価値はそれなりのものとなる。

ハンナがおいしいと言ったのはそういうことだ。

スラリポマラソンを、未だにハンナは止められないらしい。

減った先からじゃぶじゃぶ補充していたようだ。

ちなみにゲームではスラリポマラソンのスキップはできたがオートにはできなかったため、途中で面倒になってやめる場合がほとんどだった。

〈魔石（中）〉や〈ＭＰハイポーション〉が欲しければ買うか依頼でも掛ければよかったしな。

ミールはずいぶん掛かったが、それも攻略のため、と思っていた。

そんなことを知っている俺からするとハンナのスラリポマラソンへの情熱には頭が下がる。

まさかここまでとは思わなかった。正直、感謝している。おかげで〈エデン〉の資産は潤いっぱなしだ。

「思うんだが、ハンナはこれだけの量の生産をして、ダンジョンにも行って、無理はしていないのか？」

ハンナに今のダンジョンと生産の掛け持ちについて聞いてみた。

「え？　うーん。毎日コツコツ生産しているから別に無理はしてないけど？　ダンジョンも楽しいしね」

この小山が、コツコツ？

ま、まあ、ダンジョンが楽しいのは分かるよ。

そうか、無理はしていないらしい。

ハンナはハンナで今を楽しんでいる様子だ。

俺がなんとも言えない顔をして小山を見つめていると、また慌てるように言い訳をしだす。

「た、確かに私も少し叩きすぎかなと思うけど。もう習慣化しているというか。うん。全然無理してないから、私はスラリポマラソンはやめないよ！」

「いったい何を勘違いしたのかは知らないがハンナのスラリポマラソンを止める気は無いぞ？」

むしろ応援している。

頑張れハンナ。

あれ？　何の話をしに来たんだっけ？

なんだか話が脱線しまくっていると感じたあたりでいきなり小部屋のドアが開いた。

「ゼフィルス、何をもたもたしているの？」

「え、シエラさん⁉」

スッと倉庫に入ってきたのはシエラだった。そのことにハンナが素っ頓狂な声をあげる。

急に頭が冷静になった気がした。多分、気のせいじゃない。

シエラのジト目が突き刺さる。

こほん、こほん！

あまりの魔石のインパクトに思考が大きくそれていたらしい。危なかった。

「私が聞いたほうがいいかしら？」

「い、いやいやいや。今聞こうとしていたところだ。俺が聞く」

「そう」

ギリギリのところでシエラに言い訳して心を落ち着かせた。

なるべく視界に魔石を入れないようにしてハンナに向き直る。

これは真面目な話なのだ。

「ハンナ」

「えと、何かな？」

いきなり真剣な表情で向き直った俺にちょっとビックリしたように返すハンナ。

「近々中級中位ダンジョンへ挑むことになった。だけど、多分ハンナではボスを超えられない。ハンナが共に攻略するのは難しくなりそうだ」

「……へ？」

何か思いもよらないことを言われたようにハンナが呆けた顔をする。

そこから今〈エデン〉が目指している目標を語った。

中級中位ダンジョンをダンジョン週間中に攻略し、Dランク試験の条件を満たしたいこと。だが能力的に今のハンナではボス相手にすぐ戦闘不能になることが予想されることなど。

語られた内容にハンナは驚き目を見開いていたが最後には頷いていた。

何かに納得したような表情だった。

「そっか……。わかったよ」

「ハンナがどうしても攻略に参加したいというなら、多少無理をすればなんとかならんこともないが」

「ううん。そこまで無理はしなくていいよ。大丈夫」

「……ごめんな。ハンナには助けられているしダンジョンに連れて行ってやりたい気持ちはあるが、さすがに中級中位《チュウチュウ》のボスは難しいんだ」

「いいよ。わがまま言ってたの私だもん。仕方ないよ。それに、攻略に参加できないだけでいつかは私も追いつけるかもしれないんでしょ？」

「まあ、そうだが」

ハンナはRESにかなりステータスを振っている。

HPを増量できる装備さえあれば魔法のみを使うボス限定で耐久力的になんとかなると思う。

だが、今からそれを揃えるには時間も装備の質も足りない。

それに、これから挑む予定のダンジョンは3つとも物理系ダンジョンなのだ。

残念ながら、ハンナはボスとは戦えない。

間違いなく戦闘不能になるだろう。

「ハンナ、今後は生産で〈エデン〉に力を貸してほしい」

「うん。大丈夫。ゼフィルス君、シエラさんも、ダンジョン攻略頑張ってね」

ハンナはそう言って小さく手を振った。

ハンナが攻略に参加しない決断をした翌日。

今日は火曜日。

昨日エステルにキャリーを頼んでルル、シェリア、シズ、パメラの３つ目の中級下位《チユカ》の攻略を手伝ってもらった。

これで中級中位《チユウチユウ》に挑める戦力が揃った。

おかげで、今日からは本格的に中級中位ダンジョンに挑むことができる。

先日ギルドメンバーに伝えていたことを、今日も朝のミーティングで告げた。

「今日からは中級中位ダンジョンに10人で挑む。メンバーを発表するぞ」

現在中級中位《チユウチユウ》への入ダン条件を満たしていないのは、セレスタン、リーナ、ミサト、メルトの４人。

他の11人は全員が条件を満たした形だ。

そして11人のうちハンナ以外の10人が今回、中級中位ダンジョンに挑むことになる。

「あれ、ハンナは？」

メンバーの発表が終わったところでラナがきょとんとした声を上げた。

思わず出ちゃったといった感じだった。

いつも一緒に最前線を攻略してきたため、ハンナがいないのをとても不思議に思った様子だ。

「ハンナは生産で攻略を支えてもらう予定だ」

「そうなの？」

ラナとエステルの初期メンバーたちが驚愕して見つめるがハンナもコクりと頷いたので、それ以上言ってこなかった。

話を続けてその理由となる今回の目標なども語っていく。

「今回の目標はダンジョン週間中の中級中位ダンジョン3カ所の攻略。2日で1つのダンジョンを攻略する予定だ」

そう告げると少しだけざわめいた。主にミサトやメルトのいる辺りからだ。

そんなことが可能なのかという疑問の視線を感じる。

しかし他のメンバーは慌てることなく俺の言葉に耳を傾けてくれていた。

他のメンバーは俺が何をやってここまで来たか知っているので信頼してくれているのだろう。

シエラにも言われたが、俺は自分ができると思ったことしか言わない。

毎度ゲームの頃のデータベースを使い、シミュレーションを重ね、可能だろうと判断したものしか提案していない。

ゲーム〈ダン活〉時代は、なによりより効率を求めていた。どんなLvなら無理なく攻略できるのか、時間配分はどう組めば短縮できるのかなどなど。

その凝縮された成果という名のデータが全て俺には詰まっている。

6日で中級中位ダンジョン3カ所の攻略、まったく問題ないというのが俺の見解だ。

どうにもならなかったらエステルのキャリーという奥の手もある。

あっとそうだった。忘れるところだったぜ。

「それと、紹介したい人たちがいるんだ」

「紹介したい人、ですって？」

俺の発言をラナが繰り返した瞬間、ゾクリと背中に変な汗をかいた。

ひえ。な、なんだろう。ラナを始め何人かの女子たちの目が一気に鋭くなった気がした。気のせいであってもらいたい。

「ああ、んん。こほん。以前にも言った下部組織《ギルド》のメンバーだよ」

上ずりそうな声をごまかして、なんとかそう告げる。

するとなんか重くなっていた空気がスッと晴れていった。

「もう。下部組織《ギルド》なら紹介したいメンバーって言いなさいよね。身構えちゃったじゃないの」

「お、おう。すまん？」

俺の言い方に問題があったみたいだ。確かに、なんか大切な人を紹介したいみたいな感じになってしまったかもしれない。発言には気をつけよう。

とりあえず誤解も解けたのでセレスタンに視線を合わせると、彼は優雅な一礼をしてギルド部屋から出て行った。

そして数分後に「お連れいたしました」と言ってドアをノックされる。

「入ってくれ」

「どうぞ」

「ええええっと、失礼いたします！」

「おはようございまーす」

セレスタンがドアを開くと、２人の女子が入ってきた。

その姿は対照的で、片や緊張でガッチガチに固まっているが片や緊張なんか無いように間延びした声だ。

緊張しまくっているのは、「狸人」のカテゴリーを持ち、高位職【ラクシル】の職業《ジョブ》を持つ女子、ラクリッテだ。

黒に近い茶髪に黒に近いグレーの瞳、カルアと同じくらいの小さい身長にちょっとふっくらした丸い顔が幼い印象を抱かせる。

もう1人は「男爵」のカテゴリー持ちであり高位職【歌姫】の職業《ジョブ》を持つ女子、ノエルだ。

平静に見えるのは、横にいるラクリッテがド緊張しているため逆に平静でいられるのだと以前教えてくれた覚えがある。

身長はシェリアと同じくらいに高く、スタイルがいい。

明るいブラウンの髪を背中に流し、頭にカチューシャ、左右にリボンをつけている。パッチリとした同色の瞳がとても綺麗だ。キラキラしている。

白と青を基調としたアイドルコスチューム装備に身を包み、片手にマイクを持っていた。

基本はバッファーがメインとなるが、攻撃、防御、強化《バフ》、回復と、様々な場面で活躍が期待できる優秀なオールマイティ担当だ。

「紹介するよ、下部組織《ギルド》に新しく加入することになったラクリッテとノエルだ。2人ともかなり優秀だぞ」

「ゆ、ゆゆ優秀だなんてそんなそんなそんな‼」

「照れちゃうよ〜」

褒めるとド緊張しているラクリッテがさらにあがってしまい、ノエルは少し頬を赤らめて照れるしぐさをする。そのまま自己紹介へと移った。

「ラクリッテです！　よろしくお、おねがいいたします！」

「下部ですが〈エデン〉の末席に加わらせていただきますノエルです。よろしくお願いします」

２人の自己紹介が終わると現メンバーがパチパチと拍手を送った。

続いて〈エデン〉のメンバーを軽く紹介する。

「それでゼフィルス、なんでこのタイミングで２人を呼んだの？」

おっと、ギルドメンバーの顔合わせが済んだところでラナから鋭い指摘が飛んだ。

「それなんだが、下部組織《ギルド》って結成がダンジョン週間後だって前に言っただろ？」

「ふむ、確か応募者が別のギルドに所属しているので脱退してから、と言っていたな」

リカの応えに俺は頷く。

「そうだ。まあいきなり脱退すると言ったら向こうのギルドも困るからな。そのための引継ぎ期間というか、そういうものを設けていたんだが。ラクリッテとノエルはその辺がもう済んじゃったわけだ」

「私たちは同じギルドに居たのですが、〈エデン〉に加入できなくても脱退するつもりでしたから」

「そうなのね」

俺とノエルの言葉にラナを含めメンバーが納得の表情をする。

ラクリッテとノエルにも色々と事情があったようだ。

「まだ他の下部メンバーが揃っていないからギルドは正式に立ち上げられないが、パーティとして参加するのなら話は別だからな。せっかくだから参加してもらうことにしたんだ」

「うん？　ゼフィルス、参加って何よ」

一度は納得したラナが続いた俺の言葉に再び首を傾げた。

現在〈エデン〉は15名、うち10名が中級中位《チュウチュウ》に行くと決まったところだ。

残り5名でダンジョンに行くのなら枠に余りは無い。つまり参加は不可だ。誰かと入れ替えるのかとラナは疑問を持ったのだろう。

「残り5名のうちセレスタンとハンナの変わりにノエルとラクリッテが入る。今日からダンジョン週間中はリーナをパーティリーダーとし、ミサト、メルト、ノエル、ラクリッテの5人でパーティを組んでほしい」

「ええ⁉」

俺の宣言に声を上げたのはラナだけじゃなかった。

メンバーの視線がセレスタンとハンナにいく。

その視線はいったいどうしたのかと告げていた。

そこでセレスタンが一度立ち上がり一礼して告げる。

「失礼いたします。そろそろ僕はサポートに専念させていただきます。今後はダンジョンをご一緒するより、支援を中心に行なっていく所存です」

「本当にそれでいいんだなセレスタン？」

「はい。ダンジョンに入る時間は少なくなりますが、その分裏方で〈エデン〉を支えていきたく思います」

「そうか。了解した。これからもよろしく頼むぞ」

「もちろんでございます。こちらこそよろしくお願いいたします」

そのやり取りをメンバーは何事かと見つめていた。

要はセレスタンの言ったとおりだ。俺たちが心置きなくダンジョンに行けるようにサポートをメインに担当することになったのだ。

いや、なったというか本人の希望だ。セレスタンは元々ダンジョンに行く時間が厳しく、メンバーの中でも育成が遅れ気味であった。

これは、仕方ない部分もある。セレスタンには他に仕事もあるようだしな。時間が足りないらしい。

それに【バトラー】は元々サポーターだ。ギルドバトルでは活躍できるが、実はダンジョンではそれほど光らない職業《ジョブ》だ。

ぶっちゃけ【闘士】系の職業《ジョブ》の方が戦闘では強いからな。

故に、そろそろ後方支援に移りたいとセレスタンから言われていた。

この機会にそれを了承した形だ。

「ちょっと待って！　じゃあハンナもそうなの!?」

「え、えっと……」

ラナが慌てたようにハンナに問う。

ハンナが困ったようにこちらを向いたので、俺がそれに答えた。

「ああ。ハンナはこれ以上攻略に参加するのが厳しいんだ。だから後方支援に移ってもら――」

「ちょっと！　今までハンナは頑張ってきたでしょ！　なんでメンバーから外すのよ!!」

説明しようと思ったら食い気味に遮られた。

話を聞いたラナが怒っている。ラナにとってもハンナは大切な仲間なのだ。

しかし、俺は怯まないぞ。ちゃんと考えてあるんだ。

「まあ、待て、最後まで聞け。別に後方支援だからってダンジョンに一緒に行かないなんて言ってないだろう」

「うん？　どういうことよ？」

ラナの怒りメーターが下がった。今だ。畳みかけよう。

まあ、ハンナには生産に集中してもらいたいとさっき言ったが、生産する場所はどこでもいいわけだ。

「ハンナには〈『ゲスト』の腕輪〉を装備して馬車に乗り、付いてきてもらうことにしたんだ。馬車内がハンナの生産部屋な。だからダンジョンではハンナも一緒だ」

「……へ？」

「そ、その。えへへ」

俺の発言にラナがキョトンとした顔でハンナを見て、ハンナはなぜか照れていた。

攻略には参加できないとは言ったがダンジョンに参加できないわけじゃない。

ボス戦ができないだけで、ハンナはダンジョン探索自体は可能だ。

ということでハンナは現地生産＆採集担当としてダンジョンに参加してもらうことにした。

今回で言うならダンジョン攻略組10名＋補助1名だ。

ボス戦に参加できないなら救済場所《セーフティエリア》で生産だ。

ハンナは今後もダンジョンについてきてもらうぞ。

第14話　〈中中ダン〉突撃。さわげ学生たち！　猫のみしか登場しない〈猫ダン〉へ入ダン！

「お、おい。あれって」

「まさか……ギルド〈エデン〉か！」

俺たちは現在〈ダンジョン門・中級中伝〉通称：〈中中《ちゅうちゅう》ダン〉へとやって来ていた。

開いた扉を潜って入場したところで周りから喧騒が聞こえてくる。

〈エデン〉のメンバーは11人。

ちょっと大所帯な数だからだろうか、すごく注目を集めている気がした。

「うっそだろ⁉　もう1年生がここまで上がってきたっていうのかよ⁉」

「お、おい。ここって〈中中ダン〉、だよな？　〈中下《ちゅか》ダン〉じゃないよな？」

「お、俺、もしかしたら〈中下ダン〉に迷い込んだのかもしれない」

「現実逃避してんじゃねぇ！　ここは〈中中ダン〉であってるぞ！」

「じゃ、じゃあよう。あの1年生はなんなんだ？　まさかもう〈中中ダン〉までやって来たってこと、じゃないよな？　見学か？　〈中中ダン〉って1年生の見学はまだ先じゃなかったか？」

「おお！　〈中中ダン〉監視役のホピマス軍曹が確かめに行ったぞ！　これで真偽が分かるな」

「あの人数だ。さすがに見学の類だろう。そうであってくれ」

「〈中中ダン〉の条件はLv50以上、そして中級下位《チュカ》を3つ攻略だ。さ、さすがに無理だよな？　早すぎるよな？」

「もし条件を満たして来たのだとすれば、俺は……」

「お、おいしっかりしておけってそんなはずは、うおおっ⁉」

「ホピマス軍曹が許可しただとぉ⁉」

「本当にあの人数全員が、〈中中ダン〉条件の達成者だとでもいうのか⁉」

「このままだと……俺は……」

「お、おい。こいつやべぇぞ。落ち込み具合が半端じゃねぇ！」

「俺、ここまで来るのに2年掛かった」

「お、おいしっかりしろ！」

〈中下ダン〉にいたゼゼールソンと同じ役職を持っていると思われる、〈中中ダン〉のホピマス軍曹に全員が攻略者の証を見せたところで、周りの喧騒がすごく大きくなった。

奥に大きな集団がいたが、一斉にＯｒｚ《オズ》っているのは遊びか何かだろうか？　〈敗者のお部屋〉プレイみたいでちょっと面白い。

「ようこそギルド〈エデン〉、〈ダンジョン門・中級中伝〉通称：〈中中《ちゅうちゅう》ダン〉へ。歓迎するぞい」

「ありがとうございますホピマス軍曹」

奥ばかり見ていたら監視役&説明役である、白髪が似合うホピマス軍曹から歓迎の言葉を貰ったので再び顔を戻してお礼を口にした。

歓迎……。周りに意識を向ける。果たしてこの喧騒は歓迎なのかについて……。

「1年生がこの時期に〈中中《ここ》ダン〉へ挑戦しに来るなんて正直聞いたことも無いが、〈エデン〉ならば納得だぞい。何か聞きたいことがあればワシに聞くがいいぞい」

「ありがとうございます。その時は是非相談させていただきます」

「うむうむぞい」

なんか独特な話し方する人だな～と思いながらホピマス軍曹と別れた。

どうやら本当に俺たちが条件を満たしているのか確認がしたかっただけみたいだな。職務に忠実だ。ご苦労様です！

さて、では俺たちも行きますかね。

「みんなお待たせ。じゃあお待ちかね、ダンジョンに行くぞ！」

「お～」

乗ってくれたのはハンナだけだった。ちょっと寂しい。

ハンナは俺の後ろにピタリと張り付いている。距離が近い。

なぜこんなに近いのかというと、例の〈『ゲスト』の腕輪〉で参加してほしい、という言葉が効いたらしい。

ハンナは実力的に中級中位ダンジョンのボスは倒せない。でも採取と生産で貢献することはできる。

〈『ゲスト』の腕輪〉があれば連れて行くのも問題ない。

戦闘には参加できなくなるが、ハンナもそれを了承してくれた。

というわけで、ハンナは俺たちとダンジョンに一緒に行くのを続けられることになったわけだが、
そしたらなんか、すごく距離が近くなったわけだ。（どんなわけだ？）

そしてラナやシエラたち女性陣からは、なぜか仕方ないなぁ的な雰囲気が出ている。

これについて誰も何も言わないのでさっきからこのままだ。なぜだろうか？

話しかけても「気にしないで」としか言われないのだ。気になる。すごく気になる。

そんなこんなで、ハンナがやたら近いのをスルーして話は進行する。

「ねえゼフィルス、今日はどこのダンジョンに行く気なのよ！　まだ私聞いていないわよ！」

ラナが腰に手を当てテンション高めに聞いてくる。どこって、言っていなかっただろうか？

あれ？

「そういえば言ってなかった気がする」

「ちょっと！」

「ハハハ」

笑ってごまかした。

いや、知らせはしたんだ。俺だってホウレンソウはする。

ただ、今回のダンジョン週間中に行く3つのダンジョンは全て話したのだが、どれから挑むのかを伝え忘れていただけだ。

すでにダンジョンについては教えてあるので問題はない。セーフだ。

「今日行くのは〈孤高の小猫ダンジョン〉だな。難易度的にも効率的にもここから攻略した方がいい」

「それって、出てくるモンスターがほぼ単独という珍しいダンジョンだ、ってゼフィルスが言ってたところよね」

「覚えていたか」

「当たり前でしょ！　もっと早く言いなさいよね！」

言葉とは裏腹にラナの顔が満面の笑みだ。

攻略が楽しみ、という他にもこのダンジョンには実は理由があった。

「みんな聞いたわね！　最初は〈猫ダン〉よ！」

「グッジョブ」

「うむ。良いと思う。猫はとても良いものだ」

「ええ。同意します」

「わー！　ルルも楽しみなのです！」

「ああ、ルルが猫と……今から楽しみです」

ラナの発言に、カルア、リカ、エステル、ルル、シェリアが歓呼《かんこ》の声を上げる。

ちなみに〈猫ダン〉とは〈孤高の小猫ダンジョン〉の通称だ。

このダンジョンは、主に女子に人気のあるダンジョンなんだ。入れば分かる。

「ゼフィルス、早く入りましょ！　扉はどこにあるの！」

「おう、あっちだあっち」

「あっちね！　みんな行くわよ！　私に付いてきなさい！」

俺が指を指すと、女子たちがギルドマスターの俺を差し置いて先に行く。

待って、置いていかないで？

「ゼフィルス。行きましょ」

「おおお、シエラだけが俺の味方だ」

「そう……」

俺にも味方はいた！

シエラだけが取り残された俺に付き添ってくれる。

なんだか嬉しい。

「あの、私もいるんだけど。ゼフィルス君？」

いや、ハンナはだってずっとくっ付いてるじゃん。

シエラのような感動はないというか……。言わないけど。

こほんこほん！

しかし他の女子は足が速いな！

少し急ぎ足で門へ向かう。

「じゃあ入りましょう！　みんな、行くわよ！」

「「「「おー！」」」」

いつの間にかギルドマスターである俺のポジションにラナがいた。

みんなを先導して門へと入っていく。

それ、俺の役目……。

「ゼフィルス、元気だしなさい。ダンジョン内ではあなたが頼りなのだから」

「し、シエラ～！」

シエラから嬉しい言葉を貰って少し涙腺が緩んだ気がする。いや気のせいだ。男子は涙腺が緩むことはナイ。

しかし、俺の元気は戻った。

さあ、ダンジョンへ行くぞ！

〈中中ダン〉の喧騒が大きくなる中、俺たちは〈猫ダン〉の門を潜った。


「ビバ、〈猫ダン〉！」

先頭のラナが両手を挙げて喜びを全身で表現していた。

思わず万歳したかったのだろう。気持ちはすごくよく分かる。

俺もダンジョンに来て何度か万歳したことがあるからな。うむ。

すると何人かがラナと同じポーズをとった。

おお！　俺も続かなくては！

「いいから少し離れるわよ、後ろから次が来ているわ。みんな横に一旦避けて」

万歳しているとシエラに窘められた。

後ろを向くと、５人組の女子のパーティがいた。

しまった、変な目で見られている！

「ハハハ、どうぞ先輩方お通りください。あ、足元に注意してくださいね」

「え、ええ。ありがとうね」

途中から紳士にジョブチェンジしてなんとかやり過ごした。

ふう。危ない。

パーティリーダーだろう、先頭のモデルのような高身長の女子がとても動揺して俺を見ていた気がするが、きっと気のせいだろう。

道を塞いでいたみんなが横に避けると、さささっと先輩女子パーティが去っていった。

「絶対変な集団だと思われたわ」

「気のせいさ」

シエラがこめかみを押さえているが、大丈夫だ。

ダンジョンで万歳することなんてよくあることだ。

きっと先輩たちも経験があるだろう。

「さて、早速攻略に向かいますか！」

「賛成ね！」

ほら見ろ、ラナは気にしてないぞ。


「ニャッフス！」

「ニャニャ～」

「フニャフニャ～」

「か、可愛い。ゼフィルス、あれは可愛いわ！」

「ああ。そうだな」

ラナが指を向ける対象に俺も頷く。

そこに居たのは数十を超えるモンスター。

小猫型モンスターたちの集団だった。

白猫、黒猫、茶猫。

キジトラ、単色、三毛、茶白、靴下などなど。

色々いる。全て標準猫サイズの猫型モンスターだ。

デフォルメされており、非常に女子高生にバズる見た目となっている。

開発陣には絶対猫好きがいたに違いない。

あまりに力の入ったデフォルメ猫に、もうメンバーたちの目が釘付けだった。

ちなみにこの猫たちの集団は背景である。

この〈孤高の小猫ダンジョン〉は特殊で、遊園地のアトラクションなんかにあるキャラクターのように、道沿いに大量の猫型モンスターがニャーニャー鳴いているダンジョンなのだ。

道を歩けば隣でニャーニャー、反対側を向いてもニャーニャーだ。さらに行き止まりにもニャーニャー鳴いているし、たまに宝箱から猫が飛び出してくるギミックなんかもある。（通称：猫罠。ひっかかれてダメージを受ける。ペロンと舐められて回復することもある）

そして、この集団から1匹の猫が道に出てくると、バトル開始だ。

道に出てくる猫は背景ではなくアクティブモンスター扱いなんだ。

今はアクティブモンスターがいないため、思いっきり猫を眺める女子たち。

まるで柵の無い動物園（猫オンリー）？　である。

説明終了。

「シ、シエラ殿、あれは持って帰れるのでしょうか？」

「テイム能力があれば、いけるはずよ」

「テイム……騎士の能力にテイムのスキルがあったはずです。SPを振れば……」

「エステル、はやまっちゃだめよ？　まずゼフィルスに聞かないと」

「そ、そうですね」

エステルとシエラの話し声がすぐそばで聞こえてくる。

いや、だめだろう。

エステルの【姫騎士】には確かに【ナイト】系のスキルも含まれているので騎乗モンスターをテイムすることができる。エステルはあの猫に乗るつもりなのだろうか？

「ゼ、ゼフィルス殿。少々話があるのですが」

「ダメ」

「ま、まだ何も言っていませんが!?」

エステルは最強のアタッカーに育てるためSPは貴重なんだ。テイム能力なんかに1SPたりとも振ることは許されない。

どのルートに育てたいか選ばせたときエステルはアタッカー最強を選んだ。

なら、我慢してほしい。

俺はそっとその場を離れた。


「猫たち。可愛い、ね？」

「う、うむ。だが私にはカルアもいるからな、惑わされてないぞ」

「リカ、本当？」

「ほ、本当だ。カルアがたくさんぬいぐるみを作ってくれたし、現状に満足している」

「撫でてみたくならない？」

「な、ならない」

こっちではカルアとリカが何か心理的なやり取りをしていた。

なぜかリカが追い詰められているように見えるのは気のせいか？

そっとしておこう。

次に行こうか。

「ルルが好きなのは全部なのです！　可愛いに貴賤《きせん》はないのです！　全て愛します！」

「私もルルと同じデース！　可愛いは正義だと偉い誰かが言っていたのデス！」

「つまりルルは正義と言うことですね。なるほど、深いわ」

「シェリアさんはルルさんのことになるとダメですね。目が濁っています」

ルルとパメラの、テンション高い声が聞こえた。ついでにシェリアのダメな発言にシズが毒を吐いた。シェリアは気にしていない様子だが。

この4人は〈エデン〉に加入した日が近かったということもあり、一時期同じパーティで攻略していた。

シズが毒を吐きシェリアが気にしていないくらいには仲が良い。

シェリアとシズはこのパーティの司令塔だったからな。自然と仲が深まったのかもしれない。

「シェリアはあの猫が可愛くないと言うのデース？」

「それは信じられない発言なのです⁉」

「もちろん可愛いと思っていますよ。それにルルが加われば可愛さ百倍というだけです。ねえ、シズもそう思いますでしょう？」

「こちらに同意を求めないでください。ただ、可愛いのは認めましょう」

あっちでもこっちでも可愛い談議に花を咲かせているようである。

〈エデン〉は本当に可愛い好きが多い。

しかし、見れば周りにも上級生のお姉さま方が猫談議に花を咲かせながら道を歩いている。

たまにアクティブ化した猫型モンスターが飛び出してくるが、そのたびに悲鳴を上げて逃げていくお姉さま。その悲鳴は、大半が黄色だった。喜んでおられる。

ちなみに猫型モンスターはしばらく追いかけるが、それでも逃げられると再び道を外れ、背景の一部に戻る。

誰も猫を倒さないのはなぜだろうな？

〈エデン〉だけではなくここは女子全体が可愛い好きの世界なのかもしれない。

女子に大きな人気を誇る〈孤高の小猫ダンジョン〉。

そろそろ攻略に動きたいなぁ。

ダンジョンであることをつい忘れそうになるが、ここ〈孤高の小猫ダンジョン〉はダンジョンだ。

しかも初の中級中位ダンジョンである。

もう少し緊張感というものを持ってもらいたいが、現在の〈エデン〉メンバーに緊張感は皆無《かいむ》だった。

「最初に〈猫ダン〉を選んだのは失敗だったかもしれない」

「何言ってるのよゼフィルス、大成功じゃない！」

「そうだよゼフィルス君、猫さんたちは可愛いよ」

可愛いだけではなぁ、と言いたい。

言ったら女子全員を敵に回しそうなので言わないけど。

ラナとハンナはこのダンジョンに来て、それだけで大満足の様子だ。

いや、ここで満足されては困るんだが。

「森～の中には猫さんが1匹～、振り向いた森にも猫さんが1匹～♪」

ついに歌まで聞こえ出した！

歌っているのはルルか？

どうしよう。あまり時間は無いんだが、そろそろ攻略に移りたい。

しかし、女子たちがむちゃくちゃ楽しそうなのである。

ダンジョンで楽しみを奪うのは俺のポリシーに反する！

俺がぐぬぬと葛藤していると、それを見たシエラが呆れた顔をして声を掛けてきた。

「ゼフィルス、制限時間を決めましょう。その時間になったら出発ということにすればいいわ」

「シエラは女神か！」

俺はシエラに神を見た。

さすが〈エデン〉のサブマスター、いつも俺を支えてくれるシエラには頭が下がる。

「女神って、その……いちいち大げさなのよゼフィルスは。これくらいの助言はサブマスターの仕事だもの。当然でしょう」

俺がキラキラした視線を送ると、シエラがそっぽ向いて口早に答えた。

少し頬が赤い気がするのは気のせいか？

「むむむ」

「シエラさんはいつもさりげなくポイント稼いで……本当に強いです……」

「べ、別に狙って稼いでいるわけではないのよ。これが仕事なの」

「今稼いでいるって認めました！」

「そのポジションはずるいと思うわ！　シエラ、私と交換しましょ！」

「しないわ」

後ろでラナ、ハンナ、シエラが何か言い争っているみたいだったが、俺はそんなことより早く攻略に移るため、メンバー全員に後10分で出発する事を通達して回った。

みんな多少は残念そうだったが、残り10分で楽しみつくす気のようだ。

納得してもらえたようで良かった。

やっと攻略が再開できるぜ、シエラにはほんとに感謝だな。


10分後、一度メンバー全員を集合させる。

「よし、時間だな。……ところでシエラたちはなんで肩で息してるんだ？」

「ふう。いいの。気にしないで」

「そ、そうか？」

よっぽどのことがない限り息切れはしないはずなのだが、なぜかラナ、ハンナ、シエラが肩で息をしていた。途中で席を外していた間に何があったんだ？　まあ気にしないでというのならそうしよう。

そのほうがいい気がした。

「では、名残惜しいが出発しよう！　全員、遅れるなよ！」

「「「おー（デス）！」」」

全員が俺の宣言に応えてくれ、攻略が始まった。

ここ、〈孤高の小猫ダンジョン〉は森林型ダンジョンだ。

森林に馬車が2台通れるだけの道幅が空いており、そこを歩いていく。

中級中位ダンジョンなので1層1層が広く、多くの分かれ道が存在する。

道を間違えると大きく遠回りするため、最短ルートの暗記は必須だ。（普通は攻略サイトを見るだけでよい）

また森林の中は猫たちで溢れており通り抜けることは不可能となっている。

この猫たちは基本背景であるが、住み分けでもある。猫たちのいる森林に一歩でも侵入すれば襲ってくるのだ。集団で。

こうなるともう脱出以外の選択肢が取れなくなり、戦闘不能まで秒読み状態になる、らしい。

ゲームでは侵入自体できなかったが、リアルだとまた違うんだな。

これを歩きながらメンバーに通達していく。

「というわけで森林に侵入するのは禁止な。絶対道を歩くこと」

「ルルは分かってるのです！　柵の中に手を入れてはいけないのと同《おんな》じなのです！」

「ふふ、ルルは賢いですね～」

「えっへんです！」

ルルの中では動物園とここは変わらないらしい。

そんなルルの発言にみんなほっこりする。シェリアだけメロメロになっているが。

「あ、猫が出てきたわ！」

「ニャー！」

「茶色の三毛猫、〈チャミセン〉だな。誰か戦ってみたい人ー？」

歩いていると前方に猫型モンスター〈チャミセン〉が森林から出てきた。1匹だ。

基本的にこのダンジョンの上層では登場するのは1匹ずつと決まっている。

〈チャミセン〉は〈猫ダン〉に登場する代表的なモンスターの一角で完全二足歩行に加え、片手に〈魚の骨ソード〉を装備している。当然、【剣士】系のスキルを使ってくるので注意が必要だ。

大きさは大体腰くらい、背景にいる小猫たちよりかは結構大きい見た目だ。

ラナを始め、〈チャミセン〉を見たメンバーのテンションが上がるが、しかし俺の一言でみなのテンションが下がった。

「あれと戦うの？」

「ニャー？」

ハンナが恐る恐ると俺に聞いてくる。なぜか猫も「戦うのニャ？　正気ニャ？」と聞いてきている気がするのは気のせいか？

「いや、戦うよ！　あれでも中級中位ダンジョンのモンスターだからかなり強いぞ。見た目に騙されるなよ」

この世界では〈チャミセン〉にやられる学生はわりと多いらしい。

それは見た目が可愛い猫というのが一番のポイントになっている。

みんな、可愛すぎてやられてしまうのだ。ルルが得意な戦法だな。

冗談はおいといて、あんな見た目だし、背《せ》は俺たちの腰《こし》くらいまでしかないにも関わらず、その強さは中級中位《チュウチュウ》のモンスターの中でも上位に分類されている。

単体モンスターというのは強いのがゲームの基本だ。

他のゲームでいうトロールやサイクロプスみたいなものだな。〈ダン活〉ではそのポジションに猫がいるんだ。（なぜかは知らない。なぜか恐竜よりも強いんだ）

「もう一度言うぞ。あんな見た目なのにすごく強いんだ。気を抜くなよ」

というわけで、まず見た目を克服してもらいたい。

可愛い系モンスターなんてこの先もたくさん出るんだ。

可愛くて攻略できませんなんて〈ダン活〉では通用しないぞ！

それに一度戦えば分かる。あれがどれだけ見た目詐欺で、もう完全に初見殺しなモンスターかを、な。

ということで5人パーティ全員で挑ませたいと思う。

「じゃあ、まずはAチームから行こう。Bチームはそこで見ていてくれよ」

〈エデン〉は今回10人で〈孤高の小猫ダンジョン〉に挑んだ。（正確には『ゲスト』のハンナを入れて11人）

その関係で2パーティ構成となっている。

区別するためにAチームとBチームと呼称。

Aチームには、俺【勇者】、カルア【スターキャット】、リカ【姫侍】、ルル【ロリータヒーロー】、シェリア【精霊術師】を。

Bチームに、シエラ【盾姫】、ラナ【聖女】、エステル【姫騎士】、シズ【戦場メイド】、パメラ【女忍者】。

と分かれている形だ。

ラナが俺と別のチームということで文句を言ってきたが、回復役が俺とラナしかいないので諦めてもらうしかない。

Bチームはラナを中心とした、従者メンバーだな。ただそれだとバランスが悪いのでシエラに入ってもらった形だ。

ポジションはメインタンクをシエラ、サブタンクはパメラ、アタッカーがエステルとシズで、ヒーラーがラナというバランスのいい構成になった。

Aチームは、メインヒーラーがいないので、俺はヒーラー寄りのアタッカーをする形にし、メインタンクをリカ、サブタンクをルル、アタッカーをカルアとシェリアという構成にしている。

さて、説明終了。では宣言どおり、Aチームのみで〈チャミセン〉を倒すとしよう。

Bチームは巻き込むことがあるため下がっていてもらう。

「ニャー！　ニャッフッフ」

「む、可愛くない」

「ど、どうしたんだカルア？」

〈チャミセン〉がニャフニャフ言うとカルアの目が鋭さを増した。

なぜか先ほどからビクビク動揺しているリカがカルアに尋ねる。

「あいつ、『まだかニャア、待ちくたびれたニャア。もうなんでもいいから全員で掛かってくるといいニャ、実力の違いってやつを分からせてあげるニャ』って言ってる」

「カルアは猫語が分かるのか⁉」

「……そんな気がする」

「気がする⁉」

まさか、カルアが「猫人」だから猫語が分かる⁉　と思いきや、そんな気がするだけとはこれいかに？　どう返せばいいかわからない。

しかし、カルアの剣呑《けんのん》さは上がっている。カルアはそう言われたと感じたらしい。

「ぜ、ゼフィルス。とりあえず私が前に出る。いいか？」

「おう。リカ、頼む」

「リカがヘイトを稼いだが最後。切り刻む用意はできてる」

「か、カルア？」

カルアにいったい何が起こったのか、なぜかここに来てからカルアの様子がおかしい。

「ゆ、行くぞ！　我が名はリカ、いざ勝負を申し込む！　『名乗り』！」

「ニャッフス！」

「『受け払い』！」

『名乗り』のヘイトに反応し、素早く駆けて来た〈チャミセン〉の〈魚の骨ソード〉が光る。

それをリカは冷静に見切り、『受け払い』で相殺した。

瞬間、〈チャミセン〉の剣から淡いエフェクトが漏れ出る。スキルアクションだ。

「フ～ニャンニャンニャンニャン！」

「『上段受け』！　ぐっ⁉　思ったより手強《てごわ》いぞ⁉」

〈チャミセン〉のスキルは『三連ニャ切り』だった。

『上段受け』では単発か、多くて2発しか相殺できない。素早い三連続攻撃に1発の斬撃がリカに入る。しかもダメージが40も入った。3発全部食らっていれば120ダメージである。これは強い。

「ルル、攻撃力を下げてくれ」

「任せるのです！　『ハートチャーム』なのです！　続いて『チャームソー……う、可愛くて斬れないのです！」

リカの指示にルルからハートのエフェクトが溢れ、〈チャミセン〉に攻撃力低下デバフが掛かる。

ルルは追撃の『チャームソード』でさらに攻撃力を奪わんとするが、可愛さにやられて失敗していた。

「フニャニャ」

「む～！　難しい、とても難しいのです！」

「ルル、私がやる。斬るよ。『鱗剝ぎ』！」

「フニャア⁉」

「斬ったのです⁉」

「大丈夫、斬っても斬れない、傷つかない。HPが減るだけ。アレは凶悪なモンスター。ルルも斬ってみる」

「うう～。これは凶悪すぎるのです。さすが中級中位《チュウチュウ》なのです」

「このままだとリカがずっと斬られる。ルル、頑張って」

「わ、分かったのです。覚悟を決めるのですよ！　『チャームソード』！」

「フニャア⁉」

ルルがカルアの説得で剣を向けた。デバフ攻撃の『チャームソード』が〈チャミセン〉を斬る。

〈チャミセン〉の攻撃力が大きく下がり、リカのＨＰの減りが弱まった。

「ルル、よく頑張った。私も斬る。一緒に斬るよ」

「やったるのです！　ルルはやればできるのです！」

最初は戸惑っていたルル。

しかしカルアのおかげで徐々に〈チャミセン〉を斬るのにも慣れてくる。

「今。『二刀山猫斬り』！」

それを見計らい、カルアが再度『二刀山猫斬り』を発動して襲いかかった。しかし、

「ニャーアーアー！」

「わあ、逃げたのです！」

「む、素早い」

これはたまらんと、〈チャミセン〉はカルアも使える『回避ダッシュ』を使い一瞬で離脱、カルアの『二刀山猫斬り』は回避されてしまった。

「ニャア！」

「くっ、『受け払い』！」

リカの後ろに回りこんだ〈チャミセン〉がさらに『お魚大好き斬り』を繰り出した。

〈魚の骨ソード〉が一瞬だけ〈魚ソード〉に受肉してリカに叩き込まれる。見た目的に攻撃力が下がってないかと思うのは気のせいか。

これをリカは既《すんで》の所で相殺することに成功する。

苦戦しているなぁ。

ボスと違って小さいし素早いし可愛いためやりづらそうだ。

とそこで後方待機していたシェリアが動いた。

「『精霊召喚』！　〈雷精霊〉、お願いいたしますね――『エレメントシュート』！」

〈雷精霊〉を呼び出したシェリアのシュートが素早く動く〈チャミセン〉に刺さった。

シェリアはルル可愛い至上主義。〈チャミセン〉相手でも問題無く攻撃できるらしい。

バチバチという放電音と共に〈チャミセン〉の動きが止まる。

「今です！」

「『ソニックソード』！　からの『ハヤブサストライク』だ！」

「クニャア⁉」

俺も迷わず斬る！　相手は猫だがモンスター、それ以上でもそれ以下でもない。

チャンスを窺っていたため透《す》かさず『ソニックソード』で間合いを詰めて斬った。

さらに流れるように超速二連続斬りの『ハヤブサストライク』を発動し、逃げられる前に大ダメージを与える。

これが良い感じに決まってクリティカルし、〈チャミセン〉は「フニャア～」と言い残してエフェクトに消えていった。

ドロップしたのは〈猫の付け髭〉というギャグアイテムだった。

「参ったか」

「カルア？」

ギャグアイテムに向かい勝利宣言（？）をするカルア。俺が予想していた光景と違う。

倒してスッキリしたのか剣呑さは消えていた。ふう、とリカが息を吐いている。

「お疲れ〜、どうだった今の敵は？」

「お疲れ様ゼフィルス。しかし、なんだな。少し強すぎはしないか？　かなりダメージを受けたぞ」

「あれが中級中位ダンジョンのモンスターだ。気を引き締めてくれよ。『オーラヒール』！」

結局リカが受けたダメージは２００ほど。最大ＨＰの３割近くも削られていた、信じられるか？

これボスじゃなくて通常モンスターにやられたんだぜ？　しかも１匹。

３匹以上居たらどうなっちゃうのっていうね。

『オーラヒール』を発動してリカを回復してやり、改めて認識改善を促す。

「むう。もう少し攻撃を避けることに意識を割くべきか、しかし向こうの方がスピードが速い」

「まあ、これから慣れていけばいいさ。みんなはどう思った？」

「ん、お疲れ様。あんな風に避けられたの、初。次は気をつける」

「魚の骨がすごく堅くてビックリしたのです！　あと、ネコさんってすごく可愛くて素早いのです！

攻撃が凄く当てにくかったのです！」

「あれは猫の皮を被ったモンスターですね。動きが強者のそれでした」

感想を聞くと、リカが眉を寄せて難しい顔をした。カルアは相変わらず猫を斬ることになんとも思っていないどころか斬りたがっている。

ルルの感想は相変わらずほっこり系で、シェリアは猫を倒す覚悟が決まっているようだ。

ちなみにBチームとハンナはほとんどが裏切られた的な顔をしていた。〈チャミセン〉に何を期待していたんだ？

「しかし、あれにスキルを惜しんで挑むのは厳しいな……」

リカが言っているのはMP節約の件だ。

今戦ったのはボスではない、普通の通常モンスターである。

ボスが相手の場合、〈エデン〉はほとんど出し惜しみなしでスキルを使いまくるが、道中はそうは言っていられない。ダンジョンではMPの節約は基本中の基本だ。〈MPハイポーション〉はできればボスに使いたいからな。

というわけで、基本的に〈エデン〉では通常モンスターを相手にする場合、〈初ツリ〉か〈二ツリ〉の〈スキル〉または〈魔法〉で、2発前後で倒すのを推奨していた。

つまり1戦につき2発だな。5人いるから10発だ。

ちなみに〈三ツリ〉は消費MPがアホみたいに高いため基本的に雑魚戦では使わないことになっている。

「はい。そういえばゼフィルス殿、あなたは『ハヤブサストライク』を使っていましたね」

「目ざといなシェリア。そのとおりだ」

「確か『ハヤブサストライク』は〈三ツリ〉のスキルだったはずです。良いのですか？」

これはMP節約をしなくても良いのかという確認だ。

〈三ツリ〉のスキル、魔法はどれも強力だ。しかし、使いすぎればあっという間にMPは枯渇してしまうだろう。

「ま、それだけ中級中位《チュウチュウ》のモンスターが強いってことだな。みんななるべくMPを節約してほしいが。必要なときは〈三ツリ〉のスキル、魔法を使っても構わない。回数制限を超えても大丈夫だ。そのためにハンナを連れてきているしな」

「えへへ。任せてよ。ここは〈上魔力草〉も採取できるみたいだしね」

「なるほど。ここのモンスターはそれほど強敵なのですね」

シェリアは俺の答えに納得したようだ。

〈三ツリ〉を使わないと倒せないというわけではないが、圧倒的に早く片が付くし、余計なダメージを負わなくてすむ。俺はMPの節約を意識しているなら〈三ツリ〉を使っても構わないと思っている。

節約を意識しすぎて戦闘不能になったり全滅したり、長期戦になってダンジョン攻略が滞ったりすれば目も当てられない。

中級中位ダンジョンのモンスターとはそれほど強敵なのだ、この〈猫ダン〉は特にな。中級下位《チユカ》の感覚でいると、負けはしないが苦戦はするだろう。

皆、中級中位《チュウチュウ》の強さに慣れていってもらいたい。

また、シェリアの〈三ツリ〉はユニークスキルを使うことを前提としているためコストが非常に高い。シェリアはINTが高いため〈二ツリ〉以下でも十分にポテンシャルを発揮できるので上層では〈三ツリ〉とユニークは使う必要が無いよと言い聞かせておく。

MP節約が基本なのは変わらないのだ。

シェリアはがっかりしていたが、受け入れてくれ。

さて、もう何戦か練習したらBチームと交代だな。

「あ！　パメラ後ろに行ったわ！」

「す、すばしっこすぎるのデス！　『忍法・空蝉』！　緊急離脱するデス！」

「『ロングスラスト』！　く、的が小さすぎて中々当たりません」

「焦らないの、私が隙を作るから冷静に対処して。『シールドバッシュ』！」

「グニャフ⁉」

「今ですね。『連射』！」

Bチームが猫型モンスター〈ワイルドニャー〉と戦闘中だ。

〈ワイルドニャー〉の見た目は四足歩行で口に〈魚の骨ソード〉を銜えている。

完全二足歩行だった〈チャミセン〉に比べ、〈ワイルドニャー〉はさらに小さく、そして素早い。

〈ワイルドニャー〉の方が若干やりづらいモンスターだった。

もう可愛いとは言っていられなくなりそれなりに本気、Bチームは苦戦しながらもだんだんと戦闘に慣れ始めた様子だ。

猫を相手にし始めた最初の頃はラナが回復全開で支えていたからな。

ラナは後《のち》にこう語る。

「あんなに回復使ったの、初めてかも」

恐ろしき中級中位ダンジョン。通常モンスターがボスを易々と超えるのだ。恐ろしい。

Aチームも何度か〈ワイルドニャー〉と戦いその戦闘風景を見ていたため、Bチームもそれなりに善戦はしている。しかし〈ワイルドニャー〉の素早い『猫走り』に翻弄されているな。

特にアタッカーのエステルは武器が両手槍と巨大なので、的の小さい〈ワイルドニャー〉はやりにくそうだ。

しかし、シエラが冷静に『シールドバッシュ』でノックバックさせて動きを止めてからは流れが変わった。

透かさずシズが『連射』でノックバックダウンを奪うと、そこからの総攻撃で仕留めることに成功する。

やっと攻撃に躊躇が無くなりつつあった。

ちなみにドロップしたのは〈ネコミミ〉。防御力1のコスチューム装備だった。

「お疲れ様。ゼフィルスが言っていた通り強敵だったわね」

「シエラお疲れ様デス！　さすが頼れるタンクなのデス！　私はカウンター苦手なのデス！」

「お疲れ様。あの見た目であの戦闘力。猫とは恐ろしいものです」

シエラ、パメラ、シズが今の戦闘の感想を述べる。

まともに戦うことができたため、改めて中級中位ダンジョンモンスターの強さを実感した様子だ。

「ふう。見た目は可愛いですが、強敵でした。テイムすればかなりの戦力になりそうです」

「エステルが、猫に騎乗する？」

エステルはテイムするのを忘れられない様子だが、忘れてほしい。

ほら、思わず想像したラナが目を点にしているぞ。

「よし、軽い打ち合わせ後、次に移ろうか」

皆の意識がただの観賞用の可愛い猫から、強敵の可愛い猫に変わったのを感じたので、俺は手を2回打って皆の意識をさらに戦闘へと向ける。

「〈ワイルドニャー〉も含め、ここ〈孤高の小猫ダンジョン〉はモンスターのサイズが小さい。追いかけるより待ち構える戦法がオススメだ。今度からBチームはシエラが中心とした戦術を組むと良いだろう。また、シズは『照明弾』や『閃光弾』を使ってみたらどうだ？」

「『照明弾』と『閃光弾』ですか？」

Bチームにアドバイスを送るとシズが疑問を口にした。

『照明弾』と『閃光弾』をシズが使っているところは実は見たことがない。

この2つは攻撃スキルではないためかもしれないな。シズは自分がアタッカーだと思っているためかダメージが高いスキルをよく使う傾向がある。

しかし遠距離から、小さくて素早い的に当てるのは至難の業だ。

シズには、状況によって戦術を変えることを覚えてもらおう。

「『照明弾』は命中率アップ系のバフだ。回避率が高い敵に有効なスキルだな。また、『閃光弾』は敵の命中率を下げ、確率で〈盲目〉状態にする。今の状況に有効だと思わないか？」

「ふむ。なるほど、分かりました。次に試してみます」

「おう。ただ『閃光弾』は味方も目が眩《くら》むかもしれないから、使う時は声がけ必須な」

「了解しました」

シズはアタッカーではあるが、銃系には『当たらなければどうということはない』という格言がある。そのため命中させるためのスキルが色々組み込まれているんだ。

上手く使ってほしいな。

続いてパメラ、ラナ、エステルにアドバイスを送る。

シエラは出来が良すぎてアドバイスするところが無いな。むしろ俺が盾を教えてほしいくらいだった。

と、そこでシエラが何か羨ましそうにこちらを見ていたのに気がついた、振り向くとフイッと顔を逸らしてしまう、どうしたのだろうか？

その後、Bチームもモンスターが出現する度に前へ出て戦闘してもらった。

シズが『照明弾』と『閃光弾』を使うようになってからは戦闘がスムーズになった。

しかし、相変わらずリアル命中率アップというのはよく分からないがすごいな。

避けられたと思ったら当たっていた。攻撃しようと思っていた場所とは違う場所を攻撃していて、回避しようとした敵に当たっていたなどなど、奇跡みたいに攻撃がヒットするのだ。もちろん毎回ではないが。

これは、ギルドバトルなんかでも相手が命中率アップを使ったら注意しなくちゃいけないな。

『閃光弾』も非常に優秀だった。

何しろ〈猫ダン〉に登場するモンスターは〈盲目〉が弱点なのだ。

そのため、面白いように〈盲目〉に掛かる。

〈盲目〉になれば大体30秒は狙いが定まらないし、不用意に動けなくなるため良い的だった。

ちなみにパメラの『暗闇の術』だと〈暗闇〉状態にならない。こちらには耐性があるためだ。〈猫は夜目が利くからかな？〉

また〈ダン活〉では〈盲目〉と〈暗闇〉は効果は大体同じだが、状態異常の種類が異なる仕様だ。

〈盲目〉が体内状態異常と分類されており、〈暗闇〉は体外状態異常とされている。

体内状態異常は〈毒〉〈麻痺〉〈盲目〉〈睡眠〉〈鈍足〉〈気絶〉〈恐怖〉〈混乱〉。

体外状態異常は〈火傷〉〈拘束〉〈暗闇〉〈氷結〉〈束縛〉〈石化〉〈呪い〉〈魅了〉。

と〈ダン活〉では分類される。

実際、体内も体外も効果はさほど変わらない。〈毒〉と〈火傷〉はＨＰスリップダメージだし、〈睡眠〉と〈氷結〉は一定時間動けなくなる、動けない間にダメージを受けると2倍ダメージを受け状態異常が解ける。

〈恐怖〉と〈呪い〉ならステータスダウン＋ＭＰ版スリップダメージだし、〈混乱〉と〈魅了〉なら前後不覚になって味方を攻撃してしまう、となる。

体内とは自身に掛かった状態異常の意味。

体外とは外側から掛けられている、封じられている状態異常という意味である。

〈ダン活〉には『体内耐性』なるものがあり、ボスモンスターはこれをかなりの確率で所持しているが、実は『体外耐性』を所持しているボスはわりと多くなかったりする。

逆に『体外耐性』を持っているが『体内耐性』は持っていないというボスもいる。

こういう所で〈ダン活〉は戦略性を高めているわけだ。

閑話休題。

猫型モンスターとの戦い方をある程度掴んだところでＡチームと交代し、奥へと進んでいく。

まずは10層を目指すことにした。

1層から10層は単体でしかモンスターが出ないため、ここで十分に練習を積もう。

慣れたら急いで攻略するぞ！


〈猫ダン〉に登場する猫型モンスターは可愛く、そして強い。難敵だ。

1層から10層までは二足歩行、四足歩行の猫たちが単体で登場してくる。

この単体というのが恐ろしく、ゲームなどでは集団よりも単体の方がやりにくいとされている。

それは〈ダン活〉でも変わらない。

基本的にゲームでは集団より単体の方が強い、これは不変の真理。

ボスなんかが代表格だな。

というより単体だから強い、のではなく強いから単体で登場するようにしているんだが。話が逸《そ》れた。

要は、この猫型モンスターは中級中位ダンジョンの中でも上位に君臨する強さを持っているということだ。他のダンジョンだと普通に集団が出てくるからな。

このダンジョンを最初に選んだ理由、強いモンスターと最初に戦っておけばその後の戦いが楽になる、の法則だ。

〈猫ダン〉の猫たちは単体モンスターにしてはＨＰは並程度だが、その分回避能力が高く、とにかくやっかい。回避を封じる策が求められる。

難易度的には「力押しだと突破は手こずる」程度の案配となっている。

これが中級上位《チュウジョウ》になれば「力押しだと突破は難しい」となるので、ここで今のうちに慣れておこう。

ということで、〈エデン〉のみんなには、中級中位ダンジョンがどれだけ難易度が高いか、モンスターがどれだけ強いのかを、肌で実感してもらった。

しかし道中はなかなかに苦労の連続だった。

途中猫の可愛さにやられて足を止められるハプニングがあった。

エステルが〈馬車〉で猫を攻撃できないというハプニングもあった。

行き止まりの宝箱の罠をパメラが解除に失敗して猫罠に引っかかるハプニングもあった。（ちなみにパメラはひっかかれて悲鳴をあげた）

ルルが〈猫の付け髭〉と〈ネコミミ〉、〈ネコ尻尾〉を装備して、シェリアどころか女子の多くが和むハプニング（？）もあった。

またハンナがスラリポマラソンをやり始めようとしたので禁止令を出したりもした。

特に最後の件は危なかった。

ハンナが意気揚々と「じゃあ早速〈サンダージャベリン号〉に〈錬金セット〉を設置するね〜」とか言いだして、徐《おもむろ》に10個ほどの〈錬金セット〉と大量の〈泥水〉が入ったタンクを取り出したので待ったを掛けたのだ。

あまりに自然で滑らかで慣れた動作に、待ったを掛けるのが遅れかけた。

マジ危ない。

「それ待った！　ハンナに言い忘れていたけど、ダンジョン中はスラリポマラソンは禁止だ」

「へ？　な、なんで⁉」

「いや、スライム攻撃したら〈『ゲスト』の腕輪〉が壊れるじゃん」

「そ、そんにゃ⁉」

なんてやり取りもあってハンナに悲壮感が漂ってしまったが、概《おおむ》ね順調に進み、〈エデン〉は無事

10層までたどり着いた。

「なかなかハードだったわ」

「見た目は可愛いのに、あの攻撃力と回避力は反則です」

「攻撃が当たらないのだけど！」

シエラが息を吐き、エステルが肩を落とし、ラナが膨れていた。

10層までに様々な猫たちと戦ったことにより三者三様の反応がある。

シエラは基本的に待ち構える系のスタイルなので、そんなに疲れはないようだ。

小型で素早く、連続攻撃の得意な猫だが、その動きに翻弄されることもなくシエラは冷静に『シールドバッシュ』で相手をノックバックさせて、チームに貢献していた。

しかし、エステルとラナには小さい猫型は難しかったようだ。

エステルは両手槍が当たらず苦戦。ラナも遠距離魔法が当たらず、途中からバフとヒーラー役だった。ズドンと攻撃したいラナからすれば不満だったのだろう。

「ここは相性が顕著に出るダンジョンだからな。中級中位《チュウチュウ》からはこういうダンジョンが一気に増える。やりづらかったり、攻めの手が限られていたりな。そういう場合でもチームに貢献できることを探すのも重要だぞ」

「それは分かってるけど……むぅ～」

頭では分かっていてもズドンとやりたいラナ。気持ちは分かるけどな。

ズドンと高威力魔法を叩き込むって気持ち良いからなぁ。

ラナは遠距離攻撃に自信があっただけに余計に膨れている気がする。

まあここではバフと回復で活躍してほしい。

ここ、〈猫ダン〉のモンスターは遠距離攻撃回避の性能が高い。

猫が素早いため両手系の近接武器も不利だな。あれらは命中率が若干低く設定されているから。

基本的に小回りの効く近距離攻撃で攻略していくのがセオリーとなる。

タンクも避けタンクの相性はあまりよくない。リカのような防御スキルタイプでもちょっと被弾が増えるな。

シエラのような盾タイプが一番相性が良いだろう。

今回は勉学のためにも10人で攻略しているが、本来このダンジョンを楽に攻略したいなら相性の良い5人パーティは、シエラ、ルル、俺、ラナ、カルアの構成かな。俺とパメラは代替《だいたい》可能で。（シエラ、ルル、パメラ、ラナ、カルアの構成もありという意）

ただ、相性が悪い子も難しいだけで無理ではないのでできなくはないだろう。

リアルなら、もしかしたら相性の悪さとかも個人の実力で覆せるかもしれないからな。

ちなみに、俺たちの戦闘中、ハンナは周りで素材集めをしていた。

森と道の間の林縁部《りんえんぶ》は素材の宝庫で採取ポイントがいっぱいあるんだ。

ハンナは大はしゃぎしていた。

本人曰く、「猫ちゃんに見守られながら採取するの、すごく楽しい！」とのことだ。

悲壮感はどこかに飛んだようで何よりである。

そんなことを考えていると、ようやく目的地である開けた空間に出た。

木々が人の手が入っているかのように綺麗に消えており、大きな楕円状の広場となっている。

そして奥には黒い門。11層に続く階層門が見える。そして、その前に立ちふさがる守護型ボスのシルエットも。

「ん～、何かしらあれ？　猫？」

「ボスモンスターでしょうか？　階層門の前に陣取っていますね」

「大きいわね。いえ、今までのモンスターが小さすぎたのかしら」

ラナ、エステル、シエラの順に目の前のシルエットの感想を言う。

まだ遠いが、階層門の前に見えるのは間違いなくボスだった。

その体長はシエラが言うとおり大きいと感じる。

今まで山猫よりちょい大きいサイズのモンスターしか見ていなかったから余計そう感じるのだろう。

その猫は、俺と同じくらいの大きさだった。このくらいのならボスとしては逆に小さい方だ。

ギラリとした隻眼。左目は十字傷で開いておらず、武士を思わせる裃《かみしも》を着込んでいる。ゲームの時から思っていたが肩衣《かたぎぬ》がやたら似合うなこの猫。

腰には二振の刀を差し、二足歩行。

お察しかもしれないが武士みたいな猫だ。

「あれが10層の出口付近を守護するフィールドボス。名前は〈猫侍のニャブシ〉。通称〈ニャ武士《ブシ》〉だ」

「くっ、かっこいいわね」

「猫侍……」

俺の解説にラナが唸り、リカの目が鋭くなった。

緊張感が高まっていく中、〈ニャブシ〉が口を開く。

「グニャア」

「『よく来たニャ』だって」

「あ、カルアは解説しなくていいぞ」

ずっこけそうになった。この見た目で語尾がニャって。

カルアは猫語が分かる疑惑継続中。カルアが通訳役をしようとするのを慌てて止めに入った。

危ない。〈ニャブシ〉のハードボイルドな声がカルアの通訳でほっこりしてしまう。

今通訳されると気が抜けるので解説はやめてもらった。

とりあえずその場で足を止める。これ以上進むと戦闘が始まってしまうからだ。

止まるよう片手を挙げてメンバーに合図を送る。

「さて、決めておいたとおり今回はAチームが行くぞ。Bチームは待機な」

「わかってるわ。頑張ってよゼフィルス！」

「おうよ。じゃあ、俺たちの戦闘をまず見ていてくれ」

ラナの応援に片手を挙げて応える。

10層のボスをチームで狩るか、全員で狩るか相談したところチームでということになった。

難易度的には、全員での方が楽である。

しかしだ、最下層を想定し、チームごとでも良いのでは、ということになった。

くじ引きの結果、Aチームが10層の相手を務めることに決まる。

そのため、Bチームは後方に下がって戦闘には参加しない形だ。

「一応もう一度確認しとくな。Aチームとの戦闘が始まったらBチームは戦闘には参加しないこと。

途中で他のパーティから援護があった場合フィールドボスのHPが全回復してしまうし、ついでにハンディ分のステータスが上昇してやり直しになるからな。くれぐれもボスエリアに入らず、見るだけにしてくれ」

「分かっているわよ。それを悪用してフィールドボスをわざと回復させた場合、校則違反で罰則が与えられることも授業で習ったじゃない！」

「オーケー。覚えているなら問題ないな。じゃ、行ってくるよ」

「行ってらっしゃい！」

「頑張ってね、ゼフィルス君！」

ラナとハンナの応援を背に、Aチームのフィールドボス戦が開始された。

第15話　フィールドボス〈猫侍のニャブシ〉戦！

Aチーム。俺、リカ、カルア、ルル、シェリアが前に出る。

相手は〈猫ダン〉の10層を守護するフィールドボス、〈ニャブシ〉だ。

「〈ニャブシ〉は猫侍というだけあって刀使いの猫だ。二刀流で、リカと同じく防御に秀でている。うかつに攻め込みすぎるとカウンターを食らうから気をつけろ。カルアはヒット&アウェイを意識してくれ」

「ん。わかった。斬ったら逃げる」

「私と同じか。ならば弱点も近いのか？」

戦闘スタイルが近いと聞いてリカが問うてくるのに頷く。

「お、リカはいいところに気が付くな。そのとおりだ。近接攻撃なら連続攻撃が有効だし――」

「遠距離攻撃は非常に有効ということか。なるほど、シェリア」

「任せてください。ヘイトを頼みますよ」

Aチームで遠距離攻撃が得意なのはシェリアだ。

基本的にリカがタンクで防ぎつつ、シェリアが遠距離からダメージを稼ぐ戦術になるだろう。

そう、ここのボスは道中の通常モンスターには遠距離攻撃が相性悪いのに対し、フィールドボスには遠距離攻撃が相性良しという特性を兼ね備えているんだ。近距離系でパーティを組んでいたらボス戦で苦戦するというアンビリーバボー。

中級中位《チュウチュウ》クラスのダンジョンになるとこういう嫌らしさが増えてくるんだ。

「ルルはどうすればいいのです？」

「ルルはデバフでどんどん弱体化していってくれ。今回は攻撃するよりデバフを中心とした戦術で頼む。無理に攻めると反撃を食らうぞ」

「分かったのです！　ルル気をつけるのです！」

要点だけ説明して作戦を伝えると、それぞれが動き出す。

もうみんなボス戦は慣れたものだな。

初手はタンクによるヘイト稼ぎ。

我らが頼れるタンクのリカが前に出る。

「同じ侍同士で刀を交えるのは初めてだ。我が名はリカ！　その道、押し通らせてもらおう！　『名乗り』！」

「グニャウ、ジャッフス！」

「『その意気や良しニャ、我は〈猫侍のニャブシ〉ニャ。来るがいいニャ！』だって」

「頼むカルア、通訳はしないでくれ。力が抜けそうだ」

「ん？」

語尾のニャさえ付いていなければかっこいいセリフなのに、だんだん〈ニャブシ〉のイメージが変わってきたぞ。ゲームではハードボイルドな声に裃姿の立ち絵が超似合うイケ猫だったのに！

「というか本当に話が分かるの？」

「そんな気がする」

「…………」

あれだ。とりあえず〈ニャブシ〉との戦闘に集中しよう。

〈ニャブシ〉が二刀の刀を素早く抜く。

道中の〈チャミセン〉や〈ワイルドニャー〉のような〈魚の骨ソード〉ではなく、ちゃんとした刀だ。かっこいい。猫と刀の組み合わせって、なんか合うんだよな。不思議。

「む、『影武者』！　『刀撃』！」

「グンニャ」

掛かって来いとの言葉通り（？）〈ニャブシ〉は受けの構えを見せる。

リカは基本的に相殺でヘイトを稼ぐため、攻撃してもらえないとヘイトが貯めづらい。

仕方無しにリカは挑発スキルの『影武者』を使いヘイトをさらに稼ぐ。さらに攻撃スキルの『刀撃』で相手の対応を探らんとした。

しかし、〈ニャブシ〉は余裕で刀を振るい、そのスキルを相殺した。

相殺する瞬間、〈ニャブシ〉の刀からスキルエフェクトが漏れていたためリカみたいな防御スキルを使ったものと思われる。完全にリカと同じスタイルだな。

「くっ、まだまだ」

「グニャニャ！」

単発スキルでは防がれるとみて、リカは通常攻撃での手数の多さで攻める作戦に出る。

思うようにヘイトが稼げていないな。さすがにボスは強敵か。

「みんなはヘイトを稼ぎすぎないよう注意してくれ。シェリアはまだユニークを出すなよ」

「分かっています。『精霊召喚』！　『エレメントブースト』！　『エレメントアロー』！」

「ルルはデバフで弱らせるのです！　『ハートチャーム』！　『キュートアイ』！」

「グニャ！　グニャニャ？」

俺が指示を出すとアタッカーが動き出した。

シェリアが召喚したのは〈火精霊〉。猫は火が弱点だ。

さらに『ブースト』の自己バフで火力を大きく上昇させ、『火アロー』で〈ニャブシ〉にダメージを与える。

ルルは攻撃力デバフの『ハートチャーム』や素早さデバフの『キュートアイ』をキュピーンとキメ、〈ニャブシ〉の力を削っていった。

「続く――『フォースソニック』！　離脱する『スルースラッシュ』！」

「回復行くぞ、『オーラヒール』！　そんでもって『ライトニングバースト』だ！」

「グニャ⁉」

カルアが素早い移動からの四連続斬撃スキル『フォースソニック』で側面から切り込み、反撃される前に『スルースラッシュ』で斬りながら立ち去る。

反撃ダメージを負ったリカに回復を送った俺はアタッカーが全員離れたのを見て『ライトニングバースト』を叩き込んだ。

良いダメージが入ったはずだ、一気に攻めていきたいがタンクのヘイトがまだあまり高くないためやりすぎないよう注意が必要だ。

リカは一度タゲが外れると、タゲを取り戻すのが大変なのだ。

その後リカが再び挑発スキルを使ってヘイトを稼ぎ、俺たちがそれを超えないようちょこちょこ攻撃する展開が続く。

〈ニャブシ〉は完全にカウンター狙いだ。攻撃してこないためリカはいつもの戦法が使えずやりづらそうだ。

ヘイトが稼げず、ちょっと焦っているように見える。

そしてそれは気のせいではなかった。〈ニャブシ〉の目がギラリと光ったかと思うと、状況が変化する。

「グニャア！」

「ぐっ、かは！」

「リカ！　『オーラヒール』！」

〈ニャブシ〉のカウンターがリカにクリティカルヒットする。リカの焦った攻撃に合わせ、綺麗にスキルが決まっていた。

〈ニャブシ〉め、狙っていたな⁉

リカが吹き飛ばされ、クリティカルダウンする。まずい！

俺は急いで回復魔法を掛け、リカと〈ニャブシ〉の間に入らんとする。

しかし、それより早く滑り込んだ者がいた。

「リカはやらせない！　『32スターストーム』！」

カルアも同じことを考えていたらしく側面から大技を使い〈ニャブシ〉の行動を妨げようとした。

しかし、その攻撃に反応し〈ニャブシ〉の視線がカルアを捉える。これは、反撃系スキルだ。

〈ニャブシ〉はカウンターを使う関係上、攻撃された時にタゲが近くに居ないとヘイト関係なく襲撃者に一時的にタゲを移すことがあるんだ。

さっきカルアにも説明しておいたが、リカをフォローすることで頭がいっぱいのようだ。まずいぞ。

「カルア『回避ダッシュ』だ！　逃げろ！」

「ん！」

「グニャア！」

「んきゅ⁉」

さらにカウンター。

カルアの『32スターストーム』は両手の短剣による攻撃後に30回の斬撃が一瞬で叩き込まれる強力

なスキル。計32連続攻撃だ。

ただ、最初だけは相手に斬りつけなければならなかった。そして〈ニャブシ〉はカウンター特化ボスだ。カルアの攻撃にカウンターを合わせてきた。

カルアのスキルが発動し飛び掛かったところで、目に見えないほどの一閃が放たれ、カルアが大きなダメージを負って吹っ飛ばされた。リーチの差がカルアより先に〈ニャブジ〉の攻撃を当てさせたのだ。

「カルア！『エリアヒーリング』！回復しきるまで待機しろ！」

カルアのＨＰが吹っ飛び一気に３分の１にまで減少する。

あ、あぶな。

ルルの攻撃力デバフとカルアの新装備が無かったら一撃でやられていたかもしれない。新しい装備をオークションで買ってよかった。サンクスマリー先輩！

すぐにエリア回復魔法を放ち、カルアを回復する。

「ルル、攻撃力を下げてくれ！シェリア！」

「分かっています。『精霊召喚』！『エレメントリース』！」

「任せてなのです！『ハートチャーム』！『チャームソード』！」

「『ガードラッシュ』！」

指示を出し、俺はダウン中のリカにアタックをかけようとする〈ニャブシ〉に立ちはだかった。

シェリアが『精霊召喚』で〈氷精霊〉を召喚し、『エレメントリース』によって俺に貸し出してくれる。〈氷精霊〉はＶＩＴを上昇の効果があり、俺のＶＩＴが３割も上昇した。

さらにルルが攻撃力デバフスキルを使い、〈ニャブシ〉を弱体化してくれる。

そこで俺は『ガードラッシュ』を発動。これは防御しながら三連撃を放てるスキル。

対カウンターに非常に有効なスキルである。

「おりゃあ！」

「ニャフシ⁉」

「効かん効かん！　効かんわー！」

盾を構えて剣を振るう。

そのたびに相殺、もしくはカウンターが飛んでくるが、これだけ備えた俺のダメージは微々たるものだ。勇者にカウンターを決めようなんて100年早い！

スキルが終わる。

「グニャア！」

「まだまだ！　『ライトニングバースト』！　『シャインライトニング』！」

魔法攻撃で追撃！　バックステップで距離をとれば〈ニャブシ〉のカウンターは届かない。

しかし、通じないと判断したのか〈ニャブシ〉はカウンター戦法を捨て、攻撃に転じて俺に迫った。

「おお⁉　『ディフェンス』！」

「ヌフシ！」

〈ニャブシ〉のスキル、『クロス猫カッシュ』。二刀のバッテン斬りを慌てて盾を構えて防御する。

これは成功。

しかし、続く二撃目、『武士猫上段斬り』の構えを見せる〈ニャブシ〉。

うおおお！　防御スキルはもう使い切った！　緊急回避だ！

だがその時、俺が『ソニックソード』を使おうとしたところで後ろから頼もしい声が届いた。

「ゼフィルス、替わってくれ。ここで決める！」

「任せた！　『ソニックソード』！」

「ユニークスキル『双・燕桜』！」

〈ニャブシ〉から放たれた『武士猫上段斬り』、上からの力強い一撃を、ジャストタイミングでスイッチしたリカが完璧にそれに合わせてユニークスキルを決めた。

「ガフッ⁉」

「大チャンス！」

リカの『双・燕桜』によって攻撃を跳ね返され大ダメージを負い、さらに特大ノックバックを食らって刀を振り上げたポーズで固まる〈ニャブシ〉。

ここだ、ここで攻めるぞ！

「ユニーク食らえ！『勇者の剣《ブレイブスラァアッシュ》』！」

ズドンッと強烈な一撃が入った。ノックバック中の〈ニャブシ〉をバッサリと斬り、ノックバックダウンを奪い取る。

「よっし、全員総攻撃だーー！」

「行くのです！　『ジャスティスヒーローソード』！　『ヒーロースペシャルインパクト』！　『セイクリッドエクスプロード』！　『ロリータオブヒーロー・スマッシュ』！」

「『古式精霊術』！　『大精霊降臨』！　お願いします『イグニス』！」

「倍返しする。『鱗剝ぎ』！　『デルタストリーム』！　『スターブーストトルネード』！　『スターバースト・レインエッジ』！　『二刀山猫斬り』！」

「先ほどのお返しだ！　『飛鳥落とし』！　『焔斬り』！　『雷閃斬り』！　『凍砕斬』！　『光一閃』！

『闇払い』！」

「グニャッフ⁉」

「行くぜ『勇気《ブレイブハート》』！　『ハヤブサストライク』！　『ライトニングスラッシュ』！　おりゃーー‼」

5人がアタッカーとなりダウン中の〈ニャブシ〉に総攻撃を打ち込んだ。

こりゃかなりのダメージが入ったな。

そこからは流れが完全にこちら側になり、先ほどの鬱憤を晴らすかのように一方的な展開となった。

何が起こったのか、リカがカウンターに合わせて防御スキルを発動できるようになったのが大きかったな。リカ、ボス戦で急激な成長を見せやがったぞ。マジか。カウンターに相殺を合わせるってどうやってるんだろう？

しかし、リカがヘイトを稼げれば遠距離からバンバン攻撃が仕掛けられる。シェリアの攻撃が光る！

〈ニャブシ〉も遠距離魔法を刀一本で相殺したりと健闘していたが、最後は押し勝った。

「フ、グニャァ」

「『ふ、やるじゃねぇかニャ』だって」

「ニャはいらないんだよなぁ！」

最後にフッと笑ってそう告げると、〈ニャブシ〉は膨大なエフェクトの海に沈んで消えた。

残されたのは大量のボスドロップと、銀色に輝く宝箱だった。〈銀箱〉だな。

「〈銀箱〉開けたい人～？」

「「「はーい！」」」

「ハンナはともかくなんでBチームのラナが手を挙げてんだ！」

「ノリよノリ！　宝箱と聞いてつい手が挙がったのよ」

「ノリか！」

ノリなら仕方ない。

フィールドボス〈猫侍のニャブシ〉との戦闘後、ドロップしたのは〈銀箱〉だった。

〈木箱〉じゃないだけ当たりだな。

しかし、フィールドボスは周回できない。周回できないので今日宝箱を開けることができる人数は限られる。悩ましい。

いつも通り、まずは立候補を募ることにしたわけだが。

そこでなぜか戦闘に参加していないラナとハンナまで手を挙げよった。

ハンナは採取と錬金で貢献しているので候補には入るかもしれないが、ラナはもちろん対象外である。開けるのは自分で倒したボスの箱にしなさい。

まあ、ラナも分かっている。仲間に入りたかっただけみたいなのですぐ引いた。

うん、ノリって大事だよな。

宝箱は人のテンションを上げ上げにするのだ!!

「それで今回は誰が開けるの？　ハンナにもチャンスはあげてよね」

「ゼフィルス君、私最近、宝箱全然開けてないの！」

「なんか迫力あるなハンナ⁉」

ハンナが声を張る。

宝箱に魅了された人がここにも！

いや、禁断症状の類いかも？

だが、そう簡単に宝箱を譲るわけにはいかない。

「いやしかしだ、待ってほしい。事は高度な問題だ。だって宝箱だぞ？　宝箱なんだぞ？　俺たちがボスを倒し、苦労の末に手に入れた宝箱だ。これを開けるのはやはりAチームであるべきかもしれないぞ？」

別に苦労はしていない。ボス戦楽しかった。

でもそんなことは曖《おくび》にも出さずそう言いきる。

俺だって宝箱を開けたい！　しかも初めての中級中位ダンジョン宝箱である。記念だ！

これはそう簡単には譲れないだろう。

「ゼフィルス君、私は？」

「…………ふぅ」

「ねえ、答えてよゼフィルス君？」

やばい。ハンナの目が徐々に据わっていく⁉

何か、何か考えなくては！

ハンナは戦闘班チームに入っていない。

〈『ゲスト』の腕輪〉を着けた採取錬金担当だ。

つまりボス戦は不可能。〈『ゲスト』の腕輪〉が壊れるからな。

ということはどうあっても宝箱にありつけないということを意味している。

それではハンナが納得しないだろう。それに〈エデン〉らしくない。

〈エデン〉では『楽しめ』をモットーに宝箱は皆で開けようと決めている。

宝箱回が一番楽しいからな。

ということで、どこかでハンナにも宝箱を開けさせてあげたい。

ああ、宝箱が1つしかないとか罪深い。

どうするか……。

「あ、じゃあ隠し扉や行き止まりの宝箱はどうだ？　アレならハンナを優先できるぞ？」

「あ、それはいいかも」

おお、剣呑なハンナの雰囲気が霧散したぞ。

よし、これからハンナが一緒の時はなるべく宝箱が湧きやすい行き止まりもチェックしておこう。

〈金箱〉はほとんど出ないけど、そこは了承してもらおう。

それと隠し扉のチェックも多めに取るか。次の隠し扉はどこだっけ。

さて、とりあえず問題が片付いたところで本題だ。

「Aチームで〈銀箱〉開けたい人～？」

「ルルです！　ルルが開けたいのです！　シェリアお姉ちゃんと！」

「ん、だったら一緒にリカと開けたい」

〈エデン〉は平等がモットー、再び開けたい人を募ると2人ヒットした。

ルルとカルアだ。

ルルはシェリアと、カルアはリカと、それぞれ共同作業で開けたいと申し出てくれる。と、尊い。

ラナとハンナにも見習ってほしい。

さっきの問題、ハンナと俺で一緒に宝箱を開ければ解決したんじゃと一瞬だけ考えが過《よ》ぎったが、きっと気のせいだろう。

シエラがあなたも見習うべきじゃないかしら的なジト目を送ってきている気がするが、これも気のせいに違いない。

結局じゃんけんで決めることになったが、ここでまさかの超展開が起こった。

代表でルル、カルア、俺が前に出たが、まさかの俺が敗北。

一撃だった。

あ、ああ、あああ、あそこでチョキを出していれば！

そして勝った2人だが、ここでルールを変更。

ルルとシェリア、カルアとリカのチームで勝ち抜きじゃんけんで決めることとなった。

先鋒はルルとカルア。

いつもほんわかしている2人だが、今回は真剣度が違う。

「シェリアお姉ちゃんと宝箱を開けたいのです。勝たせてもらうのですよ！」

「ん。負けない！」

なんか不思議な展開になった。

さすが宝箱争奪戦だ。ノリがすごい。

この2人がこんなに勝ちに拘るとは。

それぞれの後ろに構えるシェリアとリカが顔を赤くして照れている。

と、尊い。

「「じゃんけん～～！」」

そしてとうとう始まったじゃんけん。

勝負の展開は⁉

「「ポイッ！」」

ルルがチョキ、カルアがグー。

結果、カルアの勝ち。

「しぇ、シェリアお姉ちゃーん！」

「よしよし。ルルはよく頑張りました。お姉ちゃんがなでなでしてあげます」

「負けちゃったのですー」

じゃんけんに負けたルルがシェリアの胸に飛び込んだ。

それをだらしなく顔を緩ませたシェリアがいい子いい子して慰めている。

なんだこの光景は。す、凄く尊いぞ！　す、スクショはないのか⁉

「ぶい。勝った」

「あ、ああ。さすがはカルアだ。その、次も頑張れ」

「ん。次も勝つ」

勝ったチームではカルアが珍しく勝利のブイをしていた。記念に1枚とりたい。

リカも照れながら応援して送り出していた。

さて、唐突に始まったじゃんけん勝ち抜き戦。先鋒ルルが負け、大将シェリアが前に出る。

「ルルの敵《かたき》はお姉ちゃんが取ります」

「ん。これで宝はこっちの物」

「勝った気でいるのは早いですよ。お姉ちゃんパワーを見せてあげます」

「ん。楽しみ」

ただのじゃんけんなのにこの場違いな雰囲気はなんだろうか？　へたをすればボス戦より真剣だ。

いや、宝争奪戦だからこれが普通なのか？　よく分からなくなってきたぜ。

あと、シェリアが何故かルルのお姉ちゃんという言葉を強調している。

なるほど、これで勝てばお姉ちゃんとしての地位は盤石《ばんじゃく》か？　ルルのお姉ちゃんポジションを本気で攫いに来たか？

ちょっと羨ましいと思うのは内緒。

「行きますよ」

「ん」

「「じゃんけん～～ポイッ!!」」

シェリアがパー、カルアがチョキ。

結果、カルアの勝ち。

「かひゅん」

「シェ、シェリアお姉ちゃんしっかりー⁉」

「ごめんなさいルル……、お姉ちゃん力不足でした……」

「ううん、大丈夫なのです。ルル我慢できるのですよ」

「ああ、ルル～！」

シェリアの野望破れる。

多分、欲を出しすぎたせいだ。世の中欲深いものが負ける。ゲームでは常識。

しかし、ルルとの仲は深まったようだ。シェリアが感極まってルルをヒシッと抱きしめている。

うん、めでたしめでたし？

「リカ、勝った」

「すごいなカルアは」

「うん、リカと開けたかったから」

「そ、そうか。うん。楽しみだな」

「ん。開けに行こう？」

「そうだな」

勝ったカルアとリカ。

カルアのナチュラルなセリフにリカが照れている光景が微笑ましい。

そのまま2人は〈銀箱〉の前に腰を下ろした。

右側をカルアが持ち、左側をリカが支えて。視線を合わせた後、阿吽の呼吸で宝箱を開く。

「「せーの」」

それをメンバー全員でそーっと覗き込む。

宝箱を開ける瞬間はいつもドキドキするな。

できれば俺が開けたかったが、そこだけは残念。

「これは、足袋《たび》？」

「と、下駄《げた》？」

リカとカルアが取り出したのは、白一色で神社の人が履いていそうな神聖なイメージを抱かせる足袋と、水色を基調とし白猫の絵が描かれた下駄だった。

そして全員の視線が俺に向く。それは、『これは何？』と聞いているかのようだ。

ふふふ、お答えしよう。

「それは、〈猫球の足袋〉だな。下駄をひっくり返してみ？」

「ん。猫の、肉球？」

言われてカルアが下駄をひっくり返すと、現れたのはピンク色の猫の肉球の絵だった。

「そ。猫の肉球の足袋下駄だから〈猫球の足袋〉。装備すると足音を消し、気配を隠せる効果がある足装備だな。ちなみに足袋と下駄はセットで1つの装備品だ」

・足装備　〈猫球の足袋〉
〈防御力27、魔防力16、雷属性耐性10％上昇、火属性耐性10％低下〉

〈『猫の足Lv４』『ＨＰ＋40』〉

初めて属性弱点を持つ装備が出たな。

雷属性を受けるとダメージを10％カットしてくれるが、火属性で攻撃を受けるとダメージが10％上がってしまう。火属性を使う敵には注意が必要だ。しかし、雷属性しか出てこないダンジョンなら活躍が見込めるだろう。

スキル『猫の足』は斥候系が持っている『忍び足』などと同じ効果で、歩いても音が鳴らず気配を察知されにくい効果がある。

ＨＰが40も上昇するのも地味に心強い。

そうみんなに説明すると、リカが困った顔をした。

「気配が消えてしまうのは困るな。私は装備できなさそうだ」

リカはタンクだからな。逆に注目を集めなくちゃいけないポジションだ。

「ん、肉球可愛い……でも〈爆速スターブーツ〉があるから無理。残念」

カルアの足装備は〈金箱〉産。

非常に強力な装備なので交換するに見合わない。

そのためカルアも装備はしないようだ。

話し合いの結果、これはハンナが装備することに決まる。

敵に気がつかれず採取したいハンナにぴったりだろう。あとＨＰも上がるのがかなり良い。

そのまま俺たちは、今日の目標地点たる20層へ進むのだった。

第16話　はっちゃけていたらブリザード到来。1日目終了。

10層で守護型フィールドボス〈猫侍のニャブシ〉を倒し、〈銀箱〉を開けたら猫系の可愛い足袋が入っていた。いい装備で満足ではあるが、しかし刀も欲しいなとも思う。

〈ニャブシ〉は刀や侍系の防具を落とすので〈金箱〉が落ちればリカかパメラの戦力アップになっただろう。

やはり周回できないというのが少し辛いな。しかし手はある。

その後、10層の転移陣を起動し、メンバー全員を登録した。これでこの11人のメンバーは10層までショートカットができるようになった。

ダンジョンでは最奥へのショートカットは無いが、フィールドボスまでのショートカットはある。

今度から時間があるときに〈ニャブシ〉狩りに来よう。〈金箱〉が出てリカやパメラの装備が調うまで狩りまくるのだ。ふはは！

最奥ボスは周回できるのが強みだが、最後のショートカット転移陣から10層降りなくちゃいけないのがわりと手間だ。

その点フィールドボスは転移陣の近くにいるので、サッと行ってサッと倒して帰ってくることが可能。ちょっとした時間に一狩《ひとか》り行こうぜが便利な存在。それがフィールドボス。

ゲーム時代もほんの少しの余った時間は一狩りに励んでいたっけ。〈ニャブシ〉狩りもよくやった。

〈ダン活〉で刀ドロップは結構珍しいので〈ニャブシ〉狩りはオススメです。

さて、11層から20層は猫型モンスターが2体登場するようになる。

いや、正確には1体と1体が登場するようになる、だな。

どういうことかというと、道を歩けばまず1体の猫が現れる。

そしてその猫と戦闘中、もう1体の猫が現れるようになるのだ。

つまり援軍。

これが中々厳しい手で、戦闘中に真後ろに登場された日にはヒーラーがやられて全滅もあり得るのだ。一本道だから挟まれたら逃げ場が無い。

しかし、そこはちゃんと対策を練ってある。

俺たちは2チームいるのだ。

「こっちの〈ワイルドニャー〉は任せて。こっちに来なさい『挑発』！」

「援護は任せなさい！『獅子の加護』！」

「おう。そっちは任せた！――――俺たちAチームは〈チャミセン〉を狩るぞ！」

「はいなのです！　とう！『ローリングソード』！」

案の定、Aチームが〈チャミセン〉と戦っていると後ろから〈ワイルドニャー〉が現れた。

しかし、問題ない。

すぐに後方にいたシエラが〈ワイルドニャー〉を挑発し引き離す。

これにより1チーム1体を相手にするという構図に持っていったのだ。

こうなれば上層と変わらない。

俺たちは問題なくモンスターを倒したのだった。

戦闘終了後、シエラと打ち合わせを行なう。

「中級中位ダンジョンは思った以上に手強いわね。モンスターがこんな戦術をしてくるなんて」

「ま、中級下位《チュカ》はまだ初級から上がりたてという感じが強かったからな。中級ダンジョンの本番はここ、中級中位《チュウチュウ》からなんだよ。とはいえ〈猫ダン〉はその中でも上位のダンジョンだけどな」

「なるほどね。どおりでガラリと変わるわけだわ。2チームで挑んだのも難易度が高いからかしら?」

「だな。1パーティでも攻略できることはできるけど。〈猫ダン〉はできれば2パーティ推奨だ。モンスターが普通に手強い」

「そうね。そういえば1層では上級生をたくさん見かけたけれど、降りてからは遭遇しなくなったわね」

「1層は動物園だったからな。いや猫の園《その》と言ったほうが正しいのか？　まあ1体ならなんとかなるが11層からは上級生でも厳しいだろうしな」

〈ジュラパ〉みたいなものだろう。

〈ジュラパ〉と違い人気のダンジョンのようだが、攻略には不人気のダンジョンでもある不思議。

あの1層で見かけた上級生たちは何しに来ていたのだろうか……。

聞いたら普通に「癒されに来ました！」とか言われそう。いや、そんな〈ダン活〉もいいのかもしれない。

そんなことを考えつつシエラと話していたら、カルアが音も無く近くに来た。

「ゼフィルス、報告がある」

「ビックリした！　なんだ？　どうした？」

「金色に光っているモンスターを発見した」

「すぐ行こう」

それはレアモンスター発見の報告だった。マジか！

カルアの報告にキリッとして答え、静かに、しかし足早に向かう。

他のメンバーも一瞬で静かになり私語を謹んでカルアの後についていった。

なお、今後はみんな小声で話しています。

「あ、カルア」

「ん、みんな連れて来た」

レアモンスターを見張っていたのはラナだった。

後で聞いたがどうやらラナが第一発見者らしい。またかよ！

ラナにはレアモンスター発見のセンサーでも付いているのではないかと疑いそうになるぞ。

「モンスターはあそこよ」

「おおお、マジで〈ゴールデンニャーニャー〉だぁ」

道のカーブの終わる付近。

ラナが指差す先にいたのは靴下模様で身体から金色の光を放っている猫だった。

間違いない。猫型レアモンスター〈ゴールデンニャーニャー〉だ。

こ、これは逃せない！

ここが直線じゃないことが幸いだったな。

ここはカーブの前ということで、俺たちは死角になっており〈ゴールデンニャーニャー〉はこちらに気が付いていないようだ。

〈エデン〉メンバーの女子たちが私たちにも見せてと熱い視線を送ってくるのでとりあえず順番にそっと眺めることを許可し、その間に作戦会議を行なう。

「どうするの？」

「当然狩る」

シエラの問いに俺は力強く答えた。むしろ狩る以外の選択肢は無い。

「違うわよ。どうやって狩るかの話よ」

あ、ごめんなさい。愚問だった。そうだよな。どうやって狩るかの話だよな。

道中可愛くて狩れないの声が大きかったのでつい。

「ゼフィルス君、私がやる？」

「いや、ハンナはやっちゃダメだろう」

ハンナが〈筒砲：スピアー〉を片手にやってきた。残念だけどハンナは攻撃に参加できないぞ。

〈『ゲスト』の腕輪〉壊れちゃうから。気持ちだけ貰っておくな。

大丈夫だ。ちゃんとやり方はある。むしろあれを試すチャンスだ。

「パメラ、カルア。ちょっと来てくれ」

「私デスか？」

「ん？」

俺は小声でパメラとカルアを呼びだした。

今回の鍵はパメラだ。絶対成功してもらいたい。

レアモンスターの時に呼ばれたことを不思議そうにするパメラとやる気なカルアに作戦を説明する。

「どうだ？　できそうか？」

「ぶっつけ本番なのでわからないデス。でも全力を尽くすデース」

「ん。できる。頑張る」

作戦を伝え終えるとパメラが悩ましそうな表情をして言う。そりゃ初めての試みだからな、仕方ない。

実は倒すだけならカルア単身の方が成功率は高い。ユニークスキルで飛んでいってズバンと斬って終わるだろう。

しかし、今回はパメラにトドメ役を頼んだ。それはパメラが装備している、とある武器の能力があるからだ。これはたとえ成功率が下がっても、パメラにトドメ役をしてもらう価値がある。

パメラとカルアは別チームなので〈ゴールデンニャニャー〉のステータスがハンディで一部上がってしまうだろうが、それでもパメラに倒してもらいたかった。

「大丈夫だ。パメラとカルアならやれる。俺を信じろ」

「分かったデス！」

「ん。頑張る」

「ゼフィルス君、絶対欲望に忠実に動いている気がする……」

パメラとカルアに気合を入れて送り出す。

ハンナが何か言っていた気がするが、きっと気のせいだろう。

メンバーは一旦全員下がり、前へ出るのはパメラとカルアだけになる。

2人はそっとカーブの死角から目標を見た。

「まだいるデスね」

「ん。日向ぼっこしてる。羨ましい」

「注目するとこそこデスか？」

「ん。でも日向ぼっこは諸刃《もろは》。寝返りを打ったときが奴の最期」

「おお。なんだかよく分からないけど分かったデス。タイミングは任せるデス！」

「ん。行く！」

「え、もうデス？」

「ユニークスキル『ナンバーワン・ソニックスター』！」

全員が見守る中、カルアのユニークが発動したと思ったらその場からパメラと共に一瞬で消える。

『ナンバーワン・ソニックスター』は超速移動スキル。

まるで瞬間移動したように一瞬で離脱することが可能なスキルだ。

そしてこのスキルLv5の時、同乗者1名まで持ち運びが可能でもある。

今回、カルアにはパメラの運搬を頼んだのだ。

そして〈ゴールデンニャーニャー〉が寝返りを打ち、こちらに背を見せた瞬間、カルアの目がキランと光りユニークを発動。

一瞬でパメラと共に〈ゴールデンニャーニャー〉の真後ろに現れる。完璧なタイミング、完璧なポジションだった。

〈ゴールデンニャーニャー〉が慌てたように気が付くが、もう遅い。

「討ち取ったりーデース！『一刀両断』デース！」

「クニャー!?」

パメラの〈三ツリ〉スキルが炸裂。

これが見事に〈ゴールデンニャーニャー〉に直撃した。

レアモンスターはたとえハンディでHPが上がっても微々たるもの。

一瞬でそのHPをゼロにし、金色のエフェクトに沈んで消えた。

そしてその後には2つのドロップが落ちていた。

パメラの武器は例のエクストラダンジョン〈食材と畜産ダンジョン〉のレアボスからドロップした〈金箱〉産装備、〈解体大刀《かいたいだいとう》〉。

その能力は、『動物型通常モンスターのドロップ2倍』である。

そしてレアモンスターも、通常モンスター枠なのだ。

「よっしゃー！　さっすがだぜ！」

ドロップを2つ確認した瞬間、俺は飛び上がって喜びそのままカルアとパメラの下へ突撃した。

「おおお！　さすがドロップ2倍！　ドロップ2倍さすが！　〈金猫《きんねこ》の小判《こばん》〉2つドロップだー！

ハンパねーぞ!!」

ドロップしていたのは〈金猫《きんねこ》の小判《こばん》〉。

レアモンスターからのドロップの中でも非常に価値が高い一品で、〈幸猫様〉の能力によく似ている幸運系の装備品である。

・アクセサリー装備　〈金猫《きんねこ》の小判《こばん》〉

〈防御力0、魔防力0〉

〈『金箱ドロップ率アップLv1』『ボス素材ドロップ量増加Lv1』〉


もうとんでもない能力である。

さすがは猫。幸運を撒き散らしている。ふふふ、あやかってしまったぜ。

俺がなぜこのダンジョンを中級中位《チュウチュウ》で初めて挑戦するダンジョンに決めたのか、その決定的な理由が幸運の猫系ドロップにあった。

その1つがこの〈金猫《きんねこ》の小判《こばん》〉である。

ゲーム〈ダン活〉では、〈猫ダン〉は別名こう呼ばれていた。

〈幸猫様ウハウハダンジョン〉と。

なんとこの〈猫ダン〉、実は〈幸猫様〉のドロップ率が他のダンジョンより高いのである。

ゲーム〈ダン活〉時代、〈幸猫様〉を求めて〈ダン活〉プレイヤーたちは足繁《あししげ》く〈猫ダン〉に通ったものだ。

そしてレアモンスターからはこの〈金猫《きんねこ》の小判《こばん》〉までドロップする。他にも良ドロップがゴロゴロだ。〈幸猫様〉を持っていても〈ダン活〉プレイヤーたちは足繁く通ったものだ。

〈金猫《きんねこ》の小判《こばん》〉の能力は〈金箱〉率アップとボスドロップ量増加。

もう完全にボスを想定して作られた装備品である。

これを装備したキャラが1人でもいれば発動、装備枠を1つ潰してしまう欠点はあるが、その効果は欠点を上回って余りある。

同じ装備で重複できないのが残念だが、これで〈金箱〉やボスのドロップが大きく増えるのだ。後で〈スキル強化玉〉でLv10まで育ててやる！　そうすれば……ふはは！　ふはははははは！

素晴らしすぎる！

これは〈幸猫様〉のお導きなのだろうか。きっとそうに違いない。

後で美味しいお肉をお供えしなければ!!

「ちょっとゼフィルス、落ち着いて。落ち着きなさい！」

「ゼフィルス何やってんのよ！　パメラとカルアから離れなさい！」

「ゼフィルス君目を覚まして！」

「んお!?」

突如としてマックスを振り切ったテンションが呼び戻される。

目が覚めたという表現が正しいだろうか、俺は今まで正気を失っていたようだ。

そして気がつけば目の前に少し頬を染めてニヤけているパメラと無表情のカルアがいた。俺に密着する形で。

見ればなぜか俺の手が2人の腰に回されている。左手がパメラを、右手がカルアを抱きしめていた。

あれ？　これはいったい？

「ゼフィルス、早急にその手を離し、その場から離れなさい」

「いつまでダンスを踊ってるのよ！　そ、そういうのは私を誘いなさいよ！」

「ゼフィルス君、めっ、だよ！」

シエラ、ラナ、ハンナが猛抗議していた。

そして状況把握。

俺はどうやら嬉しさのあまり、パメラとカルアと共にクルクル踊っていたらしい。

完全に無意識だった。

いや、だって〈金猫《きんねこ》の小判《こばん》〉2つだぜ？　仕方ないって！

そんな言い訳が通用しなさそうな雰囲気である。

俺はその場に正座させられた。

「まったく、あなたは。はっちゃけるのも大概にしなさい」

「はい。……すみませんでした」

おかしいな。今さっきまで天国に昇りそうなとてもハッピーな気分だったのに、なんで俺は地面に正座してシエラから説教を受けているのだろうか？　地面が冷たいです。

　これが天国と地獄？

「いい？　女の子の腰に気安く手を回してはいけないわ。いけないのよ？　それもあんなに密着して……。ダンスに誘うにしても強制はいけないわ。ちゃんと同意を得てからよ。女の子だって困るの、分かる？」

「あ、私は別にイヤじゃなかったデースよ？」

「パメラは黙っていてくれるかしら？　今この人に常識を説いているの」

「ハイデース。すみませんでしたデース」

恐ろしい。一瞬ブリザードな視線を浴びたパメラはそそくさと退散した。

置いていかないでー。

シエラのお説教は10分も続いた。

その間、俺以外のメンバーは〈金猫《きんねこ》の小判《こばん》〉に夢中だ。触ったり装備したり、キャーキャー言っている。俺もその中に交ざりたい。

「聞いているのかしらゼフィルス？」

「はい。聞いています！」

シエラからのお説教からは逃げられない。

なんとか真剣な表情でシエラのお説教を受けきり、足の痺れがやばいことになりそうなところで、俺はようやく解放されたのだった。

道中〈金猫《きんねこ》の小判《こばん》〉の説明をして、Aチームでは俺が、Bチームではラナが装備することになり、一行は無事、20層に到達したのだった。

ボス戦開始！


「これで終わりよ！　『聖光の耀剣』！」

「グニャ!?　グ……ニャ……」

「やったわ！」

ラナの『聖光の耀剣』がズドンと突き刺さり、20層フィールドボス〈波猫のウミニャ〉がエフェクトの海に沈んで消える。

Bチームが単独でフィールドボスを倒したのだ。

ラナたちがハイタッチを交わして勝利を喜んでいた。

俺たちAチームは側で見学中だ。

ボス戦が終わったようなのでBチームの下へ向かう。

「お疲れ様。見事な勝利だったよ」

「ふふん、でしょ？」

おお、ラナがドヤッている。

今回ラナは大活躍だったからな。今回の〈波猫のウミニャ〉も魔法が弱点だったんだ。

それに、道中攻撃魔法が小さい猫に当たらず、ずっと攻撃魔法をズドンと決められずに不満を重ねていたラナだったが、今回の戦闘では魔法のオンパレードを決めスッキリした様子だった。

シエラも話に加わる。

「強敵だったけれど、ゼフィルス抜きで倒せたわ。この先もなんとかなりそうかしら」

「そうだな。シエラはいつも通り素晴らしいタンクだったよ。その調子なら中級はまず問題無いだろうな」

「シエラさんお疲れ様です。お水をどうぞ」

「ありがと」

今回、Bチームは単独で中級中位ダンジョン20層のボス戦に挑んだ。

俺たち〈エデン〉にとって最前線に当たるボスを、俺抜きのパーティで挑んだのだ。

これは、何気に初めての経験である。

最前線のボスを相手にする時はまず俺が参加していたからな。シエラは口には出さないが緊張していたようだ。俺を頼りにしてもらえているようでちょっと嬉しい。

しかし、見ている限りシエラのタンクは非常に安定していて隙が無い。

たとえ初見のボスでも堅実に盾をしており、中級下位《チュカ》を攻略していた時よりさらに腕を上げていた。

「シエラ、上手くできてたぞ。不安にならなくても大丈夫だ」

補助班のハンナから水筒も受け取り、やっと落ち着いたようだ。

ハンナが他のBチームメンバーにも水を持っていくと空気が落ち着いてくる。

戦勝ムードが一段落したところで、お待ちかねの宝箱だ。

「〈銀箱〉ですね」

「なによ。〈小判〉持ってるのに〈金箱〉じゃないわよ?」

エステルの声に反応し、ラナが俺に振り返って言う。

「まだ〈小判〉は未強化状態だからな。今日のダンジョンはこれで終わりだから明日までに強化しておくよ」

〈小判〉の初期能力は〈スキルLv1〉だからな。〈金箱〉が出る確率はほんの少ししか上がらない。早く強化したいぜ。今こそ貯めに貯めた〈スキル強化玉〉を使う時だ。

「でもボスの素材ドロップは増えてるわよ」

「あ、本当ですね。これが〈小判〉の能力ですか」

シエラが指摘したとおりボスの素材は運良く1個多めにドロップしていた。

エステルが感心した様に言って回収する。

ちょっと反応が薄いのは道中パメラの装備品〈解体大刀《かいたいだいとう》〉によってたまに起こるドロップ2倍の光景を見てきたからだろう。

Bチームでは道中のモンスターはパメラが積極的にトドメを刺していた。トドメを〈解体大刀《かいたいだいとう》〉で斬らなくてはドロップ2倍効果が現れない。

ちょっと不便だが、〈解体大刀《かいたいだいとう》〉には『動物キラーLv5』も付いている、動物型モンスターに特効を持つのでそんなに苦でもないようだ。トドメは刺しやすいらしい。

全員で〈銀箱〉の前に集まり、じゃんけんで勝利したラナが開けるのを見守った。

「それじゃあ開けるわね！　………………何かしらこれ？」

宝箱から出てきたのは、見た目が完全に猫じゃらしだった。

ただしピンク色の。ペットショップなんかに売っているような猫じゃらしの玩具だ。

「ゼフィルス、これなにかしら？」

「テイム専用アイテムだな。名称〈匠《たくみ》の猫じゃらし〉。【魔獣使い】系の職業《ジョブ》持ちなんかが猫型モンスターをテイムする時、成功率を大幅アップするレアアイテムだ。結構出にくい方のアイテムなんだけどな」

これも猫型幸運系アイテムの1つだ。〈猫ダンジョン〉は確率上昇系が出やすい。

また、猫型モンスターは非常に強い。

単体モンスターだからな。能力値は普通のモンスターより非常に高い。

だが、それだけにテイムの成功確率は他のモンスターよりかなり悪かった。かなりというか、普通にテイムしようとしても99%失敗するレベル。

テイムするためには〈匠の猫じゃらし〉のような確率上昇アイテムは必須だった。

そう説明すると、皆は感心したようにラナが持つ猫じゃらしを見つめる。

エステルだけが「テイム……」とぼそっと言っているのが妙に気になった。ダメだぞ？

「さて、もう日が暮れる時間だ。今日はここまでだな」

「そうね。なんとか予定通り20層までたどり着けたわね」

「1層で猫の園鑑賞会になった時はヒヤッとしたけどな」

俺が切り上げ宣言をすると、シエラがなんとかなったわと言わんばかりにため息を吐いた。ほんと、俺も間に合うかとヒヤヒヤしたぜ。場合によっちゃエステルの馬車でピストン運行も考えていたが、日暮れまでに目標の20層に到達できて良かったよ。

20層のショートカット転移陣を起動し、みんなで帰還する。

最後に、ラナからこんな提案があった。

「ねえ。この猫じゃらし、エステルが欲しがっているようなのよ。渡しても良いかしら？」

「……ダメ」

「なら、私が預かっておこう」

「ああ。頼めるかリカ？　エステルには渡しちゃダメだ。これは1度使ったら消滅しちゃう消耗品だからな」

「うむ。任された。これは厳重に保管しておく」

〈匠の猫じゃらし〉をエステルに渡すと、なんか危険な匂いを感じ取ったのでリカに預けることにした。これをエステルに渡すとうっかりSPをテイムスキルに振りかねない。

テイムスキルを持たない【姫侍】のリカに渡しておく方が良いだろう。これで良し。

その後、ショートカット転移陣で帰還して寡黙な先輩もといガント先輩の下を訪ね、〈金猫《きんねこ》の小《こ》判《ばん》〉2つとも〈スキル強化玉〉でフル強化してもらい、その日を終えたのだった。

今まで〈銀箱〉でコツコツ稼いでいたので〈スキル強化玉〉はまだまだ残ってる。また〈ゴールデンニャンニャー〉出ないかなぁ～。

第17話　2日で〈猫ダン〉も後半に突入。40層まで突き進め！

〈猫ダン〉に挑戦した翌朝、今日も1日ダンジョンだ！

朝から気合いを入れて11人のメンバーで〈猫ダン〉再入場。

今日は最奥を攻略する予定だ。

1層は朝早くだというのに多くの上級生の姿が多く見られる。皆女子だ。

猫の園に行きたそうなメンバーを抑えて転移陣に乗り、まずは10層にショートカットする。

なぜ10層かって？　もちろん〈ニャブシ〉狩りのためだ。

日が変わればフィールドボスが復活する。〈猫侍のニャブシ〉も復活しているので、武器、防具の〈金箱〉狙いでガンガン狩っていこうというのが狙いだ。

今回はBチームで〈ニャブシ〉に挑戦し、10分程度で決着が付いた。

「グニャア……」

「ふふん！　朝のウォーミングアップにはちょうど良かったわ！」

なんかラナが手を腰に当てて大物ぶっている。

いや実際大物だったな。

今回も遠距離攻撃のラナが大活躍だった。さすがである。

「フ、グニャア」

「『フ、また来いニャ』だって」

「だから通訳しないであげてと何度も……」

〈ニャブシ〉のセリフをカルアが通訳。やめて、〈ニャブシ〉のイメージが崩れちゃう！

すでに手遅れ感があるが、きっと気のせいに違いない。まだ間に合う！

さて今回ドロップしたのは……〈木箱〉だった。〈金猫《きんねこ》の小判《こばん》〉発動せず。残念。

まあしかたない。〈金箱〉はそう簡単に出るものではないのだ。次に期待することにしよう。

俺たちはドロップを急ぎ回収し、20層に転移した。

そこでまたフィールドボスの〈波猫のウミニャ〉が復活していたのでAチームで狩る。

こっちも〈木箱〉だった。マジかよ。辛い……。

ええい、今日はここからが本番だ。

門を潜り、先へと進む。

21層からは中級中位ダンジョンの後半ということで難易度がまたガラリと変わる。

出てくるモンスターが強力になるのはもちろん、罠が多く見られるようになるのだ。

〈ダン活〉のダンジョンというのは、基本的に罠は後半にこそ多い。

これは、罠が〈罠外課〉の貴重な収入源になるため、上層では取り尽くされているという設定であるためだ。

罠は資源なのだ。採取ポイントと同じく、後半は手つかずなので多く残っているということだな。

〈エデン〉ではトラップを感知できるのは俺、カルア、シズ、パメラ、セレスタン、リーナの6人、解除できるのはシズ、パメラ、セレスタンの3人だ。またカルアは爆破破壊専門なので、急いでいない時は解除優先だ。解除したら採取できるからな。

セレスタンがいないので、今回はシズ、パメラを中心に前と左右を警戒しながら進んでいく。

途中で罠を見つけて解除できるなら解除。避けられるなら避けて、それ以外の場合は破壊する。罠を破壊すると勿体ない精神が刺激されるのは〈ダン活〉ならではだな。罠は結構高値で売れるのだ。

だけど『罠解除』のスキル持ちであるにも関わらず解除が苦手な子もいて。

「ひー！　また失敗して作動したのデース！　ビリビリ来たのデース！」

「ドンマイだパメラ。『リカバリー』！　〈麻痺〉が解けたからまた再開できるな」

「す、スパルタなのデース！」

「ん。ゼフィルス、爆破する？」

「しないであげて？　今パメラが練習中だからな」

パメラの『罠解除』の成功率は今のところ6割といったところか。

パメラは性格のためなのか細かいことが得意ではなく、罠を解除するのが苦手でよく作動させてしまう。その都度こうしてリカバリーしてあげて再チャレンジさせている。解除できるまで、練習あるのみだ！

待つのが苦手なカルアが『罠爆破』スキルですぐ爆破破壊に走ろうとするのをなんとか抑える。

壊れた罠を持ち帰っても買いたたかれるかゴミになるだけなので、できれば無事に持ち帰りたいのだが……。

また、逆に罠の解除が得意なのはシズだ。

メイドなためか細かい仕事が得意な彼女は秒で解除を済ませる。

単にＤＥＸ値の差なだけな気がしなくもない。スキルレベルは同レベルだからな。

パメラはＤＥＸ値がそんなに高くないのだ。

逆にシズはＤＥＸ値がすでに４００を突破している。秒で解除も頷ける。

中級中位ダンジョンの後半に現れるのは罠だけじゃない。

隠し扉も現れる。

〈隠し扉の万能鍵（鉄）〉で開けられる隠し扉が後半には集中しているのだ。

時間を見て、回れそうな所は全部回る。ハンナにも宝箱を開けさせてあげたいしな。

回れなかったところは……仕方ない、また後日来よう。

30層までに３カ所の隠し扉を回り、〈銀箱〉を３つゲットした。詳細は、
スキル『幸運』を戦闘終了後まで付与する使い捨てアイテム〈幸運の小猫札×10〉。

『ＨＰ＋50』『ＭＰ＋50』の能力を持つアクセ装備の〈月猫の指輪〉。

パーティの『体内状態異常』を浄化する強力な使い捨てアイテム〈浄化の粉塵〉のレシピ。

〈幸運の小猫札〉だけはちょっと使い道が無いな。一度使うと無くなってしまうし。

俺たちにはすでに〈幸猫様〉の恩恵がついている。スキル『幸運』は、残念ながら、非常に残念ながら重複できないのだ。本当に残念だ。そっとバッグにしまっちゃう。

下部組織《ギルド》が出来たら渡してあげよう。

しかし、他の2つは悪くない。〈月猫の指輪〉はシエラが装備することになった。

タンクのMP枯渇は怖いからな。同じ受けタンクのリカには刀装備を貸与する予定なのでシエラに決まった形だ。（ニャブシ狩り継続決定）

〈月猫の指輪〉を渡されたシエラに何か女子たち集まっていたが、どうしたのだろうか？　シエラが「ぜ、ゼフィルスだもの、深い意味は無いのよ。多分」と何やら言い訳しているセリフが聞こえた気がしたが、多くの女子たちの声でそれもかき消されてしまい、よく聞き取れない。

しかも話に入ろうとしたら追い出された。仕方ない、次に移るとしよう。

〈浄化の粉塵〉は切り札になり得るほど強力なアイテムだ。絶対にゲットしておきたかった。後でハンナに作って貰おう。素材は〈猫ダン〉にたくさんあるからな。

ということでこのレシピはハンナ行きだ。帰ったら早速マリー先輩に『レシピ解読』を頼むとしよう。

そんな感じで順調に進んで30層。

守護型フィールドボスの〈親猫のハハニャ〉が待ち構えていた。

こいつはとんでもないボスで、眷属猫を3匹使役してくる。つまりお供がいるボスだ。

猫型モンスターはただでさえ強いのにお供がいるのだ。強敵である。

こいつは5人パーティでの攻略はちょっとリスクがありすぎるため、今回はハンディが嵩《かさ》んでも10人2チームで挑むことにした。

1チームがお供を相手にしている間に1チームがボスを倒す布陣で挑むのだ。

最初はヘイトが入り乱れてお供とボスが一緒になってしまったりと失敗もあったが、なんとかお供を引き剥がすことに成功。Bチームがお供を受け持ってくれている間にAチームがボスを倒して片が付いた。

宝箱は、今回も〈木箱〉だった。３連続〈木箱〉、だと……？

いや、これはよくあることだけど。くっ！〈金猫《きんねこ》の小判《こばん》〉よ、次こそお願いします！

手元の〈小判〉にお願いすると、冷たい風が吹いた気がした。ゾクリときた。

ハッ！これは〈幸猫様〉の気配!? ち、違うんです。もちろん〈幸猫様〉にもお願いするつもりでした！〈幸猫様〉！次こそどうか、いいドロップをお願いいたします！

ニコリと笑った〈幸猫様〉が鷹揚《おうよう》に頷いた気がした。（多分気のせいです）

途中そんなこともあったが、30層の転移陣を無事起動した一行はそのまま進み、徘徊型ボスを回避し、とうとう最奥、40層に到達したのだった。

「とうとう到着だな。最下層だ」

「やっと着いたわね」

最下層の救済場所《セーフティエリア》に到着すると、開口一番、ラナがため息を吐きながらそう呟いた。

まあ40層だったからな。ラナだけじゃなく他のメンバーにも少し疲れが見えている。

さすがに最奥までが長すぎると感じたのかラナの返事に力が無い。珍しい。

いや、疲れているからかもしれないな。後半は特に罠やら厄介な猫やらが多かったし。今回は隠し扉や行き止まり宝箱確保のために最短ルートを外れて遠回りしたしな。

しかしこれから先、どんどん最奥までの道のりが長くなる。

中級上位《チュウジョウ》なら50層。上級下位《ジョーカー》なら60層。上級中位《ジョーチュウ》なら70層。上級上位《ジョウジョウ》なら80層になる。

ゲーム初期は攻略難易度が低くすぐに攻略できる設定になっているが、上級は攻略すること自体が大変だ。まず日数がやたら掛かるようになるからな。

ゲームだとゲーム内時間という設定があり、攻略するのに掛かる時間は実際のリアル時間より短縮されていた、それに2倍早送り機能や3倍早送り機能もあったので攻略時間はかなり少なかった。それでも最上級ダンジョンは１００層で大体4時間から5時間程度で攻略できる。

しかしゲーム内時間だと数週間から下手をすれば1ヶ月以上掛かった。ダンジョン週間を2回利用しなくちゃ無理ってこともあったからな。

だが、このリアル世界だとリアル時間になるためゲーム内時間の日数がそのままダイレクトに経過する。リアルにスキップ機能や早送り機能は無い。

うーむ、これはちょっと考えないとな。

まあ、後で考えよう。

「でも、これからダンジョンボスね！　楽しみだわ！」

そう、今考えなくちゃいけないのはボス戦だ！

目の前のボス部屋の門を見てラナたちのテンションが上がる。

とりあえず、最奥のボスという餌があればみんな頑張れる。

早速、最奥のボス攻略に取り掛かろう。

「さて、ではボス説明をしようか、時間も無いからな」

時間はすでに17時を過ぎている。周回は時間的に難しそうだ。

AチームとBチームが1回ずつやって終了だな。

そう説明すると各所から不満の声が上がった。

「えー。もうちょっとやりましょうよ」

「そうです。ラナ様の言うとおりです」

「ルルもやりたいのです！」

「ルルがやりたいなら私もやりたいです」

ラナの言い分をエステルが甘やかし肯定し、ルルのやりたいになぜかシェリアが加わる。

すでに〈エデン〉では周回をしないという選択肢は無いようだった。

最奥に着いたら周回。その意識が定着しすぎている！

良いことなのか悪いことなのか。……間違いなく良いことだな！

「ゼフィルス、帰りが少し遅くなるけど許容しましょう。私たちなら心配要らないわ」

「シエラ」

ついにシエラまで向こうに加わった。さすがにここまでの道のりを制覇して周回せずに帰るという意識は彼女たちにないようだ。

ちなみに俺が、安全のために日暮れまでに彼女たちを帰しているのは周知の事実のようだ。

学生の身であるからして夕食を食べ損ねたら大変だ、日暮れまでに帰りましょう。というのは建前で、本当は夜道に女の子を歩かせるのが心配だったから日が落ちる前に帰っていたのだが、すでにシエラには見破られている模様。

正直〈エデン〉のメンバーは可愛い子ばかりだ。

夜の道を歩かせるなんて心配が尽きない。

しかし、シエラが向こう側に着いたのだ。もう諦めるしかないだろう。

「そうか。でも21時までだぞ？」

「やったわね！」

「ゼフィルス君は女の子に甘いから」

「甘甘よね」

ラナが喜びの声を上げる。ハンナとシエラからなんか言われているが、仕方ない。女子に甘い自覚はある。甘んじて受け入れよう。

「こほん、じゃあAチームとBチームで交互にやるぞ。まずはAチームからだ。途中夕食も交互に取ろう」

咳払いで誤魔化して今後の予定を決めていく。

「ボスだが、ここにいるのは〈猫王のキングニャー〉、通称：〈猫キング〉だ。金の王冠を頭に被り、金の小判が付いた剣を持ち、剣技で遠距離攻撃や範囲攻撃までこなしてくる。後衛も注意だぞ？　しかも、近づく者には2匹のお供猫がその行く手を阻むんだ。それだけに留まらずボス本人ももちろん接近戦は得意だな」

所謂遠近両方が得意なモンスターだ。

中級中位《チュウチュウ》からはこういった遠近両方使いが増える。

ほとんどのボスは全体攻撃を使ってくるため後衛も気が抜けない戦いになるのだ。

〈猫キング〉は斬撃を飛ばしてくるぞ。

「後衛組はボスが全体攻撃の構えを見せたらすぐに防御スキルを発動するか防御姿勢をとること。絶対にダウンだけは取られるなよ？」

防御姿勢とは〈ダン活〉のコマンドの1つで所謂スキル無し防御だ。

〈ダン活〉では『通常攻撃』の他に『防御姿勢』『スキル』『魔法』『アイテム』『逃げる』などのコマンドがあった。

『防御姿勢』というのはどんな職業《ジョブ》でも使えるアクションで、姿勢中は『ダウン防止』や『ダメージ減少』、『状態異常耐性』などの効果があった。

後衛なんかが狙われたり、弱点属性で攻撃されそうになったり、敵がパワーを貯めているときなんかは『防御姿勢』をとっていれば一回は耐えられる。

一度攻撃を受けると『防御姿勢』は解除されてしまうので連続で攻撃を受けたりするとやられてしまうけどな。あと、『防御姿勢』をしたまま『スキル』や『魔法』など他のコマンドはできないなどのデメリットもあった。

そんな『防御姿勢』を、俺はリアルで再現できないかと考え、特に後衛に伝授していた。

とはいえ実際は『防御姿勢』自体この世界にありふれていて、シエラやエステルが使えたので後衛の子たちにも教えてもらった形だ。

俺も教わったが、なんか普通だった。スキルとは違いアクションを強制する類のものではなく、ただの防御の構えみたいなものだった。

俺の場合だと姿勢を低く構えたうえで腕を十字にしたりといった感じでガードするのがしっくりくる。他の人は千差万別でそれぞれ別のガード方法があるみたいだ。

通常攻撃の防御版。

不思議なことにこの『防御姿勢』中は『スキル』や『魔法』は使えなかった。

シエラやエステルから言わせれば、『スキル』や『魔法』が使えなくなれば『防御姿勢』は成功しているとのことだ。

うむ～。リアル〈ダン活〉が奥深い件～。

閑話休題。

それからいくつかの〈猫キング〉について注意事項を話すと、俺率いるAチームはボス部屋の門を潜る。

今回はフィールドボスの時とは違い、入場制限5人までだ。

Bチームには悪いが夕食の支度をしてもらい、Aチームは先にボス戦をさせてもらおう。

第18話　デブ猫の〈猫キング〉が強い。勇者の切り札を切る。

「フッフッフ、ニャ」

「無理矢理語尾にニャをつけている感が半端無い猫。あれが〈猫王のキングニャー〉、通称：〈猫キング〉だ」

「……太ってる。怠惰」

最奥のさらに奥、ボス部屋で待っていたのは、黒猫と白猫の2匹を左右にはべらせ、ドデカい猫の顔が掲げられた玉座に腰掛けたデブ猫だった。お供の2匹は標準体型の二足歩行、シュッとした気品ある猫なのに対し、玉座に腰掛ける〈猫キング〉は完全にデブ猫だ。大きさは俺たちと同じくらいのはずだが、玉座に腰掛け、いやだらしなく身体を預けているため小さく見える。

ゲーム時代の頃から変わらないな。デブなのに猫の可愛さがある。なんでデブってる猫ってあんなに可愛いんだろうな。そのうち『デブなほど可愛い』なんて猫語が生まれそうである。

しかし、カルアからみてあの体型はダメらしい。ぼそりと呟いた言葉が辛らつだった。

他のメンバーは油断せずに武器を構えなおす。

「ああ見えて結構俊敏に動くから気をつけろ。特に範囲攻撃は対処が難しい。リカは無理だと思ったらすぐに言ってくれ、俺かルルがタンクをスイッチする」

「うむ。その時は頼む。なるべくスイッチせずにすませたいが」

今回のボス戦、リカは相性が悪い。それは〈猫キング〉が範囲攻撃をよく使うからだ。〈猫キング〉の攻撃方法は範囲攻撃とその後に素早く繰り出される単発攻撃のコンビネーション。これが中々に対処が難しい。特にリカは。

リカは相殺することでヘイトを稼ぐ。しかし、範囲攻撃には相殺ができないものが多いのだ。タンクがヘイトを集められないとアタッカーやヒーラーにタゲが移る。シェリアに移るのだけは気をつけねばならない。

難しそうなら俺が入るか、ルルに任せる予定だ。俺はヒーラーの役割があるのでできればルルに任せたいが。

さて、向こうもお待ちかねだ。そろそろボス戦を始めよう。

玉座から〈猫キング〉がゆっくりと立ち上がり、2メートルありそうな大剣を掴んで持ち上げる。

こっちも準備をしなければ。

「まずは打ち合わせどおりお供を引き剥がそう。ルル、行けるか？」

「まっかせるのです！　ルルがお供を連れてくるのです！」

「ルル、前回のようにスキルを使ってはダメですよ」

「分かってるのですよシェリアお姉ちゃん！　行ってくるのです！」

お供の引き剥がし役はルルに任せた。

俺とシェリアに見送られ、ルルが前に出る。

ボスたちが動き出し、ボス戦が始まった。

「私も行くぞ」

ルルに続く形でリカも前に出る。

まずお供2体が、〈猫キング〉を守るためルルを迎撃する構えを見せた。

黒猫は右手に『魚の骨ソード』、左手に『魚の鱗盾』、足に『猫長靴』を装備している。

白猫は両手に1本ずつ、『魚の骨ソード』を持つ二刀流だ。足には『猫下駄』を履いている。

お供とルル、両方小さい。小さきもののバトルだ。ヤバイな、注目度マックスだ。

前に出ようとしたリカの足が止まりそうになってるぞ。

リカ、見たいのは分かるが我慢してくれ、リカの担当はボスだろ。

ちなみにシェリアはすでに止まっている。

「とう！　そんな攻撃は効かないのです！」

ルルのキメ台詞炸裂。

黒猫がスキル『三連ニャ切り』を、白猫が『連続ニャ切り』を繰り出すが、ノックバックに強い耐性のあるルルは効いているようには見えない。斬られたルルはピンピンしている。

「お返しなのです！」

「ニャフ！」

「クニャ！」

ルルのスピードのある通常攻撃がお供たちのＨＰを削る。

ルルの時とは違い、お供たちには効いているようだ。実際には痛み分けだが。

とそこでルルは背中を見せて逃げる姿勢を見せる。

「追いかけてくるのですよー！　こっちこっちなのです！」

「ニャフ!!」

「クニャ！」

それに付いて行くお供、ヘイトをルルが稼いだためタゲがルルに向いたのだ。

しかし、ボスは動かない。タゲはボス部屋に最初に入ったリカに固定されていた。

そのためお供を分断することに成功する。

なぜボスのヘイトがルルに向かわないのか、それはルルがスキルを使っていないためだ。

〈スキル〉や〈魔法〉は使うだけでも全体のヘイトを上げてしまう。

別にボスに向かってスキルを使ったわけでもないのにボスのヘイトを稼いでしまうわけだ。お供に向かってルルがスキルを使っていれば、ボスのタゲはルルに向いていただろう。

リカはまだボスのヘイトが稼げていないのだ。

そのためルルが選択したのは通常攻撃。

通常攻撃を繰り出しただけではヘイトは上がらない。ただダメージを負えばその分のヘイトは貯まる。故に黒猫と白猫はダメージを受けた分、ルルはヘイトを稼げた形だ。

前回の30層ボス〈親猫のハハニャ〉の時はスキルを使ってお供を分断しようとしたので失敗した。〈ハハニャ〉もお供と一緒に付いて来てしまったのだ。

しかし、今回はその失敗が生きている。成長を感じるシーンだった。

「さすがルルだ。私も負けていられないな。『横文字二線』！」

ここでリカがボスに畳み掛けるよう動く。お供を引き剥がしたとはいえ、ここで『名乗り』をすればお供もその範囲に入ってしまうのでスキル攻撃のダメージでヘイトを稼ぐ狙いだ。

「フン、ニャ」

そんなリカの攻撃スキルを〈猫キング〉はゆっくりとした動作で剣を水平に振るった。スキル『横猫斬り』だ。範囲攻撃。

「くっ！」

大振りのくせに剣が2メートル近くもあるため範囲が大きくリカが弾かれる、スキルがキャンセルされてしまう。続いて〈猫キング〉の単発攻撃スキルが光る。上段に構えられた剣から振り下ろされるのは〈ニャブシ〉も使っていたスキル。『武士猫上段斬り』だ。〈猫キング〉の見た目、全然武士ではないが。

「『受け払い』！」

「ブムム、ニャ」

しかしこれは一度は防いだことのあるスキルだ。

防御スキル『受け払い』でしっかり相殺する。ヘイトを稼げたな。

「とう！　『小回転斬り《しょうかいてんぎ》』なのです！」

「「クニャア!!」」

ルルの方は、お供に少しずつスキルを使ってヘイトを貯め始めており、最初の分断工作は成功したといえるだろう。

ルルが十分お供を引き離したと判断し、リカは『名乗り』『影武者』と挑発スキルを使いさらにボスのヘイトを稼ぐことに成功する。

「よし、リカが十分ヘイトを稼いだ！　ルルも挑発スキルを！」

「任せてなのです！　『ヒーローはここにいるの』！　『ヒーロー登場』なのです！」

俺の指示でルルもアピール系の挑発スキルを放つ。

ババンと光り、天に剣を掲げるかっこいいポーズでルルが挑発すると、黒猫と白猫が警戒度をさらに上げる。これで十分なヘイトが稼げたな。

ここからはアタッカーの出番だ。

「来てください〈氷精霊〉――『精霊召喚』！　リカを守ってください『エレメントリース』！」

シエリアの『エレメントリース』は精霊を貸し出すことで、味方の特定のステータスを、ずっと1・3倍にするという破格の魔法だ。今回選択したのはＶＩＴが上昇する〈氷精霊〉。

それをリカに付与した。

「『オーラヒール』！　シェリアはまずお供の方を倒してくれ。俺とカルアはボス狙いだ。側面から回り込んで斬るぞ。カルア、付いてきてくれ、手本を見せる」

「ん。行く」

ルルの方を見て『オーラヒール』でHPを回復し、問題ないと判断した俺はヒーラーからポジションを一時的に変え、アタッカーに転向する。

そしてリカの側面から飛び出る形で〈猫キング〉に迫った。相手の剣の間合いに入ったところでスキルを発動する。

「ここでスキルを発動する！　選択するのは『ソニック』系だ、『ソニックソード』！」

「フン、ニャ」

相手の剣の間合いに入ってスキル発動。これをした瞬間〈猫キング〉は再び『横猫斬り』を使い、俺を弾かんとした。これはゲームのときと同じ動作だ。〈猫キング〉は間合いを詰めようとされるとカウンター気味に『横猫斬り』を発動する。

これは範囲攻撃。タンクだけではなくアタッカーにも有効な攻撃。食らえばそれなりにダメージを受けるし、下手をすれば一度下がって回復してやり直しになる。

このまま進めば直撃だろうがここで活躍するのが『ソニック』系スキル。

『ソニック』系のスキルは『素早い移動からの攻撃』だ。

これをこのタイミングで使うと。

「おっしゃ後ろががら空きだっしゃー！」

「グブシ、ニャ⁉」

正面に出された範囲攻撃を迂回し、真後ろから斬ることが可能なんだ。

〈猫キング〉は大剣使い。振り終わりに隙が出来る。うまくいけばクリティカルもありうる素晴らしい一撃が決まる。

しかし、今回はクリティカルは取れず、残念。

だが、〈猫キング〉は後ろを向いているため普通にチャンスである。

「カルアもこっちに回り込め！　『勇者の剣《ブレイブスラッシュ》』！　リカは正面を頼むぞ！　『ライトニングスラッシュ』！」

「ん！　『スルースラッシュ』！　『鱗剥ぎ』！」

「任されよう！　『影武者』！　『切り払い』！　『戦意高揚』！　『飛鳥落とし』！」

「フグアア、ニャ!!」

俺とカルアが後ろから、リカは正面からの挟み撃ちでガンガン〈猫キング〉のＨＰを削る。

すると、突然〈猫キング〉が叫び、剣が光る。

こいつは、全体攻撃だ！

「全体攻撃来るぞ！」

「『回避ダッシュ』！」

「『残影』！」

「『ディフェンス』！」

カルアが真っ先にダッシュで離脱し、リカも回避スキルを、俺は防御スキルを発動する。

瞬間、〈猫キング〉がその場で大剣をガンガン振り回した。力強い剣戟の嵐により、猫の顔をした緑色の飛ぶ斬撃的な何かが部屋全体にばら撒かれる。『猫の額の乱れ斬り』だ！

これを何とかやりすごす。

後衛のシェリアも防御姿勢でやり過ごしたようだ。

ちなみにルルは平常運行。

「グフ、ニャ」

「リカ、油断するな。狙われてるぞ！」

全体攻撃から続いて、追撃を打ちに出た〈猫キング〉。肩に大剣を担いだ格好のまま体に似合わぬ素早い動きでリカに接近すると、そのまま単発振り下ろし『ニャ切り』スキルを使う。速い！

リカにとって嫌な攻撃タイミングだ。回避スキルである『残影』も使ったばかりということもあり、防御スキルが間に合わない。直撃する。

「『受け払——あうっ!?』

「『オーラヒール』！」

「グフフ、ニャ」

「させない。『爆速』！　『32スターストーム』！」

俺はリカに回復を送るが、ダメージを受けたリカへさらに追撃のモーションをする〈猫キング〉。

そこへカルアが飛び掛かり、後ろから〈猫キング〉へ連続攻撃を繰り出し、妨害することに成功する。

「リカはやらせない！　守る！」

「か、カルアがかっこいい！」

思わず感動した。何あの決めゼリフ、かっこいいんだけど！　見ろ、リカも赤くなってるぞ。

しかし、カルアのフォローでも厳しい時が何度かあった。

主に範囲攻撃の後だ。

リカがこれを耐えるには回避スキルの『残影』しかないわけだが、使ってしまうと次の攻撃に対処できない。防御姿勢も併用してやりすごしていたが、防御姿勢を使うとスキルが使えなくなる。できれば使いたくはなかった。それでも使わざるを得ない時があった。危ない時はカルアが素早くフォローしに行くが、妨害が上手く行かないこともある。

結果、何度目かの攻防の末、範囲攻撃でノックバックされ、次に使われたスキル『猫怒りスラッシュ』の直撃を受け、リカがついにノックバックダウンを取られてしまう。

「あぐっ！」

「リカ！」

「カルア、ユニーク発動。リカを担いで退避！　タンクをスイッチする！」

「！　ん！　『ナンバーワン・ソニックスター』！」

カルアのユニークスキルが発動しリカと共に一瞬でボス部屋の角まで移動する。タゲの範囲外だ。

これで〈猫キング〉は追いかけることはできない。

あまり遠くに逃げるとモンスターは追撃を諦めるのだ。

『ナンバーワン・ソニックスター』はタゲをぶった切ることもできる非常に有用なスキルである。

「次は俺が相手だぜ。『アピール』！」

〈猫キング〉のタゲを受け持つため俺は挑発スキルを使う。キメポーズも忘れない。

さて、厳しい展開だ。

そろそろルルもＨＰが危なさそうだし。

切るか。【勇者】の切り札を。

スイッチだ。一瞬のうちにそう判断する。

「『オーラヒール』！　ルル、リカたちの方へ、お供の担当をリカとスイッチ！　タゲを代わったらボスへアタッカーを頼む！」

「了解なのです！」

回復をルルへと飛ばし回復させ、さらに指示を送る。

要はお供の担当とボスの担当をチェンジする。

ボスを俺とルル、シェリアが担当、お供をリカとカルアに任せる形だ。

お供は物理型なのでリカとの相性は悪くない。

なら最初からリカをお供の担当にしとけば良かったのでは、という話になりそうだがそこはＶＩＴ値だな。ルルはタンクではなく本来ならアタッカーだ。タンクはサブでしか無い。

お供程度を受けタンクするならともかく強力な最下層のボスを相手にメインタンクできるかは不安が残った。

俺なんか今回はヒーラーポジション。タンクはできれば遠慮したかった。事故が怖い。

慎重になった結果、ＶＩＴ値とプレイヤースキルを鑑みてリカにボスを任せたのだが、思いのほかリアル〈猫キング〉の猛攻が強く、リカがノックバックダウンを取られたのでやっぱりチェンジするべきだとの判断に至った形だ。

くっ、あの姿《デブ》に騙されたぜ。

「シェリア！　ユニークで援護してくれ！」

「はい！　『古式精霊術』！　氷の大精霊様、力をお貸しくださいませ『大精霊降臨』！　『グラキエース』！」

今までルルと共にお供を相手にしていたシェリアにもボス戦に参加してもらう。

シェリアはリカに貸し出していた〈氷精霊〉を戻し氷の大精霊『グラキエース』を呼び出した。

〈氷精霊〉が金色の神秘的な光に包まれたかと思うと、大きく膨らみ、光の中から『グラキエース』が顕現する。

氷の大精霊グラキエース。

イグニスが男性型の人型鎧だったのに対し、グラキエースは全身氷のドレスを纏った神々しい女性型。水色のドレスに身を包み、アップで纏められたドレスと同じ色の髪。同色の瞳。そして片手には、先端が三日月の形をした長い杖を持っている。

『――――』

グラキエースが杖を翳したと思った瞬間、〈猫キング〉が氷に包まれた。

いや、ラナの『光の柱』のような氷の柱が〈猫キング〉を直撃したのだ。

グラキエースはイグニスと違い、遠距離攻撃系の大精霊である。

「ヒャッフシ、ニャ！」

たまらずといった感じで氷の柱から飛び出してくる〈猫キング〉。

〈氷結〉状態にはなっていないようだ。残念。

そのまま距離を詰め、俺を『猫薙ぎ払い』にてかっ飛ばそうとする〈猫キング〉。

そうはいかんな。

「おっと『ソニックソード』！」

相手の攻撃に合わせ、回避しつつ後ろに回り込んで斬る。

俺の得意技だ。

〈エンペラーゴブリン〉戦以降、俺はずっとこのワザを練習し続け、愛用していた。

当然、今回も上手く決まる。

「グオン、ニャ⁉」

「おっしゃ追撃行くぜ！　『ハヤブサストライク』！　『ヘイトスラッシュ』！　『ライトニングスラッシュ』！」

ダウンこそ取れなかったものの後ろからの攻撃でノックバックした〈猫キング〉にガンガン攻めていく。

さらに途中グラキエースの攻撃も加わってダメージを稼いでいった。

グラキエースの攻撃は強力だ。シェリアにヘイトが向かわないよう慎重にヘイトを稼いでいく。

「ニャフ、ニャ！」

「ぐはっ‼　やったなこんにゃろ、『オーラヒール』！　『エリアヒーリング』！」

ダメージを負えば『オーラヒール』や『エリアヒーリング』で回復。

ルルが到着するまで、俺は回復盾&アタッカーとして〈猫キング〉を受け持った。

「お待たせしたのです！」

「おっしゃ待ってたぜルル！　早速こいつの素早さを下げてくれ！」

「了解なのです！　『キュートアイ』！」

ここでデバフアタッカーのルルが合流した。

早速素早さデバフを使ってもらう。

ルルがキュピーンとキメ、〈猫キング〉の素早さを奪った。

敵が遅くなれば、その分攻撃回数が減る。

攻撃回数が減れば回復も必要最低限で済むんだ。

回復役が厳しい時なんかのテクニックだな。

「俺がメインタンクを受け持つ。ルルは後ろに回ってガンガンデバフと攻撃をしていってくれ」

「分かったのです！　『ロリータマインド』！　『チャームポイントソード』！　『ポイントソード』！」

ルルが〈猫キング〉にじゃんじゃんデバフ攻撃を仕掛け始めた。

そろそろ頃合いだろう。

ここで【勇者】の切り札を使う。

「これが【勇者】の切り札だ!!　『カリスマ』――!!」

『アピール』を使ったときと同じくシャキンと剣を掲げるポーズで、俺は【勇者】の切り札と呼ばれたスキル、『カリスマ』を発動した。

【勇者】にはユニーク級と呼ばれるかなり強力なスキルが複数存在する。

普通なら、それユニークスキルじゃないの!?　と叫《さけ》ばれるような超強力なスキルを複数持っているのだ。

例えば『身体強化』なんかがそれに当たるな。

普通ブースト系は、高位職でも1種類のステータスしか上げることはできない。カルアの『素早さブースト』だってＡＧＩしか上昇しない。

それに対し、『身体強化』は驚異の6種類。しかも上昇値はブースト系と一緒で1・6倍という破格さだ。

正直、「へ……？」ってなる、意味の分からないスキルである。

知ってるか？　これユニークスキルじゃないんだぜ？

〈ダン活〉では、こんな破格なスキルをユニーク級と呼んでいた。

そして『カリスマ』もその1つ。

その効果はLv1の時〈周囲大挑発、全体攻撃力バフ〉だ。一見普通に見える。

しかし、クールタイムが10秒と非常に少ないのだ。

しかも三度までバフは重ね掛けできる。これがどういうことか分かるだろうか？

「もういっちょ『カリスマ』！　『エリアヒーリング』！　『ディフェンス』！」

10秒ちょうど、クールタイムが終わった瞬間また『カリスマ』を発動する。

〈猫キング〉のタゲが俺に固定され、ルルや、お供を相手にしているリカ、カルアの攻撃力も上がったはずだ。お供猫の方のヘイトはスキル範囲外で上がらないはず。

さらに10秒経過。

「まだまだーーっ！　『カリスマ』ーーっ！」

さらに大挑発が〈猫キング〉に叩き込まれる。

ヘイトが大きく加算され、〈猫キング〉のタゲが俺以外に移ることはもうさせない。

これが勇者のとっておきの切り札。

別名：「魔王《ボス》の相手は勇者だろ！」と呼ばれた、勇者が中心になってボスとバトルするためのスキルである。

確かに、「仲間がボスを引きつけているうちに倒すのが本当の勇者なの？」と言われれば、ぐぅの音も出ない訳で、そんな意見に開発陣が真っ向から向き合った、「勇者が仲間を引き連れて、ボスを真っ向から打倒する！」を体現したスキルとなっている。

それ故か、それはそれは強力で、ユニーク級な強さを持ってしまったのだ。

タゲが移らないイコール、攻撃し放題である。

「おららー！　『ライトニングバースト』！」

「グニャ⁉」

「今だルル！」

「とう！　『ロリータタックル』！」

「グオ⁉　ニャ……」

そしてここでルルが〈猫キング〉のダウンを取ることに成功する。

〈猫キング〉の腹にルルのおでこが直撃したのだ。威力もバフで底上げされており、クリティカルヒットは避けられない。

白目をむいた〈猫キング〉がひっくり返る。大チャンスだ！

「っしゃルルナイス！　『勇気《ブレイブハート》』！　『勇者の剣《ブレイブスラッシュ》』！　『ハヤブサストライク』！　『ライトニングスラッシュ』！」

「やったのです！　『チャームポイントソード』！　『ジャスティスヒーローソード』！　『ヒーロースペシャルインパクト』！　『セイクリッドエクスプロード』！」

「グラキエース様、お願いいたします！　『ゾーン』！」

3人の総攻撃が〈猫キング〉を襲う。

おお！　『カリスマ』3発プラス『勇気《ブレイブハート》』したからダメージがヤバい！

ルルの攻撃でもガンガンHPが減っていく。

これが『カリスマ』の効力だ！　もうダメージが半端ないことになっているぞ。

しかもだ、

「グニャアアアア!!」

「おっとレッドゾーンに入った！　気を引き締めろ！」

「『キュートアイ』！　素早さを下げちゃうのですよ！」

攻撃力、素早さが1・5倍に上がる怒りモード。

ダウン後にこれに突入すると事故が起こりやすい。ダウンの原因を作った者へヘイトが集中してタゲが替わることが多いからだ。

しかし、今回その心配は無用。タゲは俺のままだからだ。

「『カリスマ』――!!『ガードラッシュ』！　せい！　せい、せい！　『エリアヒーリング』！」

大挑発スキルの『カリスマ』をたった10秒でガンガン掛けていくのだ。

つまり、ヘイト管理が容易《たやす》くなる。ヘイトがあまりに上がりすぎてタゲが勇者に固定され、動かなくなってしまうのだ。

何それ、である。

ヘイト稼ぎに苦労している他のメインタンクから言わせれば、ふざけんなと叫ばれるような超スキル。

『カリスマ』はメインタンクをするなら超が付くほど有用なスキルだった。

ただＭＰ消費が非常に高いし、連発使用がほぼ決定しているので燃費がすこぶる悪い。４発発動しただけでＭＰ３２０も使うのだ。そのため毎回は使っていられなかったりするが。（アイテムを湯水のように贅沢に使えば別）

故に、『カリスマ』は【勇者】の切り札とされている。戦線が崩れそうなときとか大活躍するぞ。逆に言えば、そういうとき以外はあまり使いたくない。

と、俺がタンク＆ヒーラーをしているうちにシェリアとルルが〈猫キング〉に仕掛けた。

「グラキエース様、特大の一撃を！」

「ルルも特大で行くのです！　『ロリータオブヒーロー・スマッシュ』！」

「グハァ、ニャ……」

ヘイトを気にせずガンガンアタックできるというのは本当に楽で、シェリアとルルの強魔法、強スキルの連打により、残り数％のＨＰが吹き飛んだ〈猫キング〉がついに倒れる。

膨大なエフェクトの海に沈んでいく〈猫キング〉を見て、ちょっとその丸々と太った腹をなで回したいと思ったのは内緒だ。

そしてエフェクトの後には金に光る宝箱が２つ鎮座していた。

第19話　やっとこの時が来たか。〈金猫《きんねこ》の小判《こばん》〉発動！

「来たか！」

「〈金箱〉なのです！　キラキラなのです！」

〈猫キング〉の消えた後に残った金色に輝く2つの宝箱。

それを見た瞬間俺とルルは目を輝かせて叫んだ。

〈幸猫様〉、ありがとうございます！

〈猫キング〉はレアボスではないので宝箱2つは〈幸猫様〉の恩恵だ。

それと、やっと〈金箱〉様〈小判〉が仕事をしたようだな。

おお、〈金箱〉様〈金箱〉様、お待ち申し上げておりました！

いつ見ても神々しい美しさです！

「ゼフィルス、来た」

「待たせたなゼフィルス。すまない、先ほどは遅れをとった」

そこへやって来たのはお供を相手にしていたカルアとリカだ。

〈猫キング〉が消えたことで自然とお供も消えたらしいな。

お供はボスより弱いはずだが、どうも倒しきれなかったようだ。

1体は倒したようだが、もう1体は倒す前に終了してしまったらしい。

ここの猫型モンスターは強いからな。〈白猫〉も〈黒猫〉も猫の中の精鋭だ。

タンクとアタッカー1人じゃ倒すのに時間が掛かりすぎるか。

〈猫キング〉の方は実質アタッカー2人、いや、俺もチョコチョコ攻撃していたから3人で削っていたことになる。

そりゃ倒す時間に差が付くだろう。

次からはお供は引き離すだけで無理に倒さず、ボスを4人で攻める戦法に変えるか？

そんなことを考えるが、まずは労いの言葉だな。

「お疲れ様。カルアもリカもよく頑張ったな。リカはそんなに落ち込まなくてもいいぞ、相性が悪かったんだ」

「うむ、分かってはいるが、ゼフィルスのタンクを見ているとな……。精進いたそう」

「あまり気負いすぎないようにな。よし、反省はここまでだ！　見ろリカ、カルア！　あの宝箱が目に入らぬか！　イベントの始まりだ！」

「ん！〈金箱〉2つ！　ゼフィルス、テンション高い」

「ゼフィルスはいつもあれを見るとこうなるな」

カルアとリカが俺を見て妙なことを呟くがスルーする。

〈猫ダン〉に来て初めての〈金箱〉だぞ？　中級中位《チュウチュウ》初めての〈金箱〉だぞ？　テンション上がるだろう！

「話は聞かせてもらったわ！」

「聞かせてもらったよゼフィルス君！」

とそこへラナ登場！　ついでにハンナも登場する。

な、なん、だと!?

「どっから現れた!?」

「もちろん門が開いたからそこからに決まってるでしょ！」

「シェリアさんがおいでってしてくれたんだよ」

「さいで！」

後衛のシェリアは一番門に近い位置にいたからだろう。

さっきからこっちに来ないと思っていたが、ラナたちを呼び寄せていたらしい。

「綺麗な〈金箱〉ね」

〈金箱〉を見つめるラナとハンナの目が怪しい。

「開けちゃダメだぞ？」

「あ、開けないわよ⁉」

ならなぜつっかえる？

俺はラナに疑いの眼差しを向ける。

「な、何よその目は、み、見るだけよ。本当よ？　ね、ハンナ？」

「も、もちろんだよゼフィルス君。見るだけだから、〈金箱〉から何が出たのかだけ見させて？」

「うむ」

まあ、さすがに〈金箱〉を横取りはしないよな。どうやら疑心暗鬼になっていたらしい。俺は疑いの眼差しをやめる。

そこへ続々とメンバーが集まってきた。

〈金箱〉が2つも出たという話が広まったのか、みんな興味津々で〈金箱〉を見つめている。

中級中位ダンジョンの〈金箱〉だ。それはもう注目の的だろう。

全員が集まったところで俺は宣言した。

「さて、今回の〈金箱〉だが、〈エデン〉を代表し、俺が開けようと思う！」

せっかくの記念すべき初めての中級中位ダンジョン産〈金箱〉だ。

ここはギルドマスターである俺が開けるべきだろう。

前回中級下位《チユカ》の時に物申してきたラナとハンナはむむむと言わんばかりの顔だ。

先ほど見るだけと言ってしまったからな。ラナとハンナは参加できないのだ。ふはは！

と、勝ちを確信していたところ（何に勝ったのかは不明）意外なところから手が挙がる。

「ルルも一緒に開けたいのです！」

なんということだ。小さい手を精一杯挙げてアピールするのはルルである。

まさかの展開だ。純粋さが眩しすぎて溶けてしまいそうだ。

俺はハッとしてシエラのほうを向く。

前回、記念すべき中級下位《チユカ》初の〈金箱〉の時は結局ラナとハンナ、そして俺で大いに揉め、最終的にシエラの雷が落っこちたのだ。あれは恐ろしかった。

シエラは今でこそ様子見しているが、俺がここでルルを突っぱねれば再び雷を落とされかねない！

ふう。俺は学んだのだ。

みんなで開けよう宝箱。シエラの雷、恐ろしい。

あの時のように同じ轍は踏まないのだ。

幸い、宝箱は2つある。

しかし、ルルの一緒はそういう意味ではなかった。

「ゼフィルスお兄様と一緒に開けるのです！」

「じゃあ一緒に開けるか！」

「開けさせません！」

「あっれぇ⁉」

共同作業の申し込みに物申したのはシェリア。その腕はすでにルルを捕まえ、絶対に渡さないと言わんばかりだ。

「ルル、開けたいのなら私と開けましょう？」

まさかの伏兵。

ルルが手を挙げたらシェリアが俺のポジションを奪いに来た。しかし、

「シェリアお姉ちゃんとは隠し扉の時に一緒に開けたのです！　今回はゼフィルスお兄様と一緒に開けたいのです！」

「そんな⁉」

ルルのセリフによってシェリアは撃沈した。

ということで今回、宝箱を開けるのは俺とルルの共同作業に決まった。

もう1つの宝箱がシェリアとなる。

ルルに手を引かれて宝箱の前へ移動した。

「ゼフィルスお兄様、ここ、ここに屈んでください！」

「お、おお。ここ？」

「そしてルルはここなのです！」

ルルによって誘導され宝箱の正面に屈むと、俺の腕の中にすっぽり入る形でルルが入ってきた。

まるで俺がルルを背中から抱きしめているかのような構図だ。ルルはこの形で宝箱を開けたいらしい。

ルルがスーパー幼女だからこそできる共同作業だった。

あれ？　でもこれ傍から見たらやばくない？

チラリとみんなの方を向くとワナワナとしたラナと目があった。

「ちょっとゼフィルス、あとで覚えてなさい？」

「ゼフィルス殿、後で話があります」

「…………」

ラナとシェリアの目がマジだった。ついでにシエラはジト目だ。

俺はサッと目を逸らし、目の前の宝箱に集中する。

後のことは未来の俺に任せればいいのだ。

頑張れ、未来の俺。

「ゼフィルスお兄様、せーので開けるのですよ？」

「そうだな」

ルルと一緒に宝箱に手を添える。

ルルの身体が小さいので難なく後ろから手を回して宝箱を掴めた。

準備は万端だ。ルルのほうも小さな手で宝箱の両側に手を添えている。

「「せーの！」」

2人の声が重なり、宝箱を開いた。

みんなで中を覗きこむ。

中から出てきたのは、白と黒を基調とし、中心に金の王冠の意匠が輝くオカリナだった。

「〈オカリナ〉キターー！」

それは〈レアモンの笛〉シリーズ、正式名称〈レアモンのオカリナ〉という、レアモンスターを呼び寄せる〈笛〉アイテムだった。


――――〈レアモンのオカリナ〉。

レアモンスターを70％の確率で呼び寄せる〈笛〉アイテムだ。

オカリナ自体に金色のオーラが光っており、さらに〈レアモンスター〉を呼び寄せるため、別名…〈金笛《ゴールデン》〉とも呼ばれ、〈ダン活〉プレイヤーのみんなに大変尊ばれてきた。

ちなみに大体の人は〈オカリナ〉と呼ぶ。〈金箱〉や〈笛〉と間違っちゃうから。

この〈オカリナ〉、〈レアモンの笛（ボス用）〉より希少度で言えばこちらが下となる。レアボスドロップではなく通常ボスで落ちるからな。

さすがにレアボスを呼ぶ〈笛〉には勝てないのでこのような立ち位置となっているらしい。故に、回数の回復代なども〈オカリナ〉の方が安く設定されている。

〈レアモンスター〉は必ずレアドロップを落とし、ほぼ一撃で倒すことができるが、まず出会うことが難しい。

しかし、この〈オカリナ〉さえあればその一番難しい条件をクリアすることができるのだ。

素晴らしかろう？

とはいえ〈オカリナ〉ができるのはそこまでだ。撃破する難易度は変わらないので注意。

レアモンスターは逃げるからな。

〈オカリナ〉自体の回数も4回しかないので実質3回しか使えない、回数を全て使い切ると壊れる仕様も同じだ。チャンスは少ない。

つまり、実際の運用はかなり難易度が高い。逃げられたら、赤字だ。

それもあってリアルでは〈レアモンの笛（ボス用）〉の方が人気は上らしいと聞く。

後で早速〈オカリナ〉を使ってみよう。ゲームとどれくらいの差異があって難易度が高いのか見極めなければならないな。

「そういえば、今回は〈笛〉を使わないいんだよね？」

「ああ。まだ全体のレベルが低いからなぁ」

ハンナが〈オカリナ〉を見て思い出したのか〈笛〉の運用について確認してくる。

さすがにまだ中級中位《チュウチュウ》では〈レアモンの笛（ボス用）〉は使えない。少なくとも今は。

Lvカンストまで行かなくちゃ、まだちょっと危ないからな。

相性の良い5人でパーティを組みなおせば問題ないだろうが、今の2チーム分けで挑むのは相性の問題でちょっと遠慮したい。下手をすれば全滅すると思われる。

今は通常ボスで周回してレベル上げだな。

続いてシェリアが1人で開けた宝箱。

こちらにもとんでもないものが入っていた。

手に取ったシェリアの声が震える。

「こ、これは！　可愛い子猫のぬいぐるみ！」

「おおぉぉ！　こいつは〈仔猫様《こねこさま》〉だ！　〈仔猫様〉がいらっしゃったぞ‼」

こいつはやべえぜ。

シェリアが震える手で持っていたのは〈幸猫様〉と合わせるとコンボスキルを生み出す〈仔猫様〉だった。〈仔猫様〉のお出ましだ！

正式名称：〈幸運を分け与える仔猫〉。

それは〈幸猫様〉と同じく、素晴らしくデフォルメされ、女子高生にバズりやすく調整された、仔猫のぬいぐるみ。色合いは〈幸猫様〉によく似ており、〈幸猫様〉が成猫であるなら〈仔猫様〉は子猫と言われるほどだ。大きさは〈幸猫様〉の3分の2程度。

〈ダン活〉プレイヤーの中にはこの子たちをセットにして〈親子様〉なんて呼んでいた者もいた。

その理由は〈仔猫様〉の能力にある。

〈仔猫様〉もギルド設置型アイテムであり、その能力は『〈幸運を招く猫《〈幸猫様〉》〉があるとき、下部組織《ギルド》のメンバーにも『幸運』を付与する』というもの。

ゲームでは下部組織《ギルド》から献上されるアイテム、素材、資源のランクや質がアップするという効果だった。たまに〈上級転職チケット〉とかくれたからな。

さすがに〈幸猫様〉ほど効果は高くないが、その可愛さ200%の見た目と何より〈幸猫様〉が居るときに効果を発揮するという能力から、すっかり〈仔猫様〉の名前が定着してしまったアイテムだ。

しかしである、これ、リアルになった今だととんでもない効果になるんじゃない？

下部組織《ギルド》に『幸運』を付与するとか、それ親ギルドと何が違うの⁉

現在下部組織《ギルド》を創立している中、なんてタイムリーな出来事だろう。

さすがは〈猫ダン〉！　〈猫ダン〉はさすがが！

何たる幸運！　思わずクルクルと踊りだしそうな自分を制御するのが大変だったくらいだ。さすがに2度目はシエラが許してくれないだろう。

俺は〈幸猫様〉と〈猫ダン〉と〈小判〉と〈仔猫様〉に深く感謝の祈りを捧げた。

ふはははは!!

「こ、これは！　可愛い、凄く可愛いわ！」

「はい。もうとんでもなく凶悪な可愛さです！」

「シ、シェリア、どうか私にももっとよく見せてください」

「ルルも！　ルルもよく見たいのです！」

俺が少し祈っている間に〈仔猫様〉は女子たちに囲まれていた。さすがだ。

ラナ、ハンナは当然として、いつのまにかエステル、そして俺と宝箱を空けていたはずのルルまでがシェリアのとなりで交渉している。

シェリアがとても笑顔だった。

これが〈仔猫様〉の魔力！　俺も実物を見たいのだが、さすがに今は難しそうだ。

そのまま落ち着くまで少し待った。

そしてしばらく時は経ち。

「では、すんばらしいレアアイテムの〈オカリナ〉をゲットしたので、早速使おうかと思います！使ってみたい人？」

そうみんなに宣言すると4人の手が挙がる。

真っ先に手を挙げたのは、ルルだ。

「ゼフィルスお兄様！　ルルが、ルルが吹きたいのです！」

「おお、いいぞいいぞ～。ルルが一番に吹きなさい」

「ちょっとゼフィルス、私は！」

「ラナは二番でもいいだろ？」

「むう。まあしょうがないわね。ここはルルに譲るわ」

「ルルが吹くのなら私も吹きます」

「ん！　吹いてみたい」

ダメだった。〈仔猫様〉がいらっしゃると本当に時間だけが無駄に過ぎていったので、こりゃアカンと女子たちを敵に回しつつなんとか〈仔猫様〉を回収。

後でギルドに持ち帰ってからじっくり鑑賞しなさいと女子たちを宥めて、それでも収まりそうにないのでルルとの共同作業でゲットした〈オカリナ〉をひけらかしてなんとか思考を誘導することに成功して今に至る。

今回俺が吹くのは論外なので女子たちに任せよう。

立候補はルル、ラナ、シェリア、カルア。いや、回数は4つ光ってるけど3回までだからな？

今日吹けなかった人は明日吹いてもらおう。吹く機会はこれからいくらでもある。

みんなで一度39層へ向かい、そこでルルに〈オカリナ〉を吹いてもらう。

「カルアとパメラ、準備はいいか？」

「ん。いつでも行ける」

「準備万端デース！」

「よっしゃルル、吹いてみ？」

「ハイなのです！　は〜、――――♪――――♪」

ルルがオカリナを吹くと、森の中に耳心地の良い笛の音が響き渡った。これはホイッスルではないんだ。

すると、さっきから森でノンアクティブモンスターだった猫型モンスターがさらに大人しくなる。まるでオカリナの音色に聞き惚れているかのように寝そべり、リラックス状態だ。

一部の女子たちがリラックス猫を見てキャッキャ言っている。

「成功していればすぐに現れるはずだから逃がさずに狩るんだぞ」

「ん、『ソニャー』！　ん、発見、出てきた」

カルアが手を耳の後ろに当て『ソニャー』で索敵していると、出てきたようだ。

森から音色に誘われるように靴下模様のレアモンスター〈ゴールデンニャンニャー〉が飛び出してくる。

フィィッシュ!!　釣れたぜぇぇっ!!　70％大成功！　猫釣りだぁぁ!!

だがまだだ、いつもとは違いレアモンはこちらをバッチリ視認している。

エンカウントしても気が付かれていたら逃げられる。これレアモンスターの常識。

故にプレイヤーは相手にターンが回る前に速攻で倒すのだ。

「ニャ!?」

「逃がさない。『ナンバーワン・ソニックスター』！」

「ニャ！」

「油断大敵デース！　『一刀両断』デース！」

「クニャア……」

〈ゴールデンニャニャー〉が気が付き、速攻で逃げの姿勢に移ろうとするが、そこへカルアが一瞬で移動して逃げ道に立ちはだかり、パメラがスピードのある斬撃、『一刀両断』を使って一気に狩った。見事な連携だった。

俺は拍手を送って彼女たちを出迎える。

「素晴らしい！　素晴らしいよ！　これで〈小判〉が……計3つになった！」

今回もパメラが〈解体大刀《かいたいだいとう》〉でスパンしたのだが、今回は〈動物型モンスターのドロップ2倍〉が発動しなかったようで1個だけだ。まあ良し。

次の2番目、ラナの〈オカリナ〉では〈ゴールデンニャニャー〉が現れなかった。

〈オカリナ〉失敗だ。残念。

さらにその次、シェリアが3回目を吹き、〈ゴールデンニャニャー〉が現れたが、これは逃げられた。

出てきたはいいが道の端にいて、こっちに気が付くと同時に森の中に逃げて行ったのだ。

カルアが回り込もうとしたが今回は〈ゴールデンニャニャー〉が逃げ勝った形だ。

あれは位置が悪かったな。ドンマイだ。今日はここまでだな。

しかし、〈小判〉が計3つである。これは素晴らしすぎる成果だ。

3つ目は強化してメルトたちに渡しておこう。できれば最低でももう2つはゲットして、下部組織《ギルド》に渡したいところだ。

下部組織《ギルド》の強化にも繋がるし、時間があるときにでもゲットしておこう。

帰ったら回復しないとな。この回復代はすでにギルド予算から下りることになっている。

ラナが外れて賦《ふく》れていたが〈オカリナ〉を回復後、また吹いてもらうと約束をしてことなきを得た。

続いてBチームも〈猫キング〉に挑み、見事に勝利する。聞く限りAチームより安定した勝利だったらしい。

うむ、あっちには〈エデン〉のトップ盾のシエラと超回復のラナがいたからな。

こっちより安定しているはずだ。勝てたようで良かったぜ。

そこから周回が始まり、午後9時までAチームとBチームは交互にボス戦を繰り返したのだった。

ちなみに〈金箱〉はAチームがさらに1回、Bチームはなんと2回もドロップした。

うち1つは〈上級転職チケット〉だった。これで4枚目のゲット！

後1枚で上級ダンジョンの準備が整うな。

『妖怪：後一個足りない』が出ないことを祈るぜ。

第20話　中級中位ダンジョン制覇！　準備は整ったぜ！

ダンジョン週間はその後予定通りに進んだ。

2日で1つのダンジョンを攻略していき、順調に進む。

〈猫ダン〉を攻略した次の日は、これも上級生に人気の無い、〈蠍毒《さそりどく》の砂塵《さじん》ダンジョン〉の攻略に挑んだ。

名称の通り砂塵が吹き荒れていて視界が悪く、風がビュービュー吹き付ける。

さらに地面から湧いて出るサソリ型モンスターが面倒で、尾の一撃を食らえば〈毒〉状態にされてしまう。モンスターの種類によっては〈麻痺〉〈混乱〉〈睡眠〉まで付与してくる厄介な相手だ。

〈猫ダン〉で手に入れていたレシピ、〈浄化の粉塵〉が早速役に立ったぜ。ここを2番目のダンジョンに選んだ理由だな。

ここは〈体内状態異常〉しか付与してこないのだ。

まあ、食らわないに越したことはないのだが、前足のハサミによる連続攻撃に気が抜けない。両ハサミの対応をしていたと思ったら尾針が降ってくる。しかも意外に素早く、パワーも強い。これにやられてしまう学生は多いらしい。

しかし、ここは物理型ダンジョンなのでタンクが優秀ならわりと余裕だ。

リカが〈猫ダン〉の失態を取り戻すかのように攻撃を弾きまくっていたな。

サソリは遠距離攻撃が少ないため、リカは相性がいいダンジョンだ。

状態異常は俺、ラナで対応、対応が間に合わない場合は〈浄化の粉塵〉を誰かが使って切り抜けた。

特に大きな問題も無く、ここも2日で攻略を終える。

上級生に人気の無いダンジョンなので周回自由だぞと思っていたのだが、これには女子が反対。ボスを狩ったらすぐ帰還することとなった。

まあ、うん。仕方ないか。虫モンスターの悲しい性だ。

ちなみに隠し部屋は5カ所を回った。全部〈銀箱〉だ。

また、レアモンスターを回復した〈オカリナ〉の力を使って3回チャレンジし2回成功。

レア素材の〈金サソリの猛毒針〉を2つゲットしたのだが……女子たちがこれを使うのを拒否した

のでマリー先輩のギルド行きとなったのは残念だ。これを使って『毒攻撃』『麻痺攻撃』『混乱攻撃』『睡眠攻撃』のいずれかが付与された武器はかなり強いのだが。

また、〈猫ダン〉にも再び行って〈ニャブシ〉狩り＆〈オカリナ〉で〈ゴールデンニャニャー〉狩りもした。〈ニャブシ〉は〈木箱〉だったが、レアモンスターの方は3回チャレンジし1回の成功。パメラの〈解体大刀《かいたいだいとう》〉が今度は発動してこれで〈小判〉が計5つになった。強化した後、下部へ貸与する準備も進めておこう。

さらに〈猫ダン〉でついでに行き止まりを調べたときのことである。

なんと初めて行き止まりで〈金箱〉を見つけることができたのだ。嬉しいことである。ほくほくだ。

中身は〈猫《ニャウ》ジング〉といってダウジング機能を持つ猫型アイテムだった。

これで探したい素材やアイテムを登録して探すと、近づいたら「にゃーーんにゃーーん」と鳴いて教えてくれる。〈採集課〉や〈罠外課〉に喜ばれるアイテムだな。

ちなみに宝箱を開けたのはハンナである。久しぶりの〈金箱〉だと言って嬉しそうだった。

続いてダンジョン週間最後の土日。３つ目のダンジョン攻略場所として狙いを付けたのは〈猛獣の集会ダンジョン〉だ。

ここは結構変わったダンジョンで、基本的に道と広場が交互に続き、モンスターが広場にて待ち構えているダンジョンだ。

道でエンカウントはしない代わりに広場では戦闘を避けられない仕様。

さらに出てくるモンスターたちは大体が５体から６体の〈ウルフ〉系のモンスター集団で楽なバトルが無い。モンスター１体１体が連携し、わりとタフなので時間も掛かる。

ここを通りたくば我らを倒してみせよ的な、そんな弱肉強食なダンジョンだ。

普通ならあんまり来たくはないダンジョンである。

しかし、〈ダン活〉のデータベースと呼ばれた俺に死角無し。

知っている者からすれば、ここほど攻略しやすいダンジョンはないだろう。

ここのダンジョンはあれだ、ただの迷路《めいろ》遊びみたいなものだ。

子ども向けの簡単な迷路の本の内容に近い作りをしている。

つまり、広場を避けてゴール《次の階層》へ向かうルートがあるのだ。

しかも全階層に。広場に行けば戦闘は避けられないなら広場に行かなきゃいいじゃない、である。

実は全ダンジョンの中で唯一と言っていい、一度もエンカウントせずにボス部屋まで行くことが可能なダンジョンなのである。

まあ、隠し部屋や採集をしたければ広場を通らなくてはいけないので、あくまで最下層に行きたいだけの場合のみに限られるが。

ここをダンジョン週間中の最後のダンジョンに選んだ理由はまさにそのエンカウントせずに最下層まで行けるというのが最大の理由で、もし時間が切羽詰まった場合はエステルとセレスタンのダブル馬車による強行軍で一気に最下層まで行き1日で終わらせようと画策していたからだ。このダンジョンだとそんなことが可能になってしまうんだよなぁ。

というわけで、予定を1日繰り上げ、土曜日。

エステルとセレスタンによる2台強行軍を行なったのだった。別に切羽詰まった時にしか使わないとは言っていない。セレスタンも仕事がいち段落したとのことでダンジョンへ誘ったのだ。

ただ入場制限をクリアしていないのでセレスタンには学園からレンタルした〈『ゲスト』の腕輪〉を装備してもらっている。

ハンナも連れて、攻略10人＋補助2人でのダンジョン探索となった。

途中の守護型ボスと徘徊型ボスだけ丁寧に倒してあげて最下層に到着。

最下層のボスは初級にも登場した〈バトルウルフ（第三形態）〉とお供が4体。

前に初級中位《ショッチュー》のボスをしていた〈バトルウルフ〉の進化した姿だ。

体長は4メートルに迫り、体色は黒く、禍々しい邪悪な猛獣というイメージを抱かせる。

さすがにモフモフ好きのルルでさえ、俺の背中に隠れてそっと片目を出して見つめているくらいには近づきがたい相手だ。

俺を見つめても尻尾が垂れない。よほど自分の戦闘力に自信を持っているらしい。

よっしゃその自信、粉々に砕いたるーと突撃。

普通に勝った。

〈バトルウルフ〉は何度も登場する関係上、ゲーム〈ダン活〉時代でおそらくトップクラスの討伐数を誇っている俺だ。もう対応策が身体に染みついていて、まったく苦戦らしい苦戦をしなかった。

だから〈バトルウルフ〉は大好きである。

さあ、こんな狩りやすいダンジョンとボスはそうはいないぞ！

ここでLvをカンストまで上げるのだ！　明日の夕方まで狩り続けるぞ！

そして行こう。上級職へと！

日曜日の夕方、俺を見ると尻尾が垂れてしまう〈バトルウルフ〉になってしまったが、きっと気のせいのはずだ。

そして嬉しい報告がある。

〈バトルウルフ〉の乱獲によって〈金箱〉をなんと6個もゲットしたのだ！

なんかめっちゃ落ちるぜ〈金箱〉ラッシュ！

〈金箱〉が出やすくなる〈金猫《きんねこ》の小判《こばん》〉が良い仕事をしたのも手伝っただろう。

〈幸猫様〉に渡すお高いお肉はレアモンスターの肉に決定した！

俺は【勇者Ｌｖ71】まで上がり、とうとうカンストが見えてきた。

他のみんなも大半がＬｖ65超え。ラナとエステルに関しては俺と同レベルだ。

さすがに2日の周回でカンストへ持って行くのは無理があったが、次の土日でカンストまで届くであろう算段だ。

いや、その前にＤランク試験だな。

今回の〈バトルウルフ〉でとうとうＤランク試験の条件を満たしたのだ。

ふははは！　順調だ！　とても順調に〈エデン〉は強くなっている！

今週中には〈エデン〉はＤランクになるぞ！

〈エデン〉の邁進《まいしん》は、まだまだ続く。

名前 NAME

ゼフィルス

人種 CATEGORY		職業 JOB	LV		
主人公	男	勇者	71	HP	372/372→ 412/412
				MP	623/623→ 787/687(+100)

獲得SUP:合計22P　制限:――

攻撃力 STR	235→255	(×1.6)
防御力 VIT	235→255	(×1.6)
魔力 INT	235→255	(×1.6)
魔力抵抗 RES	235→255	(×1.6)
素早さ AGI	235→255	(×1.6)(+15)
器用さ DEX	30	(×1.6)

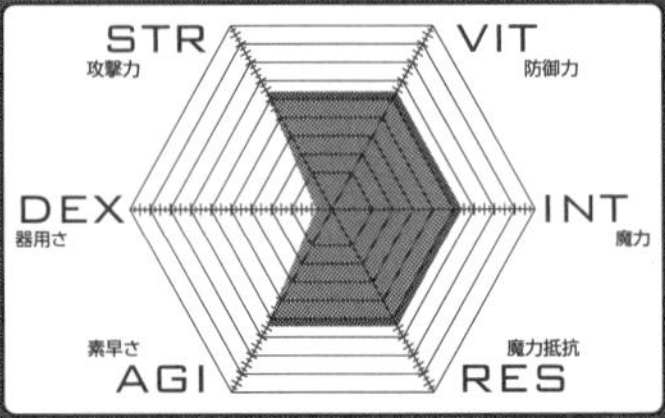

SUP ステータスアップポイント 0P →132P→ 0P

SP スキルポイント 0P →6P → 4P

スキル

身体強化 LV10　直感 LV5　超反応 LV5
ソニックソード LV5　ハヤブサストライク LV1　ライトニングスラッシュ LV1
属性剣 LV1　ディフェンス LV5　ガードラッシュ LV5　アピール LV5
ヘイトスラッシュ LV1　カリスマ LV4
ギルド 幸運　装備 状態異常耐性 LV3
装備 麻痺耐性 LV5　装備 斬撃耐性 LV4　装備 移動速度上昇 LV5
装備 金箱ドロップ率アップ NEW LV10　装備 ボス素材ドロップ量増加 NEW LV10

魔法

シャインライトニング LV5　ライトニングバースト LV1
リカバリー LV1　オーラヒール LV1　エリアヒーリング LV1

ユニークスキル

勇者の剣《ブレイブスラッシュ》 LV5　勇気《ブレイブハート》 LV10

装備

右手 天空の剣　左手 天空の盾　天空シリーズスキル(状態異常耐性)
体① 天空の鎧　体② 痺抵抗のベルト(麻痺耐性)
頭 銀のピアス(AGI↑)　腕 ナックルガード(斬撃耐性)　足 ダッシュブーツ(移動速度上昇)
アクセ① 金猫《きんねこ》の小判《こばん》(金箱ドロップ率アップ/ボス素材ドロップ量増加)　アクセ② エナジーフォース(MP↑)

名前 NAME

ハンナ

人種 CATEGORY	村人	女
職業 JOB	錬金術師	LV 70
HP	130/30(+100)	
MP	710/710	

獲得SUP:合計14P　制限:DEX+5

攻撃力 STR	10
防御力 VIT	10
魔力 INT	10
魔力抵抗 RES	280→352
素早さ AGI	10
器用さ DEX	378→418

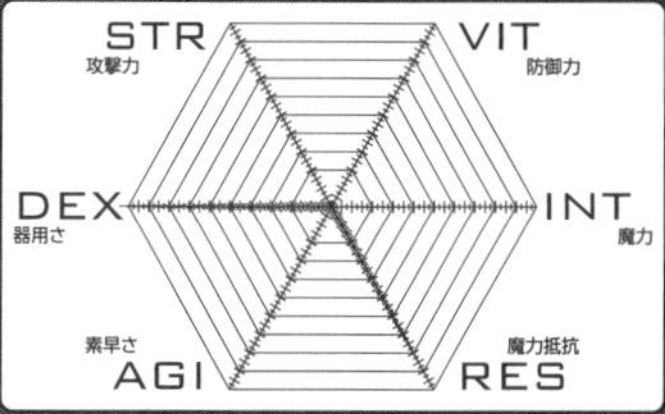

SUP ステータスアップポイント 0P →112P→ 0P

SP スキルポイント 0P →8P → 0P

スキル

錬金 LV10　調合 LV10　素材返し LV10
迅速錬金 LV5　迅速調合 LV5　簡略生産 LV5　大量生産 LV10
薬品質上昇 LV5　薬回復量上昇付与 LV5　ギルド 幸運
装備 打撃耐性 LV2　装備 斬撃耐性 LV3
装備 猫の足 NEW LV4　装備 MP消費削減 LV3
装備 MP自動回復 LV1

魔法

装備 ヒーリング LV7　装備 メガヒーリング LV3
装備 プロテクバリア LV9

ユニークスキル

すべては奉納《ほうのう》で決まる錬金術 LV10

装備

両手 マナライトの杖　空きスロット 支援回復の書・魔能玉(ヒーリング/メガヒーリング/プロテクバリア)
体① アーリクイーン黒(打撃耐性)　体② 希少小狼のケープ(斬撃耐性)
頭 戦小狼の魔女折れ帽子(HP↑)　腕 バトルフグローブ(HP↑)　足 猫球の足袋(猫の足/HP↑)
アクセ① 節約上手の指輪(MP消費削減)　アクセ② 真魂のネックレス(MP自動回復)

名前 NAME

シエラ

人種 CATEGORY		職業 JOB	LV		
伯爵/姫	女	盾姫	69	HP	636/636→ 830/700(+130)
				MP	410/410→ 520/470(+50)

獲得SUP:合計20P　制限:VIT+5 or RES+5

攻撃力 STR	170→200	
防御力 VIT	340→360	(×1.1)
魔力 INT	10	
魔力抵抗 RES	340→360	(×1.1)
素早さ AGI	100→130	
器用さ DEX	30	

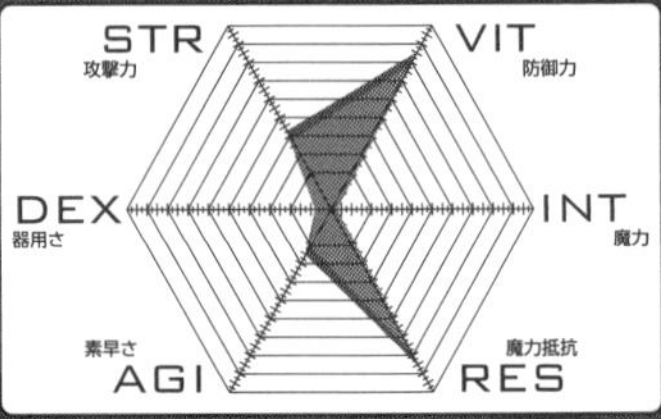

SUP ステータスアップポイント 0P →140P→ 0P

SP スキルポイント 0P →7P → 4P

スキル

挑発 LV5　ガードスタンス LV1　オーラポイント LV5
シールドスマイト LV1　シールドバッシュ LV1　インパクトバッシュ LV1
カウンターバースト LV1　カバーシールド LV1　インダクションカバー LV5
鉄壁 LV5　城塞盾 LV5　マテリアルシールド LV5
ファイヤガード LV1　フリーズガード LV1　サンダーガード LV1
ライトガード LV1　カオスガード LV1　状態異常耐性 LV10　受盾技 LV5
流盾技 LV5　防御ブースト LV2　魔防ブースト LV2
ギルド 幸運　装備 通常攻撃威力上昇 LV5

魔法

ユニークスキル

完全魅了盾 LV5

右手 鋼華メイス（通常攻撃威力上昇）　左手 盾姫カイトシールド
体①・体②・頭・腕・足 盾姫装備一式
アクセ① 命の指輪（HP↑）　アクセ② 月猫の指輪（HP↑/MP↑）

名前 NAME

ラナ

人種 CATEGORY		職業 JOB	LV
王族/姫	女	聖女	71

HP 328/328→ 364/364

MP 851/851→ 944/944

獲得SUP:合計21P　制限:INT+5 or RES+5

攻撃力 STR	10
防御力 VIT	150→180
魔力 INT	385→400
魔力抵抗 RES	385→400
素早さ AGI	103→129
器用さ DEX	50

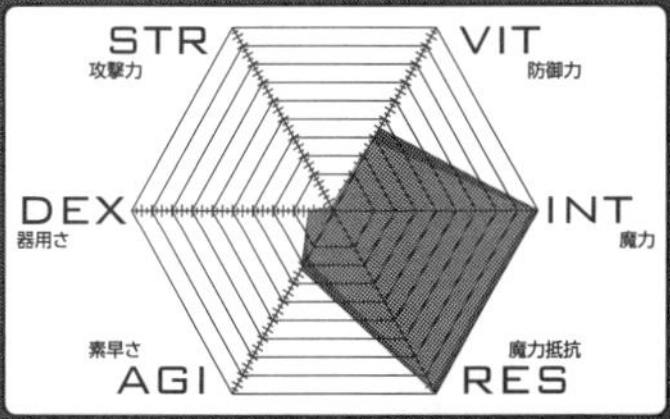

SUP ステータスアップポイント 0P →126P→ 0P

SP スキルポイント 4P →10P

スキル

MP自動回復 LV5　MP消費削減 LV5

ギルド 幸運　装備 回復強化 LV5　装備 光属性威力上昇 LV4

装備 金箱ドロップ率アップ NEW LV10　装備 ボス素材ドロップ量増加 NEW LV10

魔法

回復の祈り LV1　回復の願い LV1　大回復の祝福 LV1

全体回復の祈り LV1　全体回復の願い LV1　生命の雨 LV1　天域の雨 LV1

復活の奇跡 LV5　勇者復活の奇跡 LV5　浄化の祈り LV1　浄化の祝福 LV1

獅子の加護 LV1　聖魔の加護 LV1　守護の加護 LV1　耐魔の加護 LV1

迅速の加護 LV1　魂の誓い LV5　光の刃 LV5　光の柱 LV1

聖光の耀剣 LV5　聖光の宝樹 LV1　聖守の障壁 LV5

ユニークスキル

守り続ける聖女の祈り LV10

装備

両手 慈愛のタリスマン(回復強化)

体①・体②・頭・腕・足 聖女装備一式

アクセ① 光の護符(光属性威力上昇)

アクセ② 金猫《きんねこ》の小判《こばん》(金箱ドロップ率アップ/ボス素材ドロップ量増加)

名前 NAME

エステル

人種 CATEGORY		職業 JOB	LV
騎士爵/姫	女	姫騎士	71

HP 467/467→ 529/529

MP 455/455→ 515/515

獲得SUP:合計20P　制限:STR+5

攻撃力 STR	465→505
防御力 VIT	170→180
魔力 INT	10
魔力抵抗 RES	160→170
素早さ AGI	225→245 (+15)
器用さ DEX	50

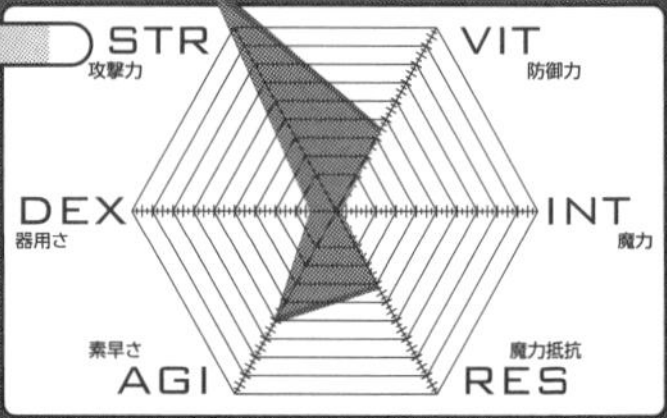

SUP ステータスアップポイント 0P →120P→ 0P

SP スキルポイント 0P →6P

スキル

騎乗 LV1　乗物操縦 LV10　ロングスラスト LV5　トリプルシュート LV5
プレシャススラスト LV5　閃光一閃突き LV5
レギオンスラスト LV1　レギオンチャージ LV1
騎槍突撃 LV5
両手槍の心得 LV5　乗物攻撃の心得 LV5
アクセルドライブ LV1　ドライブターン LV1　オーバードライブ LV10
ギルド 幸運　装備 テント LV1
装備 空間収納倉庫《アイテムボックス》 LV3　装備 車内拡張 LV3

魔法

ユニークスキル

姫騎士覚醒 LV10

装備

両手 リーフジャベリン(AGI↑)
体①・体②・頭・腕・足 姫騎士装備一式
アクセ①・アクセ② からくり馬車(テント/空間収納倉庫/車内拡張)

名前 NAME

カルア

人種 CATEGORY		職業 JOB	LV		
猫人/獣人	女	スターキャット	70	HP	287/287→ 470/320(+150)
				MP	410/410→ 540/440(+100)

獲得SUP:合計19P　制限:AGI+7

攻撃力 STR	320→354	(+20)
防御力 VIT	125→140	(+10)
魔力 INT	10	
魔力抵抗 RES	105→120	(×1.1)(+30)
素早さ AGI	459→508	(×1.3)(+5)
器用さ DEX	30	

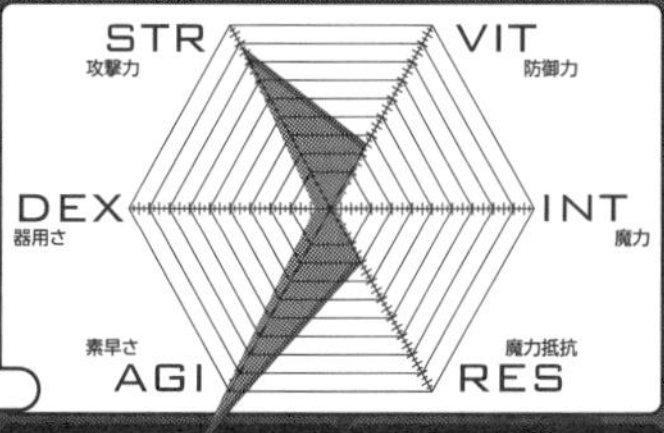

SUP ステータスアップポイント 0P → 133P → 0P

SP スキルポイント 1P → 8P → 3P

スキル

素早さブースト LV5　短剣二刀流 LV10　投刃 LV1　フォースソニック LV5
スルースラッシュ LV1　鱗剥ぎ LV5　二刀山猫斬り LV1
急所一刺し LV5　32スターストーム LV1　デルタストリーム LV1
スターブーストトルネード LV5　スターバースト・レインエッジ LV5
ソニャー LV10　罠突破 LV1　直感 LV5
回避ダッシュ LV5　突風 LV1
ギルド 幸運　装備 対妖精耐性 LV4　装備 妖精キラー LV4
装備 移動速度上昇 LV10　装備 爆速 LV5　装備 罠爆破 LV5
装備 魔防ブースト LV2　装備 全属性耐性 LV1

魔法

ユニークスキル

ナンバーワン・ソニックスター LV5

装備

右手 ソウルダガー(STR↑/AGI↑)　左手 アイスミー(STR↑)　傭兵妖精シリーズスキル(魔防ブースト/全属性耐性/MP↑)
体① 妖精の薄着(対妖精耐性)　体② 傭兵の身軽装着(妖精キラー)
頭 傭兵妖精ゴーグル(RES↑)　腕 傭兵妖精スリーブ(RES↑/HP↑)　足 爆速スターブーツ(移動速度上昇/爆速/罠爆破)
アクセ① 妖精のマフラー(HP↑/MP↑)　アクセ② 守護ミサンガ(VIT↑/HP↑)

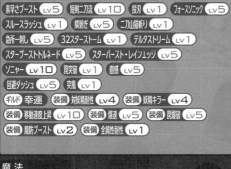

名前 NAME

リカ

人種 CATEGORY		職業 JOB	LV
侯爵/姫	女	姫侍	69

HP 604/604→ 672/672

MP 500/500→ 530/530

獲得SUP:合計20P　制限:STR+5 or VIT+5

攻撃力 STR	240→270	(+30)
防御力 VIT	330→370	(+10)
魔力 INT	10	
魔力抵抗 RES	230→250	(+15)
素早さ AGI	110→130	
器用さ DEX	50	

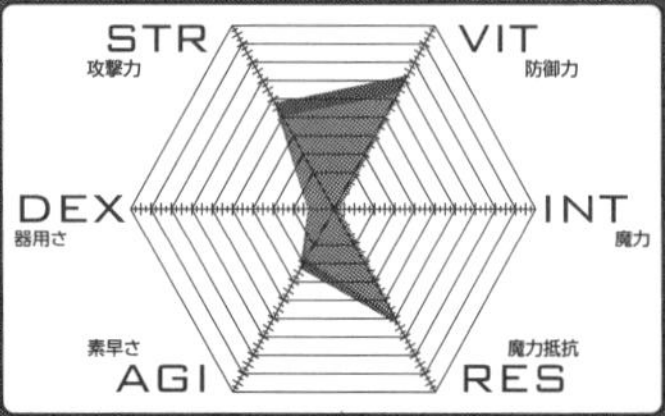

SUP ステータスアップポイント 0P →140P→ 0P

SP スキルポイント 0P →7P → 6P

スキル

二刀流 LV10　果し合い LV5　大勇 LV1　戦意高揚 LV5
切り返し LV1　切り払い LV1　上段受け LV1　下段払い LV1
受け払い LV1　残影 LV1　二刀払い LV5　弾き返し LV5
名乗り LV1　影武者 LV1
刀撃 LV1　ツバメ返し LV5　横文字二線 LV1　十字斬り LV1
飛鳥落とし LV1　焔斬り LV1　雷閃斬り LV1　凍砕斬 LV1
光一閃 LV1　闇払い LV1　パリング成功率上昇 LV5
ギルド 幸運　装備 ビーストキラー LV6

魔法

ユニークスキル

双・燕桜 LV10

装備

右手 剛刀ムラサキ(STR↑)　左手 六雷刀《ろくらいとう》・獣封《けものふうじ》(ビーストキラー)
体①・体②・頭・腕・足 姫侍装備一式
アクセ① 武闘のバングル(STR↑/VIT↑)　アクセ② 魔防の護符(RES↑)

名前 NAME

セレスタン

人種 CATEGORY		職業 JOB	LV
分家	男	バトラー	46

HP	368/368 → 434/384(+50)
MP	260/260 → 325/275(+50)

獲得SUP:合計19P　制限:STR+5 or DEX+5

攻撃力 STR	240→250	(×1.6)(+20)
防御力 VIT	110→115	
魔力 INT	10	
魔力抵抗 RES	100→105	(+20)
素早さ AGI	170→178	(+20)
器用さ DEX	80	(×1.1)(+15)

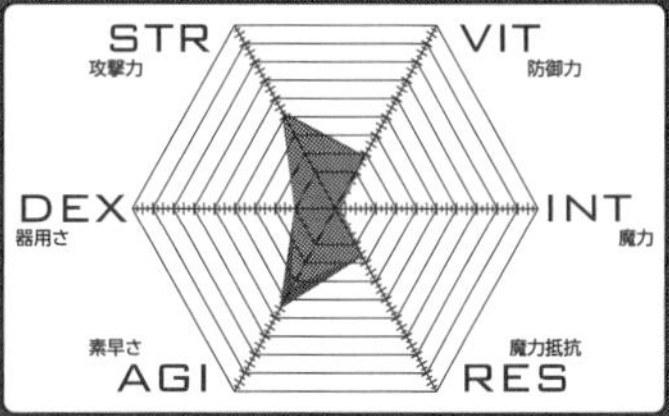

SUP ステータスアップポイント 0P →38P → 0P

SP スキルポイント 0P →2P → 0P

スキル

宮廷作法 LV2　毒味 LV1　気功 LV10　馬車適性 LV5
ティー作製 LV2
ストレートパンチ LV5　三回転裏拳 LV1
上段回し蹴り LV5　ブリッツストレート LV1　スピンカウンター LV1
バトラー・オブ・フィスト LV1　手刀 LV1　ノッキング LV1
挑発 LV5　警戒心 LV1　敵の位置を探りましょう LV1
罠など恐れるに足りません LV1　先読み LV1
こんなこともあろうかと LV1
ギルド 幸運　装備 執事流武闘 LV10

魔法

ユニークスキル

皆さまが少しでも過ごしやすく LV5

装備

両手 執事の秘密手袋(執事流武闘)
体①・体②・頭・腕・足 執事装備一式(HP↑/MP↑/STR↑/AGI↑)
アクセ① 執事のメモ帳(DEX↑)　アクセ② 紳士のハンカチ(RES↑)

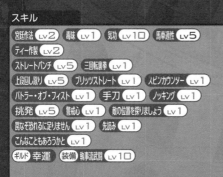

名前 NAME

ケイシェリア

人種 CATEGORY		職業 JOB	LV
エルフ	女	精霊術師	65

HP 322/322→ 390/390

MP 724/724→ 898/868(+30)

獲得SUP:合計20P　制限:INT+5 or DEX+5

攻撃力 STR	10
防御力 VIT	120→160
魔力 INT	380→500 (+20)
魔力抵抗 RES	120→160
素早さ AGI	100→140
器用さ DEX	30

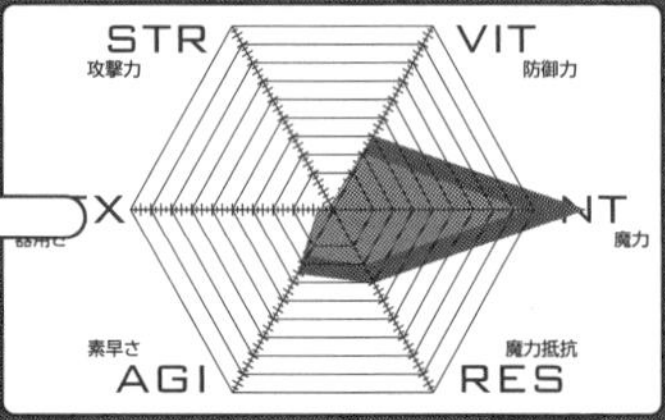

SUP ステータスアップポイント 0P →300P→ 0P

SP スキルポイント 0P →15P→ 0P

スキル

ギルド 幸運　装備 精霊術威力上昇 LV5

魔法

精霊召喚 LV5　エレメントリース LV10　エレメントブースト LV10　エレメントアロー LV1　エレメントシュート LV1　エレメントランス LV1　エレメントジャベリン LV5　エレメントウェーブ LV1　エレメントウォール LV1　オール LV5　ゾーン LV3　古式精霊術 LV10　イグニス LV1　グラキエース LV1　トニトルス LV1　ルクス LV1　テネブレア LV1　サンクトゥス LV1　ブレッシング LV1

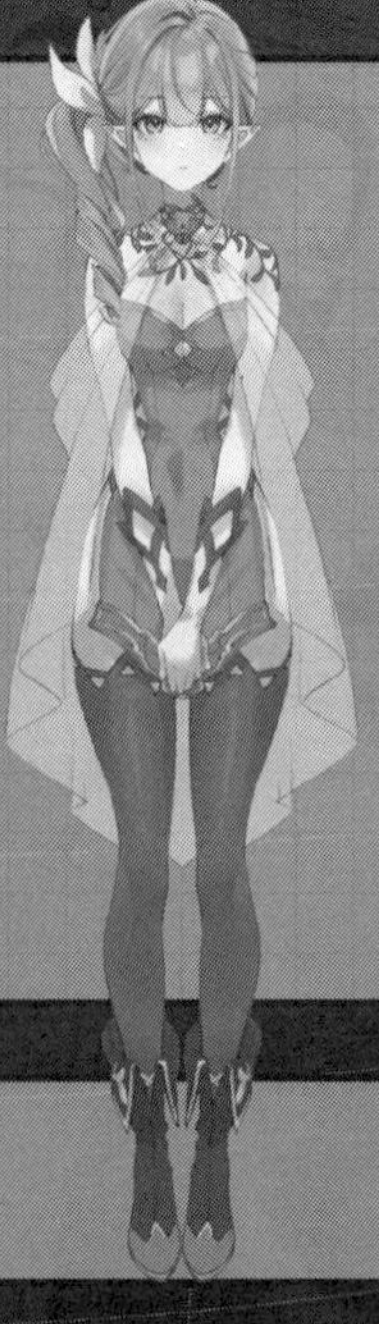

ユニークスキル

大精霊降臨 LV10

装備

両手 小精霊胡桃樹の大杖(精霊術威力上昇)

体①・体②・頭・腕・足 最高位エルフ装備一式

アクセ① フラワーリボン(INT↑)　アクセ② 魔法使いの証〈初級〉(INT↑/MP↑)

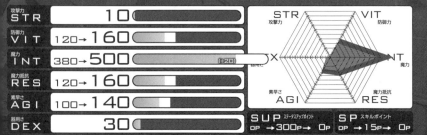

名前 NAME

ルル

人種 CATEGORY		職業 JOB	LV
子爵/姫	女	ロリータヒーロー	65

HP 562/562→ 600/600

MP 200/200→ 230/230

獲得SUP:合計20P　制限:STR+5 or VIT+5

攻撃力 STR	300→420
防御力 VIT	270→310
魔力 INT	10
魔力抵抗 RES	140→180
素早さ AGI	100→180
器用さ DEX	20

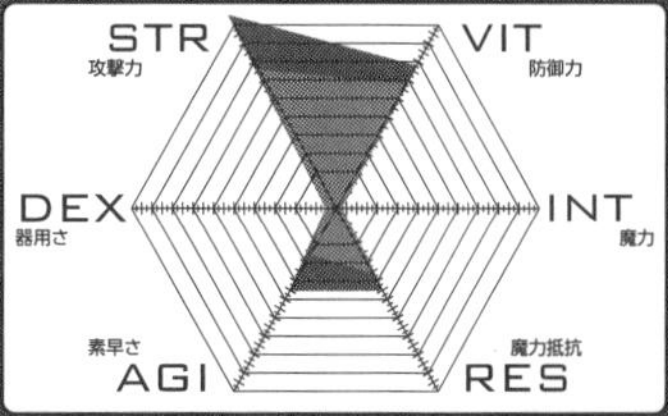

SUP ステータスアップポイント 0P →300P→ 0P

SP スキルポイント 0P →15P→ 2P

スキル

ヒーローはここにいるの LV5　ヒーローだもの、へっちゃらなのです LV10
ヒーロー登場 LV1　ヒーローは負けないんだもん LV10　無敵のヒーロー LV1
復活のヒーロー LV1　小回り剣技 LV5　ハートチャーム LV1
ハートポイント LV1　ロリータソング LV1　ロリータマインド LV1
キュートアイ LV1　小回り回避 LV1　ローリングソード LV1
チャームソード LV1　ポイントソード LV1　チャームポイントソード LV1
ロリータタックル LV5　小回転斬り LV1　ジャスティスヒーローソード LV1
ヒーロースペシャルインパクト LV1　セイクリッドエクスプロード LV1
ロリータオブヒーロー・スマッシュ LV5　片手ヒーロー LV1
ギルド 幸運　装備 ヒーロースキルMP消費削減 LV8
装備 毒耐性 LV5　装備 麻痺耐性 LV5

魔法

ユニークスキル

ヒーローはピンチなほど強くなるの LV10

装備

右手 ヒーローソード(ヒーロースキルMP消費削減)　左手 ──
体①・体②・頭・腕・足 スィートロリータ装備一式
アクセ① 痺抵抗の護符(麻痺耐性)　アクセ② 対毒の腕輪(毒耐性)

名前 NAME

シズ

人種 CATEGORY		職業 JOB	LV
分家	女	戦場メイド	65

HP 319/319→ 390/390

MP 488/488→ 560/560

獲得SUP:合計19P　制限:STR+5 or DEX+5

攻撃力 STR	10
防御力 VIT	105→160 (+10)
魔力 INT	10
魔力抵抗 RES	100→150
素早さ AGI	110→175
器用さ DEX	410→500 (×1.6)(+25)

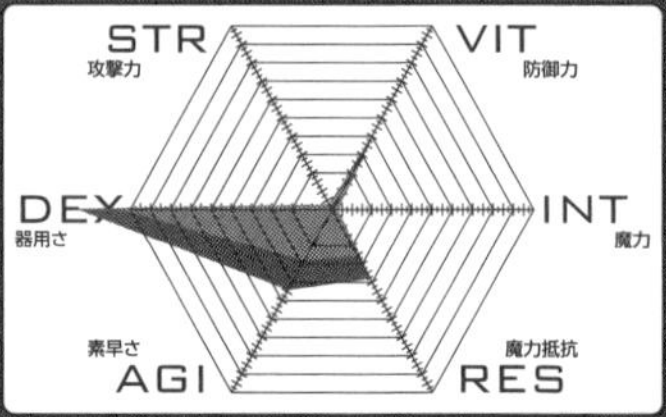

SUP ステータスアップポイント 0P→304P→ 0P

SP スキルポイント 0P→16P→ 0P

スキル

宮廷作法 LV10　ティー作製 LV1
ファイアバレット LV1　アイスバレット LV1　サンダーバレット LV1
グレネード LV5　連射 LV5　徹甲弾 LV1　貫通弾 LV1
チャージショット LV1　ハートスナイプ LV1
魔弾 LV1　ジャッジメントショット LV1　マルチバースト LV1
照明弾 LV1　閃光弾 LV1　バインドショット LV1　チャフ LV1
弾幕 LV1　地雷罠設置 LV1　戦場の罠解除 LV1　罠発見 LV5
索敵 LV10　追跡 LV3　痕跡発見 LV1　隠蔽工作 LV1
ジャマー LV1　攪乱《かくらん》 LV1
ギルド 幸運　装備 通常攻撃威力上昇 LV7

魔法

ユニークスキル

優雅に的確に速やかに制圧 LV10

装備

両手 冥土アサルト（通常攻撃威力上昇）
体①・体②・頭・腕・足 戦場メイド装備一式
アクセ① 宮廷メイドのカチューシャ（DEX↑）
アクセ② 宮廷メイドのハンカチ（VIT↑/DEX↑）

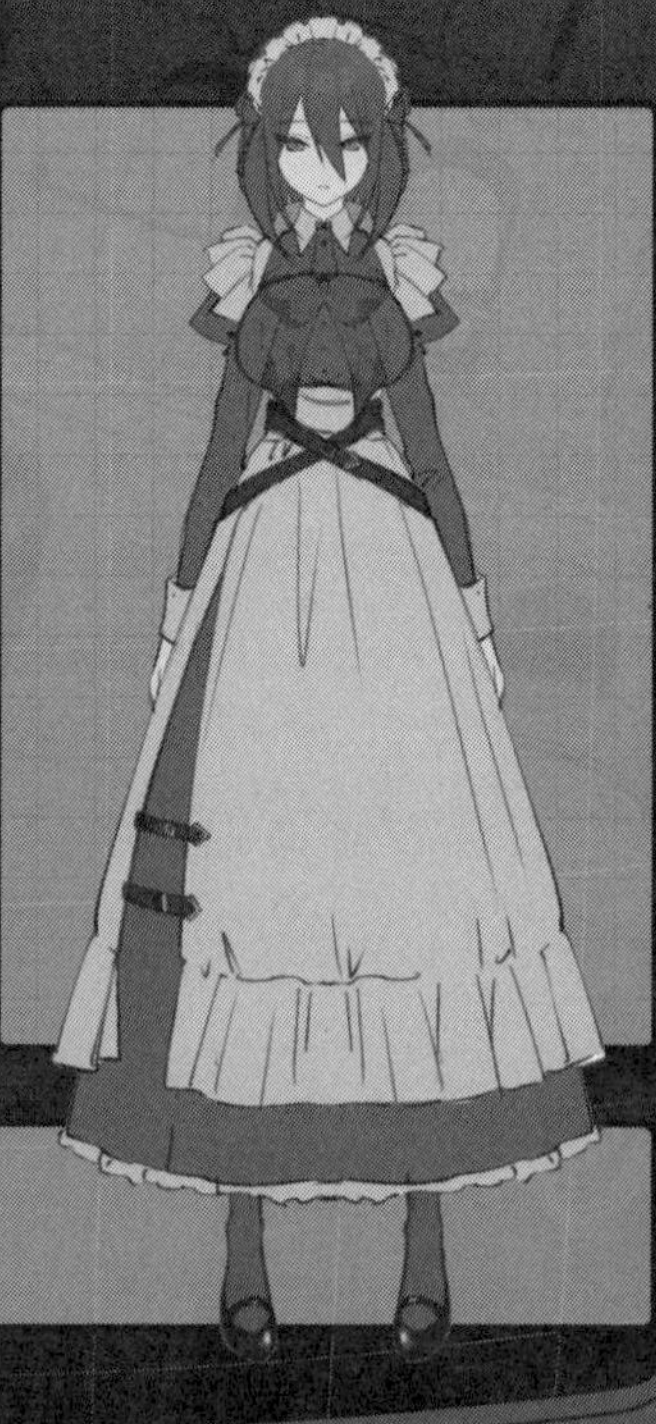

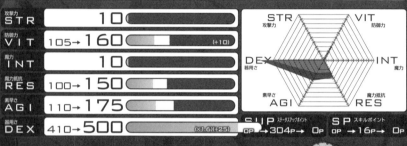

名前 NAME

パメラ

人種 CATEGORY		職業 JOB	LV
分家	女	女忍者	65

HP 316/316→ 384/384

MP 422/422→ 452/452

獲得SUP:合計19P　制限:STR+5 or DEX+5

攻撃力 STR	300→400	
防御力 VIT	90 →130	
魔力 INT	10	
魔力抵抗 RES	90 →130	
素早さ AGI	230→300	(×1.3)(+25)
器用さ DEX	47 → 71	

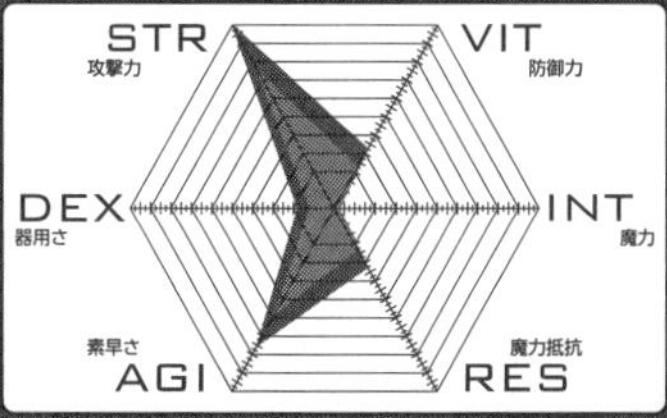

SUP ステータスアップポイント 0P →304P→ 0P

SP スキルポイント 0P →16P→ 0P

スキル

忍法・囮影 LV1　忍法・幻影 LV1　忍法・影縫い LV1
忍法・身代わり LV1　忍法・空蝉 LV1　目立つ LV5
お命頂戴 LV1　暗闇の術 LV5　毒霧の術 LV1　刀撃 LV1
麻痺毒斬り LV1　一刀両断 LV1　豪炎斬波 LV1　氷結斬駆 LV1
雷斬り LV1　巨大手裏剣の術 LV1　毒手裏剣 LV1　立体駆動 LV1
水上歩行の術 LV1　回避ブースト LV5　瞬動 LV1　気配察知 LV5
索敵 LV10　軽業 LV1　罠発見 LV5　罠再利用 LV1
罠解除 LV5　ギルド 幸運　装備 動物型モンスターのドロップ2倍
装備 動物キラー LV4　装備 暗闇付与率上昇 LV10

魔法

ユニークスキル

必殺忍法・分身の術 LV10

装備

右手 解体大刀(動物型モンスターのドロップ上昇/動物キラー)　左手 竹光(AGI↑)
体①・体②・頭・腕・足 女忍者装備一式
アクセ① 暗闇の巻物(暗闇付与率上昇)　アクセ② 軽芸の靴下(AGI↑)

名前 NAME

ヘカテリーナ

人種 CATEGORY		職業 JOB	LV		
公爵/姫	女	姫軍師	47	HP	220/220→ 288/288
				MP	275/275→ 596/496(+100)

獲得SUP:合計20P　制限:STR+5 or DEX+5

攻撃力 STR	10
防御力 VIT	60 →100
魔力 INT	160→240 (×1.3)
魔力抵抗 RES	60 →100
素早さ AGI	60 →100
器用さ DEX	175→260 (×1.3)

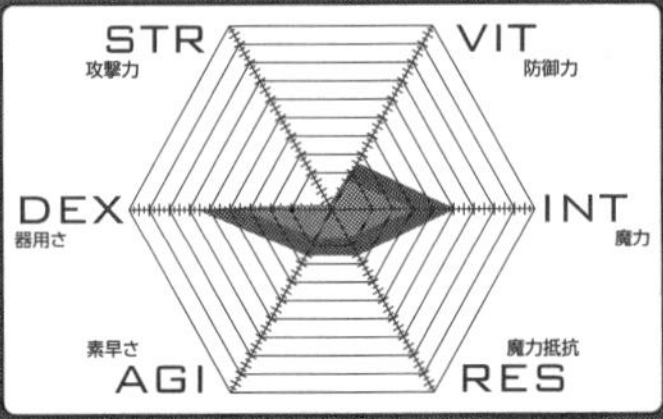

SUP ステータスアップポイント 0P →340P→ 0P

SP スキルポイント 6P →23P→ 0P

スキル

望遠 LV5　プラスレンジ NEW LV1　号令 LV1　ギルドコネクト LV5
指揮砲 LV1　祝砲 LV1　先手必勝 NEW LV1　マジックスフィア LV1
四連魔砲 LV1　爆発魔砲 LV1　デルタカノン NEW LV1　遠距離集束砲 NEW LV1
四連散弾魔砲 NEW LV1　ショット魔砲ガン NEW LV1　ハイパーカノン NEW LV1
ビーム NEW LV1　モンスターウォッチング LV1　人間観察 LV5
観測の目 LV5　俯瞰の目 NEW LV1　状況把握 LV1　ターゲット補足 LV1
ギルドチェーンブックマーク NEW LV1　罠発見報告 NEW LV1　罠爆破破壊 NEW LV1
魔砲ブースト NEW LV5　指揮力ブースト NEW LV5　ギルド 幸運
装備 紅蓮砲 LV5　装備 統率力 LV5　装備 指揮 LV1

魔法

ユニークスキル

全軍一斉攻撃ですわ NEW LV1

装備

両手 紅蓮魔砲(紅蓮砲)
体①・体②・頭・腕・足 姫軍師装備一式(統率力)
アクセ① 指揮棒(指揮)　アクセ② お嬢様のリボン(MP↑)

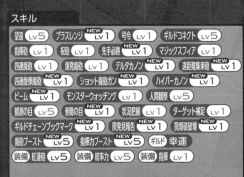

名前 NAME

メルト

人種 CATEGORY		職業 JOB	LV
伯爵	男	賢者	47

HP 138/138→ 206/206

MP 272/272→ 621/446(+175)

獲得SUP:合計19P　制限:INT+5 or RES+5

攻撃力 STR	10
防御力 VIT	100→140
魔力 INT	220→340 (×1.6)(+53)
魔力抵抗 RES	110→160
素早さ AGI	70 →110
器用さ DEX	20 → 23

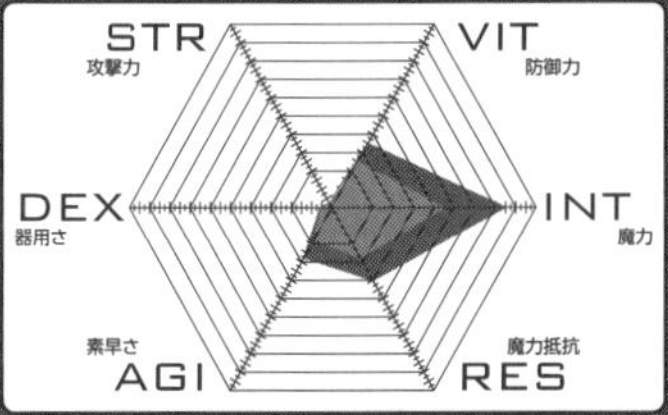

SUP ステータスアップポイント 0P →323P→ 0P

SP スキルポイント 0P →17P→ 0P

スキル

MP自動回復 LV5 / MP消費削減 LV5 / 魔法力上昇 LV5 / 古式詠唱 NEW LV2 / ギルド 幸運

装備 麻痺耐性 LV5 / 装備 打撃耐性 LV5 / 装備 拘束耐性 LV5 / 装備 気絶耐性 LV3

装備 金箱ドロップ率アップ NEW LV10 / 装備 ボス素材ドロップ量増加 NEW LV10 / 装備 全属性耐性 LV1

魔法

マジックブースト LV1 / フリズド LV1 / メガフリズド LV1 / メガフレア LV1 / メガライトニング LV1

メガシャイン LV1 / メガダークネス LV1 / メガホーリー LV1 / フレアバースト NEW LV1 / フリズドスロウ NEW LV1

ライトニングスタン NEW LV1 / シャイニングフラッシュ NEW LV1 / ダークネスドレイン NEW LV1 / ホーリーブレイク NEW LV1

クイックマジック LV1 / ダウンレジスト LV1 / イレース LV1 / ヘイストサークル NEW LV1 / プロテクトサークル NEW LV1

レジストサークル NEW LV1 / プロテクバリア LV1 / マジックシールド LV1 / バリア LV1 / リフレクト NEW LV1

スタン LV1 / スロウ LV1 / ジェイル NEW LV1 / ヒーリング LV1 / メガヒーリング LV1

エクストラヒーリング NEW LV1 / エリアヒーリング NEW LV1 / オールヒーリング NEW LV1 / キュア LV1 / リヴァイヴ LV1

ユニークスキル

アポカリプス NEW LV1

装備

両手 クスノキの魔玉杖（INT↑/MP↑）

楠魔術師シリーズスキル（全属性耐性/MP↑/INT↑）

体① 楠魔術師の服（打撃耐性）

体② 楠魔術師ローブ（INT↑/MP↑）

頭 楠魔術師イヤリング（麻痺耐性）

腕 魔術増幅リストバンド（INT↑）

足 楠魔術師シューズ（拘束耐性）

アクセ① 楠魔術師指輪（気絶耐性/MP↑）

アクセ② 金猫《きんねこ》の小判《こばん》（金箱ドロップ率アップ/ボス素材ドロップ量増加）

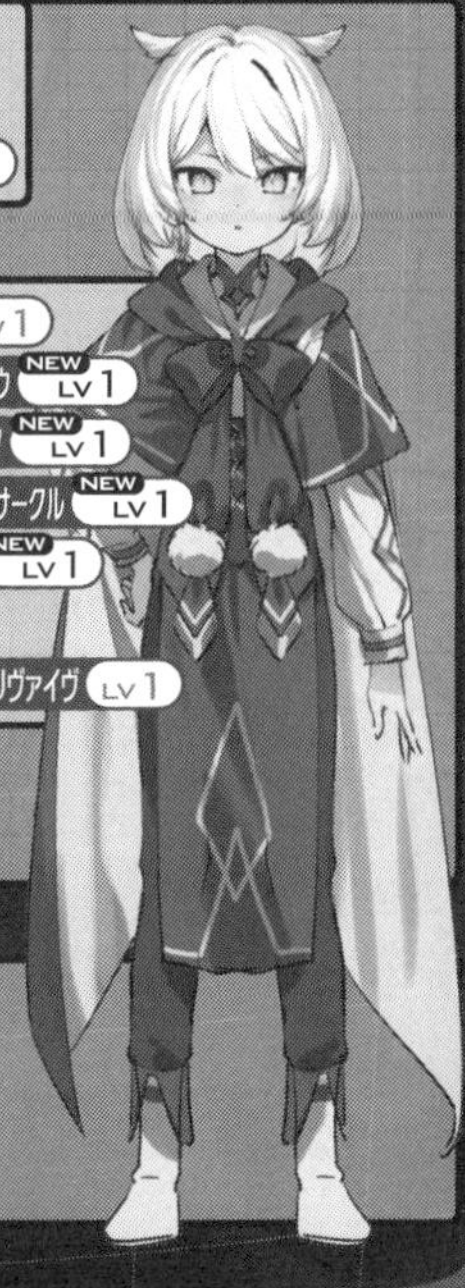

名前 NAME

ミサト

人種 CATEGORY		職業 JOB	LV
兎人/獣人	女	セージ	48

HP	138/138→ 234/234
MP	258/258→ 574/394(+180)

獲得SUP:合計20P　制限:INT+5 or RES+5

攻撃力 STR	10	
防御力 VIT	100→130	(+10)
魔力 INT	150→230	(×1.1)(+10)
魔力抵抗 RES	230→320	(×1.6)
素早さ AGI	100→150	(+15)
器用さ DEX	10	

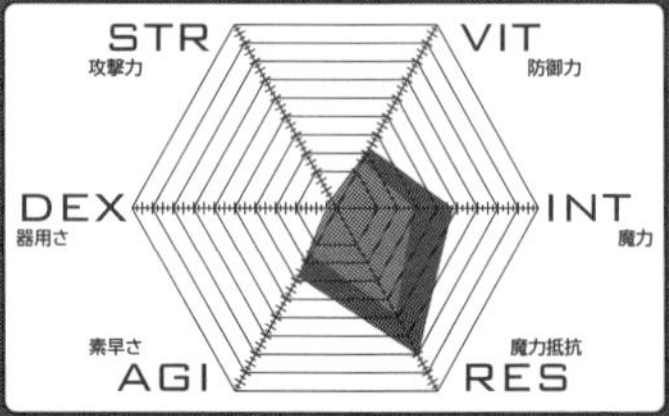

SUP ステータスアップポイント 0P →320P→ 0P

SP スキルポイント 0P →16P→ 0P

スキル

MP自動回復 LV5　MP消費削減 LV5　レジストブースト LV10

ギルド 幸運　装備 回復魔法威力上昇 LV6　装備 毒耐性 LV8　装備 対植物耐性 NEW LV4

装備 植物キラー NEW LV4　装備 移動速度上昇 NEW LV3　装備 睡眠耐性 LV6　装備 呪い耐性 LV4

装備 恐怖耐性 LV2　装備 魔法ブースト NEW LV2　装備 全属性耐性 NEW LV1

魔法

シャイニングブラスト LV1　ホーリースパイク LV1　サンバースト NEW LV1　セイントピラー NEW LV1

プロテクバリア LV1　バリアウォール LV1　ニードルバリア LV1　スピリットバリア LV1　テラバリア NEW LV1

リジェネプロテクバリア NEW LV1　プリズン NEW LV1　リフレクション NEW LV1　ベール LV1　レジストベール LV1

ディスペル LV1　セイクリッド・オールレジスト NEW LV1　ヒール LV1　ハイヒール LV1　オールヒール LV1

エクスヒール NEW LV1　オールハイヒール NEW LV1　リジェネ LV1　オールリジェネ LV1

レイズ LV1　クリア LV1　キュア LV1　リレイズ NEW LV1　クリアキュアオール NEW LV1

ユニークスキル

サンクチュアリ NEW LV5

装備

右手 ヤドリギのワンド（回復魔法威力上昇）　左手 安静の盾（毒耐性/VIT↑）　高桜魔樹シリーズスキル（魔法ブースト/全属性耐性/MP↑）

体① 高桜魔樹のワンピース（INT↑/MP↑）　体② 高桜魔樹ローブ（対植物耐性）

頭 高桜魔樹チョーカー（MP↑）　腕 高桜魔樹バングル（植物キラー）　足 高桜魔樹オーバーニーレングス（移動速度上昇/AGI↑）

アクセ① ハイ髪留め（睡眠耐性）　アクセ② お祈りの札（呪い耐性/恐怖耐性）

名前 NAME

ノエル

人種 CATEGORY		職業 JOB	LV
男爵/姫	女	歌姫	32

HP 30/30 → 196/196

MP 20/20 → 370/320(+50)

獲得SUP:合計20P　制限:RES+5 or DEX+5

攻撃力 STR	10	
防御力 VIT	10 → 90	
魔力 INT	10	
魔力抵抗 RES	10 → 180	
素早さ AGI	10 → 80	(+15)
器用さ DEX	10 → 180	

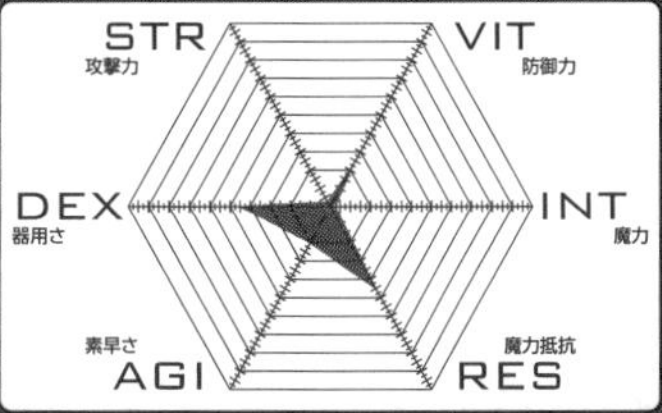

SUP ステータスアップポイント 640P→ 0P

SP スキルポイント 37P→ 0P

スキル

広域歌唱 NEW LV10
アピールソング NEW LV1　ライブオンインパクトソング NEW LV5
アクティブエール NEW LV1　ハートエール NEW LV1　マジカルエール NEW LV1
マインドエール NEW LV1　テンポアップエール NEW LV1　アンコール NEW LV5
テラーカーニバル NEW LV1　マイクオンインパクト NEW LV1
サウンドソナー NEW LV5　スリーピングメロディ NEW LV1
ヒールメロディ NEW LV1　ラブヒール・ボイス NEW LV1
セレクションスマイル NEW LV1　ギルド 幸運
装備 ソング威力上昇 NEW LV6　装備 状態異常自然回復速度 NEW LV8

魔法

ユニークスキル

装備

右手 アイドルマイク(ソング威力上昇)　左手
体①・体②・頭・腕・足 歌姫装備一式
アクセ① ハッピーリボン(状態異常自然回復速度)　アクセ② 猫マークのリストバンド(MP↑/AGI↑)

名前 NAME

ラクリッテ

人種 CATEGORY		職業 JOB	LV
狸人/獣人	女	ラクシル	32

HP 30/30 → 568/368(+200)

MP 20/20 → 328/278(+50)

獲得SUP:合計20P　制限:VIT+5 or RES+5

ステータス	値	補正
攻撃力 STR	10	
防御力 VIT	10 → 200	(×1.3)(+15)
魔力 INT	10 → 100	(+15)
魔力抵抗 RES	10 → 130	(×1.3)(+15)
素早さ AGI	10 → 50	
器用さ DEX	10 → 30	

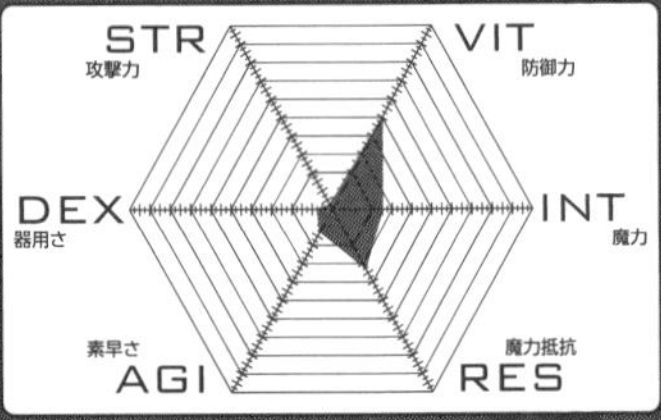

SUP ステータスアップポイント 640P→ 0P

SP スキルポイント 37P→ 0P

スキル

- 物防ブースト NEW LV5
- 魔防ブースト NEW LV5
- 状態異常耐性 NEW LV10
- カチカチ NEW LV1
- ぽんぽこぽん NEW LV1
- 壁盾 NEW LV1
- ドローシールド NEW LV1
- ポンコツ NEW LV5
- ギルド 幸運
- 装備 防御スキルMP消費削減 NEW LV5
- 装備 ノックバック耐性 NEW LV6
- 装備 睡眠耐性 NEW LV5
- 装備 混乱耐性 NEW LV5
- 装備 気絶耐性 NEW LV3
- 装備 麻痺耐性 NEW LV5
- 装備 HP自然回復上昇 NEW LV10
- 装備 全属性耐性 NEW LV1

魔法

- マインドフレアシールド NEW LV1
- マジックワイパー NEW LV1
- ジャミング NEW LV1
- イリュージョン NEW LV1
- ヒュプス NEW LV1
- カースフレイム NEW LV1
- カースディフェンス NEW LV1
- パープルタッチ NEW LV1

ユニークスキル

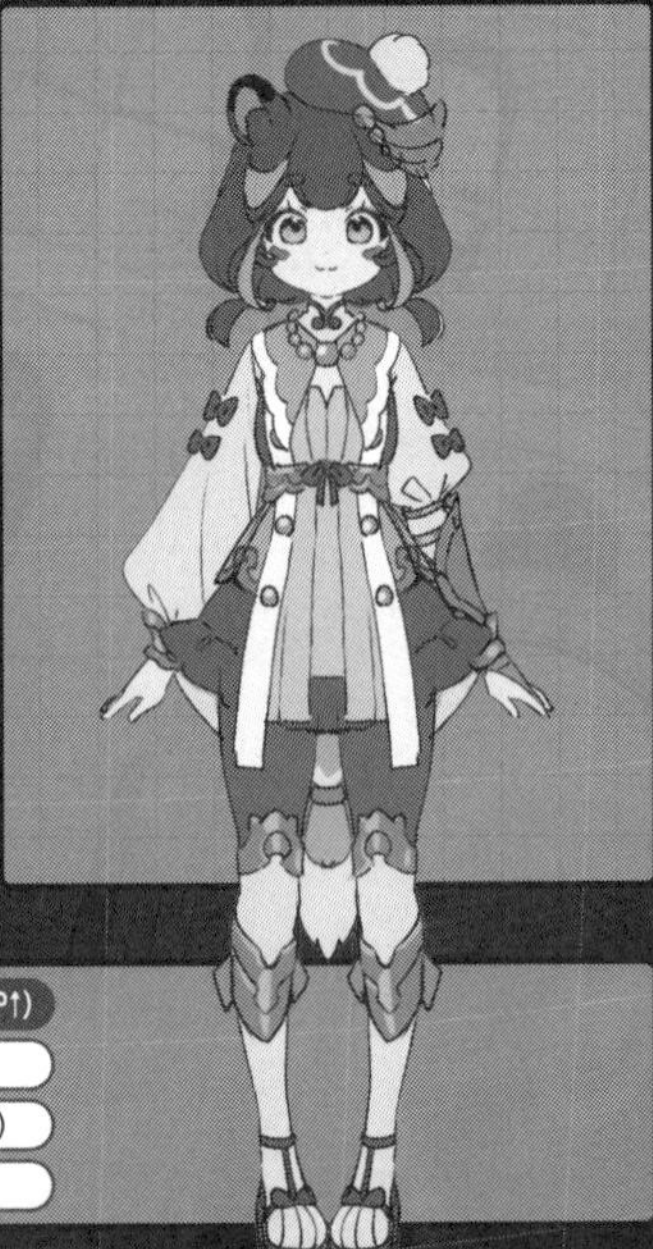

装備

- 両手 城塞タワーシールド（防御スキルMP消費削減/ノックバック耐性）
- 海原輝貝シリーズスキル（全属性耐性/HP↑/MP↑）
- 体① 海原のマント（混乱耐性）
- 体② 海原輝貝アーマー（気絶耐性/INT↑）
- 頭 耀貝ヘルム（睡眠耐性/INT↑）
- 腕 海貝の手甲（HP↑）
- 足 海原輝貝足甲（麻痺耐性）
- アクセ① 生命の葉ネックレス（HP自然回復上昇）
- アクセ② 頑丈なリストバンド（VIT↑/RES↑）

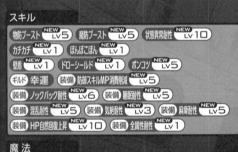

ゲーム世界転生
〈ダン活〉番外編

~Fate Story~

REINCARNATION IN THE GAME WORLD 〈DANKATSU〉
GAME ADDICT PLAYS "ENCOURAGEMENT FOR JOB HUNTING IN DUNGEONS" FROM A "NEW GAME"
ADDITIONAL EPISODE — FATE STORY

1 ノエル、ラクリッテ、アイギスと共に〈猫ダン〉を楽しむ。

2 ノエルとラクリッテの推し生活とギルド移籍。

3 ラクリッテのお師匠様、スキルに決めゼリフは必須だよ。

ノエル、ラクリッテ、アイギスと共に〈猫ダン〉を楽しむ。

新しく〈エデン〉に加入するメンバーがようやく決まった。

大面接で6人、スカウトで4人を採用、当初採用枠は5人を想定していたので倍に増えた形だ。それに伴《ともな》って〈エデン〉も大忙し。

Dランクに昇格してから上限人数が増えるため、それを見越して募集を掛けたのだが、予想以上に集まって驚いたものだ。しかも、あまりにも多いものだから親ギルドの〈エデン〉への面接だったのを急遽変更し、下部組織《ギルド》への面接に切り替えたのに取り下げると言った人が皆無だったのが凄い。

俺たちのギルド、期待されてるな！

採用した10人は全員他のギルドに所属していたので、そこを脱退してから〈エデン〉の下部組織《ギルド》へ来ることになる。

まだDランクになっていないし、下部組織《ギルド》は5人以上集まらないと創ることが出来ないので、余裕を持った日程で、その日までに脱退してきてほしいと依頼した。所属しているギルドだって急にやめられては困る。色々引き継ぎなどをする時間が必要なのだ。

しかし、中には気合いが入っている者も居て。

「今日はギルドのお楽しみ会に誘っていただき、ありがとうございます」

「早く来過ぎちゃったときはどうしようかなと思ってたけどね」

「ははははいっ！　ダンジョンをご一緒できて嬉しいです！」

予定日よりだいぶ早くギルドを脱退して〈エデン〉に来てしまう子もいたのだ。

それがアイギス先輩、ノエル、ラクリッテの3人。

職業《ジョブ》はそれぞれ【ナイト】、【歌姫】、【ラクシル】である。

彼女たちは最初から脱退するつもりで話を進めていたため、面接からたった数日で〈エデン〉を訪ねてきたメンバーだ。

ノエルとラクリッテが一番早く、それから数日してアイギス先輩がやってきた。

本当なら下部組織《ギルド》を創って加入させたいのだが、3人ではまだ無理。

〈エデン〉はまだEランクギルドなので上限15人、いっぱいで加入させてあげられず、3人はどこのギルドにも所属してない宙ぶらりん状態になってしまった。他の子が来るまで、それなりに待つだろうなというところ。

とはいえ、野良でパーティを組むことも出来る〈ダン活〉である。

ギルドに加入することが決まっているなら〈エデン〉と一緒に活動しようが野良パーティを組もうが問題無しだ。

学園から注意を受けることも無いので一緒にダンジョンに行こうぜということになって今に至る。

ここは中級中位ダンジョンの1つ〈猫ダン〉。

ついこの間攻略したばかりのダンジョンで、猫が豊富なダンジョンだ。というか猫しか出ない。

ビバ猫の園と言うべきすんばらしいダンジョンである。

そこへ、この前ギルドメンバー11人で遊んで――じゃなくて攻略してきた。

だが、リーナとミサトたち、一緒に行けなかった組が羨ましいと言ったところから今回のイベントが始まった。

「私たちも〈猫ダン〉が見たい！」

「はい。猫ちゃんたちがうにゃうにゃしているところ、是非見たいですわ」

「メルト様も見たいよね？」

「いや、俺は別に――」

「ほら、メルト様も見たいって！」

「おい」

メルトはさほど興味が無くとも女子は別。

ミサトとリーナが強く行きたいと主張してきた。すると当然まだ行ったことのないメンバーも行きたいと思うわけで。アイギス先輩、ノエル、ラクリッテも行く気満々。

「〈猫ダン〉か～。どんなところだろう？　私たちも行ってみたいなー。ねぇラクリッテちゃん？」

「は、はいです！　可愛い猫さん、うちも見てみたいです！」

「〈猫ダン〉ですか。実は私行ったことがないのですよ。機会があれば行ってみたいと思っていたのですが」

ノエルが妄想しながら行ってみたいとこぼし、ラクリッテが賛同。

アイギス先輩もずっと行ってみたかったらしいが、今まで行く機会が無かった様子だ。

そして全員の視線が俺へと向く。みんな、言いたいことは1つだろう。

俺は決断するしか無かった。

「よし、ビバ〈猫ダン〉！　今度は立候補者を全員連れて〈猫ダン〉に行くぞー！　〈猫ダン〉に行きたいかー!!」

「「「「おおー！」」」」

ということで〈猫ダン〉に行くことになったのだった。

とはいえミサト、リーナ、ノエル、ラクリッテはまだ中級中位ダンジョンの入ダン条件を満たしていないので〈『ゲスト』の腕輪〉を装備しての入ダンだ。

アイギス先輩に関してはすでに下級職をレベルカンストしており、中級中位ダンジョンの条件は普通に満たしているのでそのままでの入ダンだ。

〈中中ダン〉の受付で〈『ゲスト』の腕輪〉をレンタルする。

「〈猫ダン〉に入りたいので〈『ゲスト』の腕輪〉を３つレンタルさせてください」

「はーい。猫ちゃん腕輪は全部で１２５種類から選べるわよ」

「そんなに種類あるんですか!?」

さすがは〈猫ダン〉。

大人気ダンジョンなだけあって受付の人も手慣れたものだ。〈『ゲスト』の腕輪〉専用のむっちゃ見た目だけ真改造されたメニューを貰っちゃったよ。この中から好きな猫の腕輪（『ゲスト』の腕輪です）を選べるらしい。ここって飲食店か何かだっけ？

この世界の装備は見た目を変えることが出来る。そのおかげで〈中中ダン〉でレンタル出来る〈『ゲスト』の腕輪〉は、全部猫のデザインが入っていた。ちなみに猫以外の腕輪は無い。

どれだけ〈猫ダン〉が人気なのかが分かるインパクトだぜ。案外、最初に入ダンしたときアトラクションと例えたのも的を射ていたのかもしれないな。

〈ダン活〉の女子学生は放課後に猫の園へ遊びに来るのです。

そして結局4人分の〈『ゲスト』の腕輪〉をレンタルしていざ入ダン。

〈エデン〉が元々持っていた〈『ゲスト』の腕輪〉は魔改造されていない普通のものだったので仕方ない。相手は猫様だ。仕方なかった。ミサト、リーナ、ノエル、ラクリッテが装備する。

アイギス先輩、ちょっと残念そうな顔しないでください。実は俺もあれ着けてみたいと思ったのは内緒。

ええっと、〈幸猫様〉デザインはありませんか？　え、ない？　信じられない（↑ダン活信者）。

それは置いといて、いざ入ダン。

「ふわー！　猫ちゃんたちがいっぱいだー」

「か、可愛いですね。どこを見ても猫でいっぱいです」

「あ、今あの子と目が合いました。今手を振りませんでしたかあの猫？」

ノエルとラクリッテ、そしてアイギス先輩は入ダンしたときからメロメロ状態だった。

フラフラと猫に釣られて進んでいくので俺は後ろから付いていくことにする。

ちなみにリーナやミサトのところはギルドから一緒に来ていたリカとルルに任せておいた。メルトが2人を連れてきたとも言う。肝心のメルトはどこかに行ってしまいここにはいないが。

『ゲスト』はあくまでゲスト枠。ゲストをパーティメンバーより多く連れて入ダンすることはできないので頭数が必要だったのだ。

まあ、向こうは向こうで楽しんでいるようなので良し。

「ゼフィルス君！　あれ抱っこしてみてもいいのかな？」

「残念だが、本当に残念だがあの子たちは観賞だけなんだ。釣られてフラッと森へ入ると集団の猫に戦闘不能になるまでボコボコにされて追い出されるらしい」

「そ、そんな恐ろしいことが⁉」

「なるほど、猫は強いと聞きます」

ノエルの質問に俺は凄く無念そうに拳を握りしめて答えた。俺だって本当は抱っこしてみたいんだ。

俺の説明にラクリッテは盾を出して構えるほど戦慄する。アイギス先輩は立派ですねと言わんばかりに強い猫ちゃんを眺めていた。

「まあテリトリー《なわばり》に入らなければ大丈夫だ。猫も大人しいものでな、たとえ出てきたとしても――」

「「きゃあああーーーーー（黄色い声）」」

「…………ああやって楽しめば良い」

突如悲鳴発生。しかしなんてことはない。黄色だった。

森から出てきた猫ちゃんに追いかけられて黄色い声を出しながら追いかけっこしているだけの女子学生がそこには居た。ちょっと羨ましいと思ったのは内緒。

「何あれ楽しそう！」

「は、はわ！　追いかけられています！　う、うちなら追いつかれてしまうほど速いです⁉」

「あれは、ちょっと羨ましいですね」

どうやらアイギス先輩とは意見が合うようだ。

あとラクリッテはそういえば足が遅かったな。両手盾を装備するタンクなのでＡＧＩはかなり削っているのだ。ラクリッテが追いかけっこされたら追いつかれて倒されるかもしれない。とてもビビるラクリッテ。

「で、でも可愛いですね」

でも心は正直だった。猫、可愛いよね。

その時、俺たちの側の茂みから1匹の猫が現れる。

「「「あ」」」

それは四足歩行型の猫、〈ワイルドニャー〉だった。

「にゃー！」

「「「きゃー」」」

突如悲鳴発生。悲鳴の色は黄色です。

追いかけっこの始まりだ。

こうして俺たちも猫たちとの追いかけっこを楽しんだのだった。

途中ラクリッテが追いつかれそうになったが、〈『ゲスト』の腕輪〉を着けていればモンスターからスルーされるので被害は無い。

ノエルとラクリッテの推し生活とギルド移籍。

こんにちは、私はノエル。えっと、Cランクギルド〈クレナイフォートレス〉というところにお世話になっていました。

そう過去形なの。今はEランクギルド〈エデン〉の面接に通って脱退しちゃったから。

ということで今は無所属なんです。

Cランクギルドからランクギルドになるって、ランク落ちしていて普通だと一考の余地も無いくらいにはあり得ないことなんだけど、私たちは即決しちゃいました。

あ、私たちっていうのは私とラクリッテちゃんのことね。

私とラクリッテちゃんは同じギルド所属だったのだけど、元々ギルドを脱退して別のギルドに移る気だった。でもそんなときに転機が訪れたの！

それが学園でも有名な1年生、あの勇者君のギルドがメンバー募集をし始めたのよ！

もう私とラクリッテちゃんはずっと掲示板に張り付いていてすぐに応募したわ。

面接担当のミサトちゃんが私たちの所属する1年8組に来てくれることも多かったからあの錬金先輩よりも早いスタートを切れたのよね。

そのおかげかは分からないけれど、1日目の面接の座をゲット。勇者君のお眼鏡に適ってすぐに声を掛けられたのよ。

もうラクリッテちゃんと2人で大はしゃぎしちゃった。

というわけで準備も進めていたギルドの脱退もすぐに済ませて向かっちゃったというわけよ。

でも、まだ〈エデン〉の受け入れ準備が出来ていなくて、加入するのは今回の面接の採用者が集まってからだったのは不覚だったわ。

でもそこは優しい勇者君。〈エデン〉の未来のメンバーということで先だってギルドメンバーに紹介してくれたり、ギルド部屋を好きに使って良いって言ってもらっちゃった。

もうこれは正式に〈エデン〉のメンバーになっちゃったんじゃないかな？

ギルドバトルは一緒に参加出来ないけれど、ダンジョンは一緒に野良パーティ組んでいけるもんね。

うん。やっぱり〈エデン〉に加入出来て良かったー。みんな良い人たちだし、明るいし、なにより喋っていて楽しいもん。

「楽しいですねノエルちゃん」

「ほんとだね。特に前のギルドだと落ち込んでいたラクリッテちゃんが元気になって良かったよ」

「え、えと。はい。ありがとうノエルちゃん」

ラクリッテちゃんが感謝と照れを混ぜたような可愛い表情で、しかも上目遣いで見てきたのでもう抱きしめちゃう！

「わ、わわわ!?」

「うう〜んラクリッテちゃんがかわゆいゆい！」

抱きしめたらあわあわするのもラクリッテちゃんの可愛いところ。これがたまらないのよ〜。本当、元気になって良かったよ〜。

まだ他人に緊張しぃなところはあるけれど、もう心配は要らないと思う。

うん。実を言うと、前のギルドを脱退した理由はラクリッテちゃんの元気が無くなっちゃったからなのよ。

私とラクリッテちゃんって、かなり強い職業《ジョブ》を引き当てちゃったみたいで8組になったの。それで激しい勧誘にあったのよ。

私、同じクラスになれて初めて話したのがラクリッテちゃんだったの。隣の席だったから挨拶だけしようって声を掛けたんだけど、あの時はもう可愛くて可愛くて。

「私ノエル。お隣だけど、よろしくね？」

「よ、よよよよろしきゅっ⁉　～～よろしく、です」

テンパりすぎて自分の名前も忘れちゃって噛んじゃうような子で、これは助けてあげなきゃって構い始めたのがきっかけで仲良くなったの。

だから勧誘合戦で誘われたときも。

「の、ノエルちゃんが入るなら。入っても、良いです」

ってそんなこと言われたらもうね。もう一度抱きしめちゃうじゃん？　うん。私正しい。

でもその後が失敗。

勧誘合戦で一番条件が良くて、明るくて、緊張しぃなラクリッテちゃんでも大丈夫なところって理由で、元々Bランクギルドだった〈クレナイフォートレス〉を選んだの。

最初は明るくて良いギルドだったんだけど、その後の防衛戦で強いところと戦うことが決まっちゃってから雲行きが怪しくなっちゃった。

Bランクから Cランクになると脱退者を出すことになっちゃうんだけど、下部組織《ギルド》を創れば脱退者をそこに移すことができる。

でもそれってFランクギルドで、最大10人。面倒を見てくれる上級生もいなくって単純に1年生をキープしておくためのギルドだったの。〈クレナイフォートレス〉は将来またBランクになった時に昇格を約束してくれるって言っていたけど、最初から負ける前提で動いている時点で先は無いんじゃないかな。

ギルドの人たちも余裕が無くなって暗い雰囲気になっちゃってラクリッテちゃんが怯えるようになっちゃった。

それで私は気分転換を兼ねて、ラクリッテちゃんと一緒に推しを作ることにしたの。

「え？　推し、ですか？」

「そうよ。いい？　ラクリッテちゃん。推しが居るって幸せになれるのよ？」

私は男爵家の娘なので推しについてかなり叩き込まれたわ。

男爵家って美男美女が多いから、自然と自分推しが増えるんだって。そして人は推しを作ると幸せになれるの。だから私たち男爵家の人たちはその自分を推してくれる人たちの幸せを壊さないよう努力する義務があるんだって。これも貴族の責務ってやつかな。

〈正しい推しの作り方、正しい推しのなり方〉なんて本まであるのよ？

それで出会ったのが勇者君。つまりは〈エデン〉のギルドマスター、ゼフィルス君。

あれは別格だったよ〜。男爵家出身で目が肥えているはずの私でもつい目で追っちゃう。

出す成果出す成果とんでもなくって成績は1年生では間違いなくトップクラス。あの王女ラナ殿下までギルドに加入しているとか、これは推せるって思ったよ。

それで善は急げで1組まで行ったらそこでサチとエミとユウカと仲良くなっちゃった。

もちろん彼女たちも同じ勇者ファンです。

同じ話題で盛り上がったり、1組での普段の行ないをラクリッテちゃんと聞いたりするうちに2人ともすっかりゼフィルス君のファンになっちゃった。

サチたちとも意気投合して、その時はもうギルドメンバーとパーティを組む気にはならなかったから、サチたちとパーティを組むことにしたのよ。でもパーティ名が〈お姫様になりたい〉はやり過ぎちゃったかな？　楽しかったけどね。

それで勇者ファンクラブに入ったり、勇者君の選択授業に応募したり、勇者君の面接を受けたりして、最終的に私たちは〈エデン〉に入っちゃった。

もう来るところまで来たって感じね。でも推しへのお触りはＮＧだからね？

あ、ちなみに〈クレナイフォートレス〉は結局負けちゃってＣランクに落ちちゃったから、脱退はしやすかったよ。

「ラクリッテちゃん、今どんな気持ちかな？」

「う～ん？」

「推しを作って、推しを追っかけて、推しの話をして、推しの居るギルドに入っちゃった。そんな今のラクリッテちゃんの気持ちを知りたいの」

「え、え～。それは少し恥ずかしいですよ。でも、ノエルちゃんも一緒に居てくれるから、ノエルちゃんと一緒なら幸せ、かも」

「～～～♪　可愛い～もう～！　可愛いこと言ってくれちゃってー！」

「みゅ～～～!?」

思わず抱きしめちゃった。これは可愛いことを言うラクリッテちゃんが悪いのよ。

こうして〈エデン〉に加入した私とラクリッテちゃんは今幸せです。

ラクリッテのお師匠様、スキルに決めゼリフは必須だよ。


こ、こんにちは。う、うちは――じゃなくて私は、ラクリッテと言います。

はう。田舎者っぽい一人称がどうにも直りません。

えっと、私は今、親友のノエルちゃんと一緒にギルドを脱退して、〈エデン〉へ移籍している最中です。

私みたいに緊張しぃで、よくオロオロする人にも優しいところです。〈エデン〉の面接を受けて、移籍して良かったと心から思います。あ、まだ完全に移籍してはいないんですけれどね。

人数制限のため、まだ正式に〈エデン〉には加入していませんが、もうほとんど〈エデン〉の住人のようなものです。

ギルドメンバーの方と一緒にダンジョンには行きますし、ギルド部屋も好きに使っていいと言われています。

今〈エデン〉はその人数制限を増やすべく、Dランクギルドになるために中級中位ダンジョンを高速攻略中です。私たちのために頑張ってくれています。

私も〈エデン〉に貢献出来るように頑張らないといけません。

えっと、まずは緊張しぃなところを直さないと、ですね。

「ノエルちゃん、どんどん撃ってきていいよ」

「いっくよ～ラクリッテちゃん」

そして今、私とノエルちゃんは練習場で特訓中なのです。

緊張しがちな性格を直すには度胸をつけるのがいいって、田舎のお師匠様が言っていました。だからノエルちゃんに頼んで度胸をつけてもらっています。

「『テラーカーニバル』！」

私から少し距離を取っているノエルちゃんが攻撃スキルを発動します。ノエルちゃんのマイクがエフェクトに光って声を出したと思ったときには、すでに攻撃が来ていました。

それは不可視の攻撃。目では見えません。避けることも出来ません。怖いです。

ですが、乗り越えなければいけません。私は両手盾を前に構え、喉に喝を入れて叫びます。

「ポン！　前に広がり横に流せ――『マジックワイパー』！」

これは防御魔法です。

私の前方に広がったのはバリアと水を弾くワイパーです。

バリアで攻撃を受け止め横に流す魔法ですね。

これでノエルちゃんの不可視の攻撃を受け止め、流しました。

フィードバックは微々たるものです。成功しました。でもちょっと怖かったです。

「ラクリッテちゃん大丈夫～？」

「あ、はい。大丈夫ですノエルちゃん、次もお願いします！」

「分かった。いっくよ～」

「ポン――！」

それからもノエルちゃんがあの手この手で攻撃してきましたが、私はそれを全て盾で受けきりました。私のポジションはタンク。

一番度胸がいると言われているポジションです。

攻撃をされるときは怖いですし、失敗も怖いですし、私がやられちゃったらパーティも全滅するかもしれないですしでプレッシャーがすごいです。正直うちには厳しいよ～。

あ、またうちって言ってしまいました。気を引き締めないと。

故郷のお師匠様が頑張れって本校に送り出してくれたんだもん。私、頑張ります。

「ラクリッテちゃん、MP無くなっちゃったから休憩しよう～」

「はい！　ノエルちゃん、特訓に手伝ってくれてありがとうございます！」

「そんなこと気にしないでいいんだよ～。私も普段はバフばっかりしか使わないから攻撃スキルの練習ができてありがたいって思っているんだから～」

ノエルちゃんはそう言ってニコって笑いかけてくれました。

相変わらずすっごく可愛い人だと思います。

ノエルちゃんの話だと、男爵家の人というのはみんな美男美女みたいです。私みたいなちんちくりんはいないみたいで羨ましいです。

「うーん！　ラクリッテちゃんって本当可愛い～」

「うみゅ!?」

突如抱きしめてきたノエルちゃんが顔をすりすりしながらそんなことを言ってきました。

普段人前ではあまりしませんが、ノエルちゃんはよく私に抱きついてくるクセがあります。

「う～。でもノエルちゃんの方が可愛いですよ？」

「ラクリッテちゃんも可愛いの～。う～ん、ずっと抱きしめていたいよ～」

こうなるとノエルちゃんはダメですね。他の人が見たらびっくりすると思いますが、これがノエルちゃんの素なんです。

ノエルちゃん曰く、人の夢を壊さないようにするのが男爵家の務めとのことで、人前ではキリッとしなくてはいけないそうです。とはいえ身内しかいないとこうして気を抜くみたいですけど。

「こんな小さいのに大きな両手盾でタンクなんてして、ラクリッテちゃんが心配だよ～」

「大丈夫ですよノエルちゃん。元々狸人はタンクが得意なんですから」

「でも【幻術師】系の道もあったでしょ？　ラクリッテちゃんならそっちの道の方が良かったんじゃない？」

狸人が得意とするのは魔法攻撃、魔法デバフ、そしてタンクです。

ですが魔法攻撃ですと狐人さんには勝てないので、狸人の人たちは他の獣人に勝る魔法デバフかタンクの方向に進む人がほとんどなんです。

そして魔法デバフが【幻術師】系です。

ですが、私は【幻術師】系には進まず、タンクの道へ進みました。小さい頃から盾を扱ってきたというのも理由なのですが、もう1つ大きな理由があります。

「お師匠様に勧められたのです」

「お師匠様？　あのラクリッテちゃんを鍛えてくれた人？」

ノエルちゃんには少し話したことがありましたが、私は実家でお師匠様と暮らしていました。

お師匠様も狸人でしたがタンク系で、女性にしてはかなり体がガッチリした方でした。

「私も小さい頃から気が弱かったので、将来は【幻術師】かなと思っていたのですが、お師匠様が突然、〈ラクリッテ、お前を鍛えてやる〉って盾を持たせてきたんです」

「え？　ええ？　なんで？」

「タンクは度胸がつく、みたいなことを言っていたので私に度胸をつけたかったんじゃないかと思います」

お師匠様と私の関係はお祖母ちゃんと孫です。お師匠様はお祖母ちゃんなのですが、そう呼ぶと怒られるのでお師匠様と呼んでいました。

「お師匠様には盾についての色々なことを叩き込まれました。小盾、大盾、両手盾、全てです。それで私には両手盾が合うなって分かって、それからずっと両手盾で練習してきました」

というより両手盾のように体全てがすっぽり入るような大きな盾じゃないと怖くて、大盾以下の盾が扱えなかったというのが本当なのですが、それは言わないでおきます。

「最初は大変で、職業《ジョブ》も授かっていませんでしたから持つことが出来なくて――あ」

なんだか昔を懐かしんで口が軽くなって来たことを自覚しました。少し恥ずかしくなります。

「ごめんなさいノエルちゃん、つまらなかったですよね」

「え？　なんで？　ラクリッテちゃんのことが知れて楽しいよ？　もっと教えて？」

「ええっと？」

「もう、さっきは普通に話してくれたのに。じゃあ、質問するから答えてね。気が弱い性格は直ったの？」

「あ、はい。だいぶ改善しました」

「改善してたんだ」

　ノエルちゃんが小さい声で驚いていました。近いのでまる聞こえですよ？

「こほん。これでもまともに話せるくらいにはなったんですよ？　昔はそれこそ私なに言っちゃってるんだろうってことばっかり――――、～～～～⁉⁉」

「あ、悶えてる。黒歴史を踏み抜いたんだね？　なるほど～、昔のラクリッテちゃんはこんな感じだったんだね～」

「うう。久しぶりに失敗してしまいました」

「私は初めてラクリッテちゃんのそういう姿を見て楽しかったよ？」

「もう、ノエルちゃん、私をからかって楽しいですか？」

「ううん、可愛いです！」

「ノエルちゃんは相変わらずです」

　後ろから抱きついてギュっとしてくるノエルちゃん。でもノエルちゃんの方が可愛いと思います。

「そうだ、ラクリッテちゃんに聞きたかったんでけど、あのスキルを発動する前に「ポン」って言うあれ、あれもお師匠様から言われたの？」

「そうですね。あれは自分を奮い立たせる時に言う言葉だそうで、お師匠様は決めゼリフって言っていました。スキルを発動するときは決めゼリフを言うと緊張しなくなると言われて、やってみたら本当に噛まず、どもらず、普通にスキルを発動出来たんです。これはすごいことですよ」

「ラクリッテちゃんが長文！」

はい。それだけ画期的な方法だったんです。

私、お師匠様に言われてスキルを発音する練習もしていました。

でも、いざ攻撃されている時にスキル呪文を言うのは、思っていた百倍以上難しかったのです。

それでお師匠様が言いました。

「ラクリッテ、お前ルーティンを組んだ方が良いな。最初にポンって付けてみろ」

そのアドバイス以来、私はスキル名を唱えるときに失敗することは無くなりました。

今ではスキルに合わせて決めゼリフも自分で考えていたりします。これがまた楽しいんです。

そうノエルちゃんに言いました。

「そうなんだ。ラクリッテちゃんのあのセリフ、私もかっこいいって思っていて好きだったんだ～。

そんな由来があったんだね」

「はい。鍛えて指導してくれたお師匠様には感謝感謝です。あとは卒業までに日常会話も普通になれるように頑張ることが目標なんです」

「うん。それ良いと思うよ！　がんばってねラクリッテちゃん！」

「はい！」

そろそろMPも少し回復したころなので、休憩も終わりにします。

またノエルちゃんには特訓に付き合ってもらいます。

せめて攻撃を前にして怖がらないようにしないと。

私、頑張りますね！

あとがき

こんにちは、ニシキギ・カエデです。

『ゲーム世界転生〈ダン活〉～ゲーマーは【ダンジョン就活のススメ】を〈はじめから〉プレイする～』第08巻をお手に取っていただき、誠にありがとうございます。

そして、この本をお買い上げいただいた貴方には、最大の感謝を！

こうして無事巻数を重ねる事が出来たのも、応援してくださる読者の皆様のお陰です！

これからも頑張って面白さを追求していきますので、今後ともよろしくお願いいたします！


第08巻は新章開始と言いますか、ここから爆発的にキャラが増えて、やることもどんどん大きくなっていく、そんな始まりの巻でした！

今回注目してほしいのはやはり新キャラ!!

第08巻で登場した新キャラはなんと4人！　ノエル、ラクリッテ、アイギス、そしてタバサ先輩でした！　特にノエル、ラクリッテ、アイギスは口絵にも登場しています！　とっても可愛く描いていただけてまたまた作者は感無量です！

口絵は書き下ろし小説である〈タイトル：ノエル、ラクリッテ、アイギスと共に〈猫ダン〉を楽しむ。〉で〈猫ダン〉につれていってもらった3人がモチーフになっています。本編には登場しなかったオリジナルシーンとなっています！

〈ワイルドニャー〉と追いかけっこしている3人、先頭がアイギス、二番目がノエル、最後尾がラクリッテです。黄色い声上げてます。素晴らしい口絵で作者もとても楽しませていただきました！

そしてタバサ先輩。タバサだけ先輩が付いているのは作者のクセなのでご了承ください。

Ｗｅｂ版でとても人気の高かったシーン。ゼフィルスとタバサ先輩が出会うこのシーンが、なんと挿絵となって登場しました！　すっごい、もう感動の涙で挿絵が見えない！

当初、第08巻ではタバサ先輩のキャラデザインは起こさないと担当さんに言われていたのです。

ですがここのシーンだけは入れてほしいと頼み込み、タバサ先輩の挿絵をなんとか実現させることができたのです！　やったー!!　是非見ていってください。ここ必見ですよ！

なにしろ今回はすでにノエルたち3キャラがデザインされていますので、難しかったみたいです。

さらには〈金色ピップスちゃんぬいぐるみ〉のフタピちゃんまで登場したり、カルアの新装備が絵になったり、シエラのジト目があったり、そしてなんと言っても今回〈仔猫様〉が挿絵に登場!!

挿絵も見所が満載すぎる！　今回の紙媒体の裏表紙は〈仔猫様〉です！　これも必見！

はっ!?　新キャラのことを熱く語っていたらもう終わり!?　今回はこの辺で失礼します！

最後に謝辞を。

担当のＩさんＹさんを始めとするＴＯブックスの皆様、素敵なイラストを描いてくださった朱里さん、本巻の発行に関わってくださった皆様、そして何より本巻を手に取ってくださった読者の皆様に厚く御礼を申し上げます。

また、次巻でお会いしましょう。

ニシキギ・カエデ

GAME ADDICT PLAYS "ENCOURAGEMENT FOR JOB HUNTING IN DUNGEONS" FROM A "NEW GAME"

ゲーム世界転生

〈ダン活〉

～ゲーマーは［ダンジョン就活のススメ］を〈はじめから〉プレイする～

REINCARNATION IN THE GAME WORLD DANKATSU

@COMIC

第7話

＞ たために
はじめから
つづきから

漫画：浅葱洋
原作：ニシキギ・カエデ
キャラクター原案：朱里

第7話
1年生で【筋肉戦士】になった5人がパーティ結成したってニュースといい
【勇者】の兄さんといい
今年の1年生は有望な人材が多いなぁ
カリカリカリ
でもゼフィルス君が言うには【筋肉戦士】は優良職じゃないそうですよ
「あんな職業になりたいと思う奴はどうかしてる」
って言ってました
ほぉ 興味あんなぁ

ハンナはん もっと詳しく聞かせて もろてもええか？
えっと…
【筋肉戦士】からなれる 上級職が【鋼鉄筋戦士】の 1択しかなくて…
上級ダンジョン以降との 相性が超最悪？で 『使えないネタジョブだ』 って
ほほう あの【筋肉戦士】が ネタ扱いとか
にわかには 信じられへんけど
でも兄さんは どこから得てきたんか えらい博識やし…
するとあんま優遇し すぎるなっちゅう ことかいな？
みたいです
上級ダンジョン 攻略で化けの皮が はがれるって 言ってました

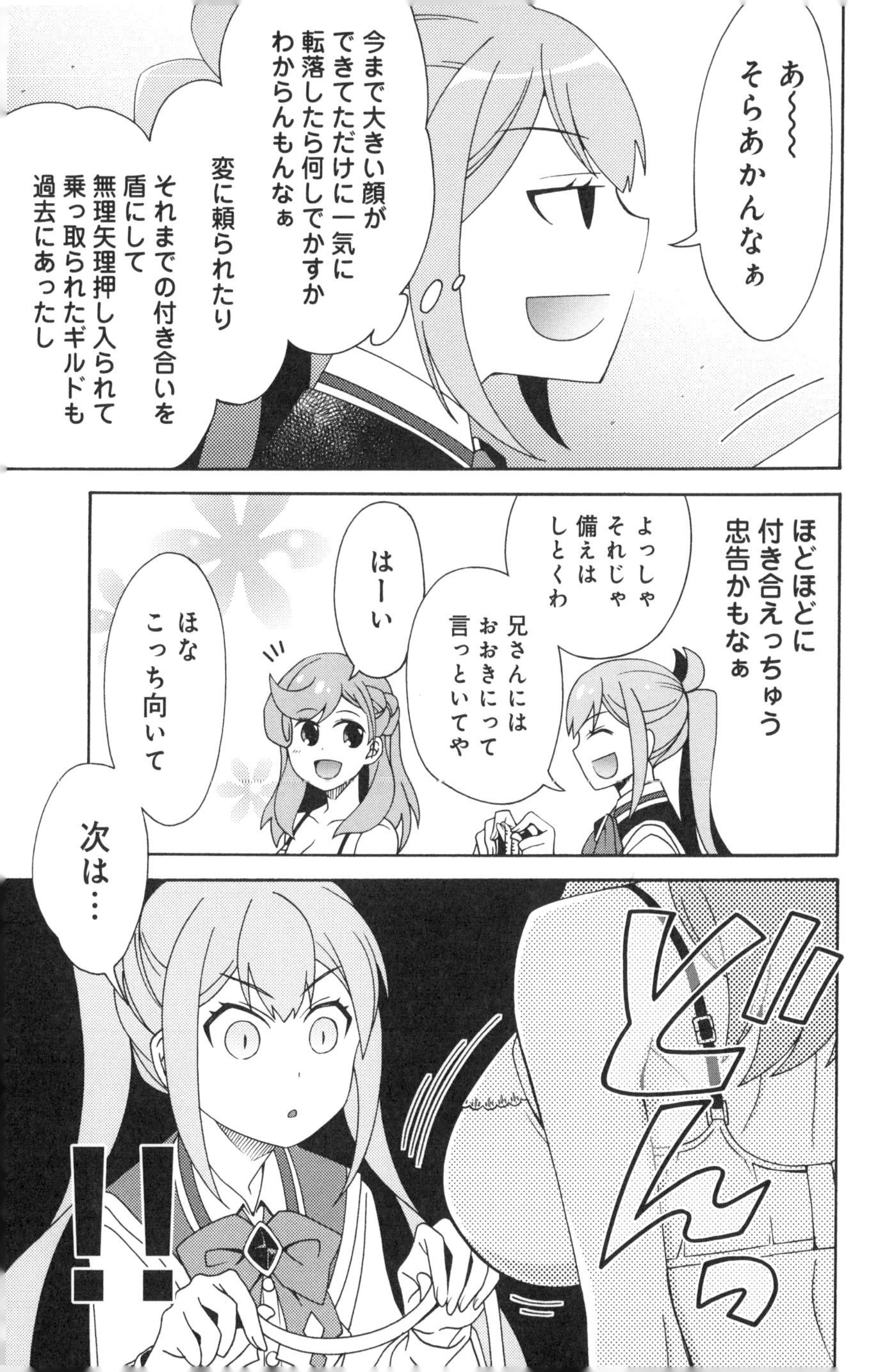

あ〰〰
そらあかんなぁ
今まで大きい顔が
できてただけに一気に
転落したら何しでかすか
わからんもんなぁ
変に頼られたり
それまでの付き合いを
盾にして
無理矢理押し入られて
乗っ取られたギルドも
過去にあったし
ほどほどに
付き合えっちゅう
忠告かもなぁ
よっしゃ
それじゃ
備えは
しとくわ
兄さんには
おおきにって
言っといてや
はーい
ほな
こっち向いて
次は…
!!
どどんっ

…………
マリー先輩？
ハンナはん
うちと同じ身長と
ウェストしとるのに
結構大きいんやね
ゴゴ
ふえ？
胸と尻が違いすぎるんやけど？
ゴゴ
おかしいやろ？
うちは5年前から
体型も身長も
変わらへんねん！
え
ええっと…
ひゃあああっ
お！

『MP自動回復Lv1』が付いた〈真魂のネックレス〉じゃん!!
300,000
お店の人！これくれ
ついでに13万ミールにまけてくれ！
帰れ
ですよね
まぁまぁ話を聞いてくれ【彫金屋】
初級下位素材《ショッカー》は足りてるか？今いくらか持ってるんだけどさ
！
それに追加でほしければ…
取ってくるぜ？
ドドーン

…いいだろう
よっしゃ
ぐっ
交渉中・・・
カリカリカリ
それじゃ10万ミールで〈真魂のネックレス〉を仮購入させてもらって
残りはツケで
この素材を卸して支払うってことで
ぴっ

サブクエスト〈注文素材を納品せよ〉を受注しました
寡黙な先輩がほしい初級下位《ショッカー》素材を規定数納品する
報酬〈真魂のネックレス〉防御力2『MP自動回復Lv1』
こくり
あざっす
じゃまた夕方に
ああ
やっぱ今の時期は初級下位《ショッカー》素材がどこも品不足になってるな
おかげで交渉がはかどるぜ
さて…と
そろそろハンナのほうも終わってるかな？
ゼフィルス君おかえりなさい！
ぱっ
ちゃんと注文できたか？
う…うん
ん？

現実って残酷やわ
どったのこれ？
え
えっと…
あははっ
むっちゃ食い気味
そだ これから
ダンジョンに行くけど
ハンナも来るか？
Lv的に俺が
追いついてないから
ソロで潜っても
いいんだが
いっ行く！
すぐ行く!!
ばっ
まぁ
触れないでおこう
うん

というわけで〈石橋の廃鉱ダンジョン〉で資源回収と採掘をします！
広いね〜〜〜〜
ここも〈初級ダンジョン〉なんだよね
ああ 初ダンには〈初心者ダンジョン〉1種〈初級ダンジョン〉が9種あって
うち3種が初級下位《ショッカー》だな
今日もまずはボスリポから？
もちろん！
サクサク行くぞ！

流れは前回と
同じだ
ザコを倒しつつ
最奥10階層を
目指す
ボスリポ開始
〈アーマーゴーレム〉
上半身が重すぎる

MPが切れるまで
ひたすらボス周回
そして
キラン
この9階層で
MPの自然回復を
待ってるかたわら
採集ポイントを
ひたすら
ほいっ
掘る!!

…掘るの？
掘る!!
掘るんだ
ザッ
え～いやこ～ら♪
ザッ
ザクッ
さっさと出てこ～や よっと♪
ザッ
ザッ
こんな場所でツルハシ振ってると無性に音楽がほしくなるよな
てかなんでスマホにBGM機能ないんです？

ここ
本当に廃鉱なの？
すっごい出るけど
そりゃ
ダンジョンだからな
枯れたとしても
時間が経てば復活
するからいくらでも
掘れるんだよ

それ廃鉱じゃないんじゃ…
開発陣に言ってあげて
よし！これ詰めてそろそろボス狩り再開するか
もうMP大丈夫なの!?
〈真魂のネックレス〉のMP自動回復さまさまだな
ボスも1時間半で14回倒せたし20分で15回復はでかい
それとハンナがボス周回途中でLV20になったのも地味に大きい
すごいね
ボス戦で見学に回ってもらったことでスキル『アピール』ぶんのMPを節約できるようになったからな

ま俺もLv17になったし！
ラスト6周はいけるな
でも結構な量あるね
詰めるの大変そう
掘れるだけ掘ったからな
大変なぶんミールに期待ってことで
ちゃっちゃと詰めるぞー!!
うん!!

オオオオ
ゼフィルス君
いけ――っ!!

今回宝箱は【木箱】18個
【銀箱】2個と
微妙だったが
【勇者Lv18】に
上がったのでよし
といった感じだ
さてと
着替えてから
納品巡りすると
しますか
たまには
ハンナも来るか？
うん 行く！

ピロリーン♪
382,000
382,000
まいど
こちらこそありがとうだ
今回は無理言って悪かったな
今度はミール貯めて買い物に来るよ
19万1千…

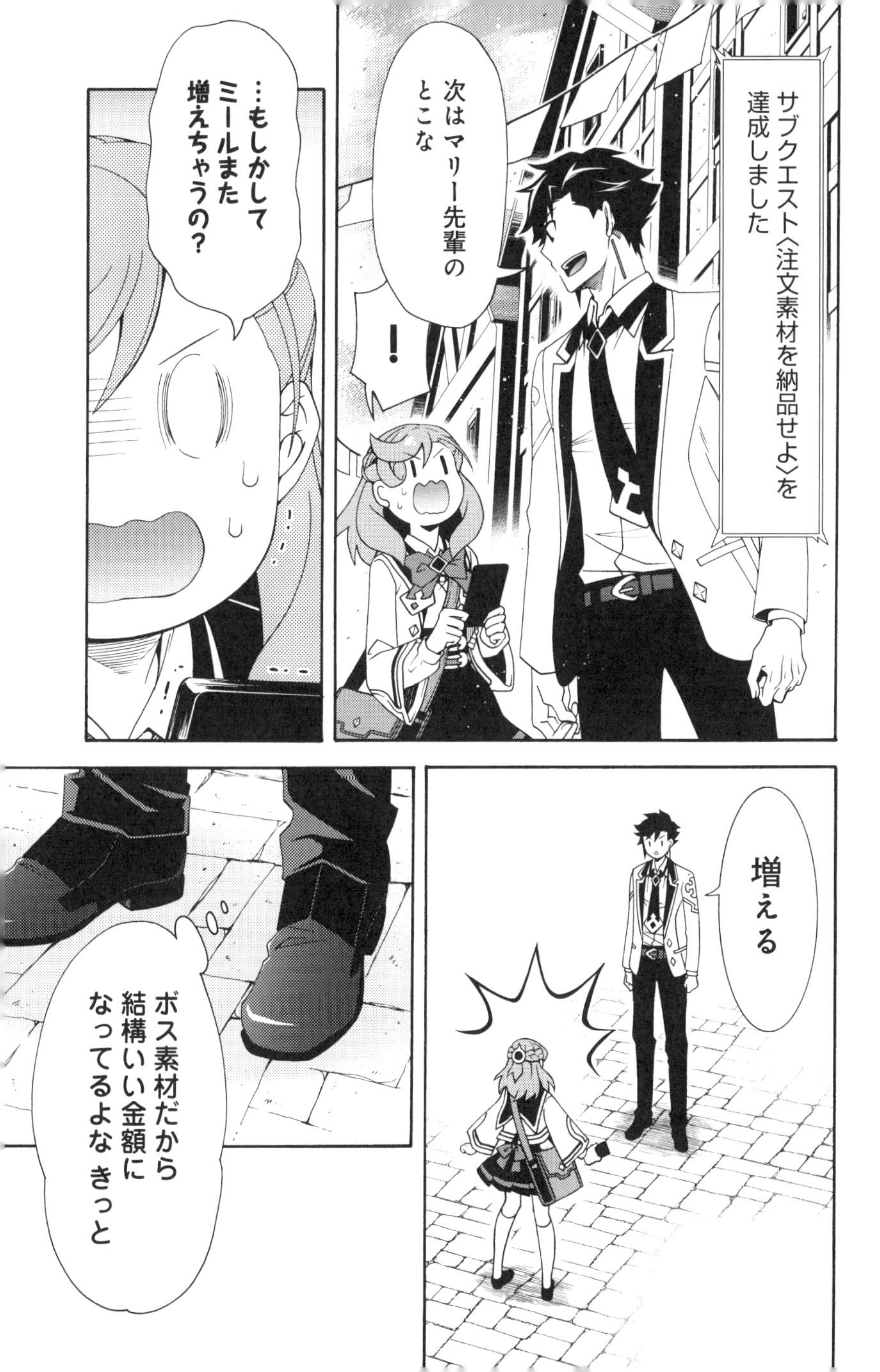
サブクエスト〈注文素材を納品せよ〉を
達成しました
次はマリー先輩のとこな
!
…もしかしてミールまた増えちゃうの?
増える
ボス素材だから結構いい金額になってるよな きっと

1,250,000
やっぱり金額を見るとニヤけるな!
にへっ
ハンナなら諸手を挙げて喜ぶと思ってたんだが…
しずか…
…しゅごい…

お金…
しゅごいい…
くら
くら
しゅ
ぐらんぐらん
うおっ
ふひぃーっ
ばっ
ピキーン
スキル 直感
なんだ？
なぜ腕に直感が…

ふよん
あれ？こいつ
わりと胸あるぞ!?
つぶれるほど
ある
だと!?
はっ
スキル 直感

ばっ
ヤバい
今目を逸らしたら抹殺される!!
どうする?
どうする!?
くそっ
笑ってごまかすしか!!
にへら
上手く笑えてる気がしない!!
だらだら
ツラっ
…うん

私にも教えてね！
期末試験!?
第9巻も強ジョブ・お宝超ゲット！ お楽しみに！
2024年春発売！

Lv.09
次巻予告
次の強敵は――
ニシキギ・カエデ
イラスト:朱里
GAME ADDICT PLAYS "ENCOURAGEMENT FOR JOB HUNTING IN DUNGEONS" FROM A "NEW GAME"
ゲーム世界転生
〈ダン活〉
～ゲーマーは【ダンジョン就活のススメ】を〈はじめから〉プレイする～
REINCARNATION IN THE GAME WORLD DANKATSU

TOブックス
コミカライズ
連載最新話が
読める!
月額400円(税込)で
全作品が読み放題!

ゲーム世界転生〈ダン活〉08
～ゲーマーは【ダンジョン就活のススメ】を
〈はじめから〉プレイする～

2024年3月1日　第1刷発行

著　者　ニシキギ・カエデ

発行者　本田武市

発行所　TOブックス
〒150-0002
東京都渋谷区渋谷三丁目1番1号　PMO渋谷Ⅱ　11階
TEL 0120-933-772（営業フリーダイヤル）
FAX 050-3156-0508

印刷・製本　中央精版印刷株式会社

ISBN978-4-86794-093-8